トラッシュ

増島拓哉

TRASH

集英社

Contents
TRASH

Keiichi Asano
Satoru Kawahara
Kouta Hayashida
Risa Sato
Takuto Fujiwara
Hiroto Minami

TRASH

主な登場人物

浅野圭一（十九歳）
大学生。人生に虚しさを抱いている。

川原　悟（十八歳）
コンビニ勤務。中高生の時に差別を受けた経験を持つ。

林田康太（十九歳）
大学生。強いスリルを求めている。

佐藤理沙（十九歳）
大学生。高校時代にいじめに遭っていた。

藤原拓斗（二十歳）
大学生。父は衆議院議員。

南　裕翔（十九歳）
工場勤務。兄を覚醒剤の過剰摂取で亡くしている。

トラッシュ

第一章　覚醒

1

怒号と共に、腹を蹴り上げられた。饐《す》えた味と血の生臭さが、口中に広がる。視界が滲《にじ》んだ。

「寝るな！　正座せえ、あほんだら！」

踵《かかと》で顔を踏み付けられた。止まり掛けていた鼻血が再び流れ出し、冷たいコンクリートの上に正座させられる。屈辱と痛みで、体が燃えるように熱い。耳鳴りが止まらない。

「何処《どこ》の組の差し金や」

顎鬚《あごひげ》を生やした組員が、淡々と言った。

「何遍《なんべん》も言うてるやろ。知らん」

南《みなみ》が言った。泡立った血が、口からこぼれ出す。俺は浅く呼吸を繰り返した。奥歯を嚙み締め、全身の痛みと足許《あしもと》から這《は》い上がってくる恐怖を、必死で振り払う。

「しぶといな。そんな怖いんか、お前らを使ってる奴らは」

「だから！　俺らはヤクザにやらされたんちゃうっちゅうてるやろ！」

南が掠《かす》れた声で言った。痛みのせいだろう、表情が歪《ゆが》んでいる。

「お前ら学生崩れみたいな奴が、自分達の意志でこんな真似したやと？　そんな訳ないやろ。後ろに極道か、最低でも半グレが付いてな、するはずない。誰にナンボで雇われたんや」

「頭悪いな、お前。自分の知らん世界は存在せえへんと思ってる。アホや」

背後から、蹴りが飛んできた。頭が激しく揺れ、強い眩暈《めまい》に襲われた。鼻血は一定のリズムで、床に落ち続けている。

「一遍、俺らの話を聞け」

息も絶え絶えに言った瞬間、鼻梁《びりょう》を殴られた。頭の芯が痺《しび》れ、意識が遠退きそうになる。

突然、背後からズダ袋を被《かぶ》せられた。目の前が真っ暗になり、心臓を直接撫《な》でられたような恐怖がやってきた。

2

駅の改札を抜けると、街には既に夜が降りていた。視線を素早く左右に向け、横断歩道を渡る。後ろから、林田康太《はやしだこうた》が慌てた様子で追い掛けてきた。

「おい、浅野《あさの》。信号、赤やで」

追い付くと同時に、窘《たしな》めるような口調で言ってきた。

「それがどないしてん」

「止まらなあかんやろ。信号無視やんか」

真面目腐った口調だ。知り合いじゃなければ、街ですれ違った次の瞬間には忘れているような、没個性的な顔。「一般人」と聞いたときに人々が思い浮かべる顔の平均値は、林田の顔と限りなく一致するはずだ。

「信号無視なんかしてへんわ」

林田が困惑の笑みを浮かべた。立ち止まり、林田に向き直る。

「あのな、信号が青やから渡る、赤やから止まる、いうのは間違《まちご》うてる。安全なときに渡って、危ないときには渡らへん。それが正しい。信号はあくまでも、俺らが安全に渡るための目安や。俺はちゃんと、信号が赤なのを確認した上で、さらに右、左を確認して、安全やから渡ってん。赤やから止まろ、青やから渡ろ、って思考停止的に受け入れてる奴の方がよっぽど、信号の意義を無視してるわ。俺はむしろ、真剣に信号に向き合ってる」

「屁理屈、極まれりやな」

「何処が屁理屈やねん。自分の頭で考えずに信号を律儀に守るような奴は、ルールやからって理由でどんな悪法にも従うし、いずれ体制側に取り込まれて、弱者を迫害すんねん」

「そんな言わんでも。大袈裟《おおげさ》過ぎるやろ」

弱々しく呟《つぶや》き、俯《うつむ》いてしまった。些《いささ》か不憫《ふびん》に思い、肩を小突いた。

「大体、今の俺らが法律なんか守ってどないすんねん」

林田が顔を上げ、相好《そうごう》を崩した。

「確かにな」

「せやろ。ほら、早《は》よ行くで」

再び、歩き出す。三分ほどで、関西でも屈指《くっし》のディープさを誇る街へと足を踏み入れた。湿った空気の中に、独特の埃《ほこり》っぽさが入り混じっている。林田が苦笑し、口を開いた。

「浄化が進んでる、って聞いたけど、全然パンチ効いてるな。五十年前の街並みやんか」

「あれ、見てみ。ここで大便をしないでください、やって。どんな注意書きやねん」

手を叩いて笑っていると、

「何を笑《わろ》うとんのじゃ！　わしを馬鹿にすなよ！」

怒鳴り声がした。自動販売機に凭《もた》れ掛かった赤ら顔のおっさんが、こちらを指差していた。左手には、カップ酒が握られている。

「おっちゃんのことは笑うてませんよー。こっちの話でーす」

俺は声を張り上げた。

「人を嗤《わら》わば、地獄の底に穴二つやぞ！」

「訳分からん。酔うとんな」

林田が苦笑した。

「酔うてへん！　パーッと視界が開けとる！　大体、水や、これは」

「月桂冠《げっけいかん》、って書いたあるやん」

「こんなもん、ニアリーイコール水や」

「ああ、そう。でもおっちゃん、車は運転したらアカンで」

「そんな危険な真似はせん！」

「それは危険って分かるんかい。水やったんちゃうの」

「イコールちゃう、ニアリーイコールや。ニアリーイコールの二つの点が、飲んだら乗るな、乗るなら飲むな、を表してんねや」

破顔し、自販機をバンバンと叩き始めた。林田がおっさんとの会話を打ち切り、俺に向けて囁《ささや》く。

「あんな風に、酔うてる自覚がなくならんと、立派な酔っ払いとは言えへんねんな」

「酔っ払いの時点で、立派ちゃうけどな」

忍び笑いを洩《も》らし、歩き出す。実のない話に花を咲かせながら、淡々とした足取りで夜の街を往く。気分はまるで、『パルプ・フィクション』に出てくる殺し屋コンビだ。

「準備ええか」

立ち止まり、古びたコインランドリーに視線を注いだ。林田が短く返事をする。黒い無地のキャップを被り、マスクをつけ、サングラスを掛ける。

頭の中では、デューク・エリントンの「キャラヴァン」が爆音で流れている。「イッツショータイム！」と叫びたい衝動に駆られたが、ステレオタイプ過ぎて安っぽいので言わない。『ヒート』のロバート・デ・ニーロのようなクールさを意識して、コインランドリーのドアを開いた。

椅子《いす》に腰掛けたおっさんが、顔を上げる。

「ササキさんっすよね」

大きく足を踏み出すと、おっさんが勢い良く立ち上がった。椅子が音を立てて倒れる。目を瞠《みは》るおっさんの鼻梁に、拳を放った。くぐもった悲鳴を洩らし、尻餅《しりもち》をつく。

林田が走り寄り、続けて顔面に前蹴りを浴びせた。鼻血を飛び散らせ、倒れ込む。

「やめてくれっ！」

おっさんの白髪を摑《つか》んだ。体を引き寄せ、正座をさせる。

「大声出したら殺す。ええな？」

「分かった、分かった。分かったから、乱暴せんといてえな」

掠れた声で言い、何度も首を縦に振った。こめかみが小刻みに痙攣《けいれん》している。

俺は大きく息を吐き出した。鼓動が速まり、得も言われぬ昂奮《こうふん》が体の奥底から突き上げてくる。

自分の快楽のために暴力を揮《ふる》うことの悪辣さは自覚しているが、暴力を揮ったときの心地好い虚脱感は、何物にも代え難い。

「クスリと金、寄越せ」

「それは、勘弁してください……」

林田がおっさんの背中に蹴りを入れた。引き攣《つ》った声を上げ、激しく咳き込む。

「じゃあ死ぬか、お前、コラ」

甲高い声で怒鳴り、さらに蹴りを加える。

「やめたれ、やめたれ。ホンマに死んでまうぞ。見てみい、この腕。枯れ枝やんけ」

おっさんが血色の悪い唇をわななかせた。

「シャブや。早よ出さんかい」

「そんなんしたら、殺される」

「誰にや？　ヤクザか」

おっさんが唇をきつく結び、俺から目を逸らした。ジーンズのポッケからナイフを取り出してちらつかせると、怯《おび》えたように喉仏を上下させた。

「なんやったら、今、死ぬか」

おっさんが肩で大きく呼吸を繰り返した。目に涙を浮かべ、小さく首を振る。

「大体、ヤクザがお前みたいな下っ端の売人を殺す訳ないやろ。殺す価値もないわ」

「でも……。でもやな……」

言い淀《よど》み、口を噤《つぐ》んだ。

「おい、黙んなや！」

林田が声を荒らげた。おっさんが体を震わせる。

「分かった、分かった。分かったから……」

薄汚れたジャンパーの懐から、封筒を取り出した。

林田が無造作にひったくり、中身を確認してから、ズボンのポケットに突っ込む。

俺はナイフの刃をおっさんの首筋にあてがった。体がさっと硬直する。

「ビビんなや。百均のオモチャやんけ」

おっさんの首を掻っ切り、立ち上がった。喉の奥で低く呻《うな》り、鋭い目で睨《にら》み付けてくる。

「お、お前らな、そのうち、痛い目見るぞ。お前らのことは、みんな知ってんねやから」

「誰が『お前ら』や、おい」

おっさんを蹴ろうとした林田を制し、

「みんな知ってる、ってどういうことや」

尋ねると、開き直ったように口を尖《とが》らせた。

「お前ら、大阪とか兵庫のあちこちで、売人襲ってるやろ。売人狩りが横行してるから気ィ付けやって、同業の人間に昨日警告されたとこや。お前らの存在は、もう知れ渡っとる」

「折角の警告、活きてへんやんけ」

林田がせせら笑い、吐息交じりに続けた。

「しかし、俺らも有名になったもんやな」

「満更《まんざら》でもない、みたいな反応すなよ。格好悪いな」

舌打ちしたが、マスクの内側で口角が上がるのを抑えることはできなかった。

3

大阪駅で林田と別れて阪急神戸線《はんきゅうこうべ》に乗り換え、西宮北口《にしのみやきたぐち》駅に降り立った。駅前のショッピングセンター内にある映画館で何か観て帰ろうかとも思ったが、時刻は午後九時を回っている。大人しく帰宅することにした。

「ただいまー」

玄関を開けると、リビングから「おかえりー」と母親の声がした。靴を脱ぎ揃《そろ》え、二階の自室へ向かう。パソコンの電源を入れ、ブラウザを起動させた。アメリカで開発された匿名通信システムＴｏｒを搭載している。そう記すとＣＩＡだなんだと大層なイメージが膨《ふく》らむが、誰でもダウンロード可能だ。勉強すれば、中学生でも使いこなせるだろう。

ディープ・ウェブへと接続した。ネットにさえ繋《つな》げば無条件に閲覧できるサイトが、サーフェス・ウェブだ。これに対し、通常の検索エンジンでは辿《たど》り着けないサイトは、ディープ・ウェブと呼ばれる。その規模は、サーフェス・ウェブの数百倍とも言われている。ネットバンクの他、ジャーナリストや反体制派などが身の安全を確保するために使ったり、政府や企業などが他者に知られたくない情報を共有するのに使ったりしている。俺達はこのディープ・ウェブ内に、六人だけの会員制ビデオチャット空間を設けている。

ログインし、カメラとマイクをオンにする。既に、南裕翔《ひろと》と川原《かわはら》悟《さとる》が会話を交わしていた。

「お疲れっす」

「お疲れ。浅野は、今日やっけ？」

川原が右手を挙げて言った。髪をアッシュに染めた、ぱっちり二重の美青年だ。

「うん。林田と二人で、サクッと済ませたわ。そっちは？」

「四日前にやった。まあ、こっちもいつも通り」

「川原は一人でやんの、初めてやったんちゃうん？　緊張せんかった？」

「ノープロブレム」

快活な声で言い、人差し指を立てた。

「ただ一個、懸念事項は発生した」

「プロブレムあるんかい。どしてん？」

「みんな揃ってから言うわ」

今夜——毎週土曜日の午前零時に、俺達は必ずチャット上で集まることにしている。

「なんや、えらい思わせぶりやな」

アイスバーを齧《かじ》りながら、南がせせら笑った。

「結成三ヶ月にして、一大事件発生やで」

川原が冗談めかして体を震わせた。

「ハードル上げん方がええで。予告のオモロい映画は大抵、本編観てガッカリすんねんから」

俺の言葉に、二人が笑った。

「AVのサンプルも一緒やな。本編より、よっぽど抜けるもん」

南が付け足した。金髪で耳にピアスを開け、一見するとヤンチャそうだが、根は優しい。

やがて、十一時に林田が、十一時半に藤原拓斗《ふじわらたくと》がログインした。

「あとは佐藤《さとう》だけか。遅いな」

俺が口を開くと、

「あいつ、週明けドイツ語のテストらしい。前に言うてた」

南が答えた。

「二月にテストって、遅いな」

藤原が首を傾《かし》げる。

「公立はそんなもんやろ。俺みたいに私立は早いけど。第一志望落ちて、ラッキーやわ」

林田の軽口に、場の空気が凍った。林田がはっと息を呑み、顔を強張《こわば》らせる。

「すまん、藤原」

「おいおい、いらん気ィ遣わんとってや。そんなんが嫌やから、今ここにおんねん」

藤原が苦い微笑を浮かべ、縁の細い眼鏡を押し上げた。閣僚経験もある現職の衆議院議員の次男であり、一浪の末にさほど偏差値の高くない関西の私立大学に通っている。兄は、京大に現役合格したそうだ。よっぽど良いシャンプーを使っているのか、いつも髪に天使の輪ができている。

「まあ、僕なんか、高卒でバイト暮らしやからな」

川原が陽気な声で言い、小さな笑いが起こった。

「ごめん、ごめん。お待たせ」

佐藤理沙《りさ》がログインしてきた。初対面時、おかめのお面をプリクラでちょっとマシにしたみたいな顔やろ、と自嘲気味に語っていたが、言い得て妙、美人ではないが愛嬌《あいきよう》があって親しみやすい顔をしている。可愛くはないが、可愛らしい。

「テスト勉強してたん？　お疲れ様」

「ありがとう」

「でも、もうやる意味ないやろ、勉強とか」

川原が突慳貪《つつけんどん》に言った。

「隠れ蓑《みの》や。この活動をいつまで続けるか未定の内は、今まで通り生活してた方が吉やろ。川原と南だって、働くの止めてへんしやな」

俺の言葉に、川原は素直に頷《うなず》いた。

「ところで皆さん。なんか今日は、川原から重大な発表があるらしいですよ」

南が手を叩いて囃《はや》し立てた。

「このあとすぐ、と言いながらCMを何遍もまたいで引っ張るテレビの演出に激しい憤りを感じている僕と致しましては、そういった真似はせず、単刀直入に発表したいと思います」

「その前口上が鬱陶《うつとう》しいわ」

南が熱のこもらぬ声で言い、川原は不貞腐《ふてくさ》れたように頬《ほお》を膨らませた。可愛い子ぶったあざとい仕草だが、川原がすると絵になる。

「じゃあ、言うで。僕らの行動がな、あちこちの売人の間で知れ渡り始めてるらしい」

「なんや、その情報やったら俺と浅野も――」

「まだや。続きがある」

口を挟みかけた林田を制し、続けた。

「どうやら、僕らの動きを察知した組があるらしい。ほんで、調査に乗り出したんやって。濵津組《はまづぐみ》って組らしい」

俺はゆっくりと息を吸い込んだ。心臓が早鐘《はやがね》を打ち始め、低反発マットに体を沈めているときのような感覚に襲われた。顔が綻《ほころ》びそうになるのを隠そうと、頬杖をつく。

「なんでヤクザが出てくんねやろ？　ヤクザは卸業者にクスリ売った時点で金ゲットしてんねんから、末端の売人が襲われても、別に損はせえへんやん」

林田が首を傾げた。

「自分達の組への嫌がらせちゃうか、って疑ってんのかも。私らが襲った売人に、濵津組のルートからクスリ仕入れてた奴がたまたま多かったとか。何件やってきたっけ」

「四十二人」

「よう覚えてんな、南」

藤原が驚いたように目を瞠った。

「まあ、売人狩りに関しては、俺が言い出したことやから」

「で、どないするよ？　ヤクザが出てきたけど、このまま続けるか、っちゅうのを、みんなに訊《き》きたかってん」

全員が沈黙した。俺は頬杖を止め、口を開いた。

「何をビビることがあんねん。続けようや」

全員の注目が俺に集まる。空咳《からぜき》を一つしたあと、努めて冷静な声で続けた。

「俺らはみんな、一遍死んでんねん。じゃあもう一遍死ぬまで、一ミリの後悔もなく、死ぬ気で好き勝手楽しく生きようや」

束《つか》の間《ま》の静寂のあと、南が一言呟いた。

「そうやな」

他の連中もすんなりと賛同し、活動の継続が決定した。全員が対等な関係のグループの方が格好良い、という暗黙の了解の許、リーダーを決めていないが、それでも強いて言えば、場の流れを形成しているのは俺か藤原だという自覚がある。

「でも、このままテキトーに売人襲いまくって、ある日ヤクザに殺される、っちゅうのは、流石《さすが》になんか嫌やな」

林田が言った。同感だ。

「今までより、慎重にやるべきやな。問題は、その濵津組についてどう対処するか」

俺は南の表情を窺《うかが》った。顎に手を当て、何やら考え込んでいる。

「どう思う、南？　この件に関して言えば、南の意志を尊重すべきやと、俺は思う」

俺の言葉に、他の四人が頷いた。南は二年前、浪人中の兄を覚醒剤の過剰摂取で亡くしている。

文武両道で好青年だったはずの息子の死に激しいショックを受けた母親は、「せめて逆やったら……」という言葉を洩らしたそうだ。父親は咎《とが》めることなく、沈黙していたらしい。そのやり取りを目撃した南は家を飛び出し、以来、帰っていないという。

「シャブは最悪や。使う奴の人生も、その家族の人生も滅茶苦茶にしよる。あんなもんの売人なんか、殺人犯と一緒や。全員、袋叩きにしたい。けど、この活動を続けてもシャブを根絶できるとは、これっぽっちも思ってへん。これをいつまでも続けて捕まるのは、アホらしい。だから、ある程度まで行ったら、止めよう」

「え、結局止めんの？　さっきは続けよう、言うたのに」

川原が素《す》っ頓狂《とんきょう》な声を出した。「そういう意味ちゃうねん」と南が言下に否定する。

「さっき決めたのは、ヤクザにビビって売人狩りをストップするなんて情けない真似はせえへん、いう話や。俺が言うてんのは、ある程度まで行ったら、売人狩りは止めて別の活動をしよう、いう話や」

「ああ、なるほどね。ある程度、いうのは具体的に？」

「俺らを調べてるっちゅうヤクザ、濵津組やっけ？　そいつらに、一泡吹かせたろ」

「一泡って？　組長、暗殺してまうか」

林田が右手で拳銃の形を作り、バンッと声を放った。

「組長暗殺は、まだちょっと、俺らには早いやろ。捜索を止めさせるくらいでええ」

「それだけ？　なんか、地味ちゃう？」

佐藤が表情を変えずに言った。

「ヤクザと五分の手打ちに持ち込む。まあ、デビュー戦にしては上々ちゃうか」

俺が南に賛成すると、藤原も異議なしと唱えた。林田と川原も頷きを返す。

「まあ、それもそうか。でも、どうやって捜索止めさせるん？」

佐藤が順に見やった。藤原が眼鏡を外し、レンズを拭きながら口を開く。

「ヤクザの抗争って大体、手打ち金払うか、指詰めるかやろ」

「それは、政治家の息子として、何か知ってて言うてんの」

気を遣った声で林田が言った。藤原が眼鏡を掛ける。

「いや、この前、『仁義なき戦い』観てん」

悠然とした口調だった。林田が吹き出し、手を叩いて言った。

「でも、ヤクザの抗争は、組同士やから手打ちにできるんやろ。抑止力があるって言うか。けど、俺らはぶっちゃけ、六人だけやんか。正攻法で行ったら、蹂躙《じゅうりん》されて終《しま》いやろ」

「そもそも指切りたないし、払う金なんかないしな。だから、俺に一個考えがある」

俺は人差し指を立てた。ふと、指先に震えが走っているのに気付いた。恐怖ではない。心臓は落ち着きを取り戻し、ゆっくりと拍動している。少し考えてから、震えの正体に思い至った。こんなことは生まれて初めてだが、恐らくこれは、武者震いだ。

4

生まれてこの方、死を願うほどのトラウマや挫折を経験することなく生きてきた。人には言えない辛い過去など持ち合わせておらず、人生に落とす暗い影など微塵《みじん》もない。かと言って、突出した個性や才能も持ち合わせていない。大抵のことはそつなくこなせるが、胸を張れるほど極めることはできない。両親に普通に育てられ、弟と普通に仲が良く、友達と普通に遊び、普通に恋をした。繰り返し訪れるルーティンのような日々に、いつの頃からか強い倦怠感《けんたいかん》を覚えるようになっていった。漫然と充実していることに対する満たされなさと刺激的な非日常への渇望が、絶えず押し寄せてきた。

十九年も生きると、自分の能力や適性が見えてくる。将来の天井を推し量ることができてしまう。なんとなく就活してそれなりの会社に入り、なんとなくそれなりの女性と結婚する。悲惨な未来ではないが、何十年も生きて確認するほど魅力的でもない。俺という人間を五角形のレーダーチャートで表せば、五つの項目に何を設定したとしても、全項目三点台だろう。典型的な器用貧乏だ。一点と五点が混在するような歪《いびつ》で尖ったグラフに、心底憧れた。

小さい頃は三百円のお菓子を買うだけでテンションが上がったのに、今あのときの高揚感を得ようとすれば、三万円のジャケットを買わなければいけない。歳を重ねるにつれて、感動のハードルは上がっていく。日に日に、心が渇き、ひび割れていくような気がした。

激しく感情が揺さぶられるような経験をしたことはないし、今後もしまい。そんな諦めを抱きながら生きていくのは、死んでいるのと大差ない。サークルの友人らと一緒に晴れ渡った空の下で遊んでいても、ぽつねんと深海に取り残されているような心地がした。旨いものを食えば口許が綻ぶし、休日に惰眠《だみん》を貪るのも心地好い。彼女とのセックスだって気持ち良い。だが、それだけ。束の間の快感でしかない。自室の壁に貼った『ゲッタウェイ』のポスターを見つめ、スティーヴ・マックィーンと自分を重ね合わせる妄想に耽《ふけ》っているときの方が、よっぽどわくわくした。

俺には何もない。俺は何者でもない。そうした空虚感に、日々苛《さいな》まれた。理由のない憂鬱と焦燥に襲われ続けた。何かしなければいけない大切なことがあるような気がする。だが、それが何かは分からないのだ。

ある日、『ウォーキング・デッド』でゾンビが呆気《あっけ》なく撃ち殺されるシーンを観て、胸を衝《つ》かれた。ゾンビが人間に向かって歩くのは、肉を喰らうためじゃなく、撃ち殺してもらうためだ。生きているのか死んでいるのか分からないゾンビ共は、殺されたがっている。そんな妄想に駆られた。

「別に死んでも構わない」が、「死にたい」に転じた瞬間だった。

死にたいと思う具体的な理由はない。なんとなく、死にたい。抽象的で曖昧だが、それが理由としか言えない。衝動と呼ぶ方が、近いかもしれない。特筆すべき功績もトラウマもない過去、全方位的に満ち足りているが何処も突出していない現在、たかが知れている未来、それら全てに対して、時折「もうええわ」とツッコミたくなった。俺の人生、もうええわ。

バイト先で、客から理不尽に怒られた。時間を掛けて書いたレポートの点数が低かった。下校中の小学生達のあまりにも屈託《くったく》のない笑顔を見て、ノスタルジーに駆られた。うんざりするほど、空が晴れている。新品の靴で、犬の糞を踏んだ。ストリートミュージシャンが歌っていた知らない曲が、妙に切なかった。弟の誕生日祝いに家族で食べた焼肉が旨かった。マナーの悪い不細工な男が、可愛い彼女を連れて歩いていた。猥談《わいだん》で盛り上がったサークルの飲み会の帰り道、見上げた月が綺麗だった。些細《ささい》な感情の起伏が起こると、どういう訳だか、もうええわと思うようになった。なんとなく、死にたくなった。

こうした悩みを打ち明けると、身近な人間は皆、「またそんなこと言うて」と一笑に付した。インターネットで匿名相談すると、その程度の低いストレス耐性では社会に出てからやっていけないと回答された。辛い経験を乗り越えて懸命に生きている人や、病気や事故で生きたくとも生きられない人への冒瀆《ぼうとく》だとも言われた。

なんとなく、死にたい。しょっちゅうそう思いながらも、自殺する勇気はなかった。怖かったからだ。たとえばビルから飛び降りた場合、医学的には「即死」と言っても、死ぬ瞬間に急速に時間の流れが遅くなり、当人の体感としては永遠にも等しい時間、苦しみを味わうかもしれない。また、ビルから飛び降りると同時に突如として視界が拓《ひら》け、それまで気付かなかった人生の意味や価値を悟ってしまうかもしれない。生への執着が俄《にわ》かに芽生え、後悔と恐怖と絶望を抱えながら地面に叩き付けられては、最悪だ。

三ヶ月前。十一月のある日、自殺志願者が集う掲示板の存在を知った。多くの人々が鬱屈《うっくつ》した感情を吐露し、正当な怒りから身勝手で醜悪な罵詈雑言《ばりぞうごん》までもが飛び交う澱《おり》のような場所で、「十代限定でビデオチャットをしませんか」という書き込みを見つけた。ＳＮＳではなく匿名掲示板の中にぽつんと投げ込まれたその言葉にある種の切実さを感じ、連絡を取ることにした。それが、藤原との出会いだった。長時間ビデオチャットで話し込み――当時はお互い顔を隠していたが――、今後も連絡を取り合おうと約束した。それから二週間の内に、藤原の許には十三人から連絡が入ったらしい。だが、九人は冷やかしか、まともなコミュニケーションを取ることのできない人物だったという。そして残ったのが、林田、川原、南、佐藤の四人だった。

十二月三日。初めて六人でビデオチャットをした。全員が素顔を晒《さら》し、各々の自殺願望を打ち明けた。初対面ということで誰も動機を語らず、抽象的で曖昧な話に終始したが、具体的な動機を持たない俺にとっては有り難かった。それから、毎日チャットをするようになった。六人が六人とも大阪か兵庫の近場に住んでいるということに、運命めいたものを感じた。会ったことのない五人が、これまで出会った誰よりも親しく、近く感じられた。この五人と一緒ならば、死んでもいいかもしれない。死ぬことができるかもしれない。この五人と一緒に、死にたい——。

十二月十日。ついに、俺達は集まった。大阪府内の廃ビルに忍び込み、冷たいコンクリートの床に胡坐《あぐら》をかいて、円になって座った。真ん中には、藤原が闇サイトで購入した安楽死用の薬と六本のペットボトル、火を灯《とも》した燭台《しょくだい》を置いた。川原と南と藤原は死を望む理由を訥々《とつとつ》と述べ、林田はよほど辛い過去があるのか話すことを拒み、佐藤は前時代的な演劇のように朗々たる口調で動機を語った。俺は理由を話さなかった。なんとなく、とは言えなかった。他の四人は俺や林田に理由を話せと迫ったり、責めたりはしなかった。

「なんか、陰気なキャンプファイヤーみたいやな」

終盤に差し掛かった頃、林田が蠟燭《ろうそく》の火を見つめながら呟いた。緊張の糸が切れ、取り憑かれたように俺達は笑った。しばらくの間笑い続けたあと、口を噤んだ。冷たい沈黙が張り詰めた。誰も言葉を発さず、誰も目を見合わせなかった。

「火、あとどんくらい持つかな」

佐藤が独り言のような調子で言い、これがラストの一本、と藤原が答えた。

「じゃあ、火が消えたら、やね」

「別に、火が消えてすぐに、じゃなくてもええやろ。落語の『死神』やないねんから」

気の利いた台詞のつもりだったが、笑ってくれたのは林田だけだった。その後しばらく、他愛もない会話を続けた。やがて、火が消えた。誰からともなく、薬に手を伸ばした。

「折角やし、せーの、で行こか」

「そんな折角、いらんやろ」

藤原の言葉に俺が突っ込むと、全員が弱々しく笑った。だが結局、「せーの」と口にして、一斉に薬を飲み下した。みんなで手を繋ぐと、仰向けに寝転がり、瞼《まぶた》を閉じた。恐怖心は微塵もなかった。この日に備えて俺は、酒、煙草、セックス、飯、芸術、ギャンブル、特殊なフェチプレイ、果ては思い切ってマリファナにまで手を出していた。だがいずれも、一時的な快楽に過ぎなかった。人生の退屈を根源的に解決してくれるまでには、至らなかった。日常の退屈と鬱屈から逃げるには、死ぬしか方法がないと結論付けていた。

肌寒い廃墟で、握った手の温もりを感じながら粛々と死が訪れるのを待っていたあの時間を、あの甘くやわらかな闇の匂いを、忘れることはないだろう。

5

「しりとりせえへん?」

「アトラクション待ちのカップルやないねんから」

一蹴すると、林田が唇を尖らせ、ストローを銜《くわ》えた。ズズズッと音を立ててコーラを飲む。俺はポテトを口に抛《ほう》り込んだ。

「いつも思うけど、ハンバーガーよりポテトの方が旨いよな」

「サイドメニューの方が旨い。チェーン店あるあるやな」

林田が欠伸《あくび》を嚙み殺しながら言った。

「暇過ぎて眠なってきた。やっぱ、しりとりしようや。リンゴ」

「碁盤《ごばん》」

「おい、せめてサーブは打ち返せや」

舌打ちし、ストローを銜える。

「いつまで飲むねん。もうそれ、氷水やろ」

俺の言葉を無視して飲み続けたあと、ゆっくりと息を吐き出した。

「一個さあ、ちょっと訊いていい？」

「一個でも二個でも」

「あんさ、浅野と俺だけやんか。あの夜、自殺の動機を言わんかったの」

俺は鋭く息を吸い込んだ。

「南とかさ、結構へヴィな理由言うて泣いてたやん。他の三人も。それでも自分は言われへんって、そんなに、言いたないことなん？」

「他の奴に訊かれるなら分かるけど、林田も言おうとせんかったやん。それで、なんで俺に訊いてくんねん」

目を合わせずに言った。思わず、語気が強くなってしまった。

「いや、別に浅野を責めてる訳ちゃうねん。ただちょっと、気になって」

取り繕《つくろ》うような声だった。

「ごめん、ごめん。俺もキレてへんよ。もうええやん、この話は」

「うん。ごめん」

俯き、コーラを啜《すす》ろうとした。

「あ、もう空や」

「さっきから、ずっとそうやろ」

林田が気まずそうに唇を結んだ。俺は小さく舌打ちし、口を開いた。

「ゴリラ」

「え、何が？」

「ゴリラや！」

繰り返すと、林田がぱっと顔を輝かせた。

「ラクダ！」

手を叩いて返してきた。脳味噌の半分をしりとりに使いながら、もう半分で林田の言葉を反芻《はんすう》する。あの夜、薬を飲んでも、俺達は死ななかった。全員が困惑し、もう一度薬を飲んだ。だがいくら待っても、体に何一つ変化は起こらなかった。藤原が闇サイトで偽物を掴まされたのだと結論付け、全員で大いに笑った。

――でも、思ってるよりも全然怖くなかったな。むしろ、心地好かったというか……。

それまでとは較べようもないほど強烈な死への憧憬《しょうけい》が、俺の中で芽生えていた。みんなの顔色を窺うと、五人が五人とも、瞳の奥に不安定な光を宿していた。

一度間近まで接近した死を掴み損なったせいで、俺達は単純な服毒自殺への興味を失った。死に辿り着くまでの間、生の実感を存分に味わいたい。そして、映画のように華々しい死を遂げたい。こうした愚かしく、痛々しく、だが切迫した死への傾倒は、グループを組織するという形で結実した。各々がやりたいこと、やり残したことを六人で協力してやる。法律も常識も道徳も無視して、ド派手な死を迎えるまで突き進もう。そう誓い合った。

「また、り？　り攻め、すなって」

林田が頭を抱えて悶《もだ》えた。

「ギブアップ？　負けたら千円な」

「そんなルール、先言えよ」

「あと十秒でタイムアップや」

「そのルールも先言えって」

「十、九、八、七……」

カウントを刻んでいると、林田が俺の肩を小突いた。先程までカウンターで笑顔を振りまいていたショートカットの女が、私服に着替えてスタッフ通用口から出てきた。

「しりとりどころやなくなったな。勝敗はお預けや」

林田が立ち上がった。

「尾行しながら続けたらええやんけ」

「何言うてんねん、浅野。気ィ引き締めえよ。遊びちゃうねんぞ」

「負けそうやからって、セコい奴《やつ》っちゃな」

店を飛び出し、女のあとを尾《つ》け始める。夜の街が放つ喧噪《けんそう》は、高揚する心をさざめかせた。

女は足早に歩き続けると、はたと立ち止まり、周囲を見回した。俺達にも視線を巡らせたが、気にする風もなく再び歩き出し、高架下のトンネルへと歩みを進める。

「女一人で不用心やな。トンネルは、犯罪の温床やのに」

林田が嘆かわしそうに首を振る。

「しゃあない。あっこ通った方が、近いねんから」

女に続いて、トンネルの入口へ足を踏み入れる。

「高木《たかぎ》さん、高木麻里《まり》さん」

俺は大声を張り上げ、近付いていった。女が素早く振り返る。目を見開き、駆け出した。

だが、すぐにたたらを踏んだ。トンネルの出口を車が塞《ふさ》いだのだ。トヨタ・パッソ。女性に人気のコンパクトで可愛い車だが、この状況ではさぞ怖いだろう。

川原がパッソから降り立つ。藤原は運転席でハンドルを握り、待機中だ。

「手荒な真似はしません。車に乗ってください」

努めて穏やかな声で言ったが、首を激しく横に振られた。もう一度車に乗るよう促《うなが》すが、反応は変わらない。

「早よせえや！」

川原が怒号を放ち、腕を掴んだ。抵抗しようとしたが、乱暴に腕を引っ張られると、諦めたように従った。

「何もせえへんから、安心して」

俺は彼女を車に押し込もうとした。

「何しとんじゃ、お前ら！」

野太い怒声が響き渡った。咄嗟《とっさ》に振り返ると、丸坊主の男が、トンネルの入口から凄まじい速さで駆け寄ってきていた。一瞬、足が竦《すく》み、倒れそうになった。

高木が悲鳴をあげ、川原の手を振りほどく。俺は逃げ出そうとする彼女に慌てて飛びつき、組み伏せた。いつの間にか、丸坊主が目の前にいた。腹部を蹴り上げられる。彼女に抱き付いたまま、地面を転がった。視界が目まぐるしく回転する。腹が熱い。息が詰まり、束の間呼吸ができなかった。頬を引っ掻かれ、暴れられた。頭上では、叫び声が交錯している。

「行くぞ！　浅野！」

肩を執拗《しつよう》に叩かれた。顔を上げる。川原だ。高木の身柄を預け、立ち上がった。

川原が強引に高木を車へ押し込み、一緒に乗り込んだ。丸坊主は地面に倒れ、藤原と林田がその側に呆然と立ち尽くしている。藤原の眼鏡のレンズには、ひびが入っていた。

「殺してもうたんか」

尋ねた。唇と頬がひりひりと痛む。

「生きてる。多分」

藤原が掠れた声で言い、運転席に乗り込んだ。俺は後部座席のドアに手を掛けた。

「おい、林田。行くで」

声を掛けると、林田が顔を上げた。同時に、丸坊主が跳ね起きた。林田の両足にしがみつき、体を倒す。素早く組み敷き、懐からナイフを取り出した。

「麻里さんを放せ！　こいつ、殺すぞ」

目を血走らせ、林田の首筋にナイフを突き付けた。

俺は息を呑み、車中の藤原と川原に目をやった。二人とも、顔を強張らせている。

「行けっ！　早よ、行け！」

林田が掠れた声で叫んだ。

「俺のことはええから、早よ行け！」

林田の目を見据えた。気迫に満ちた輝きだ。頷き、ドアを開く。

「ちょう待て。待たんかい、お前ら！」

俺が乗り込むや否や、藤原が車を急発進させた。

「あいつ、知り合いか」

藤原の問いに、高木が弱々しく頷く。川原が黒革の財布から、免許証を取り出した。

「向井《むかい》靖人《やすと》。二十四歳。あいつ、濵津組の組員か？」

高木が目を瞠る。

「あんたのことは調査済みや。僕達は別に、変なことするために攫《さら》ったんちゃう。用があんのは、吉瀬《きちせ》憲明《のりあき》や」

財布とスマートフォンを、誰もいない助手席に放り投げる。さっきの丸坊主から、取り上げたものらしい。

「あんた、いつも組員に護衛されてるんか」

俺は尋ねた。息切れがようやく収まってきた。

「いいえ、知らないです。向井さんとは、お会いしたことありますけど」

「なるほど。吉瀬が、こっそりやらせてたんやな」

「あんた、なんでバイトなんかしてんの？　金なら、吉瀬からナンボでも貰えるやろ」

藤原がミラー越しに尋ねた。

「私、舞台女優なんです。だから、ああいう場所でいろんな人と接して、社会勉強を……。それよりあの、どうやって、私のことを」

「もうええ。黙っとけ」

俺は強い口調で言った。林田を置き去りにしたことで、心がささくれ立っている。

濵津組組長の愛人を誘拐し、解放と引き換えに俺達の捜索を打ち切らせる。それが計画だった。そのために、ひたすら組長の吉瀬を尾行し続けた。俺達にヤクザの尾行が務まるか不安だったが、ネット上で見かけた「尾行を警戒していない者の尾行は容易、複数人で行えば尚更」という興信所調査員の言葉は本当だった。だがそれでも、吉瀬が高木麻里を囲っていると突き止め、彼女の日常的な行動パターンを把握するのに、二ヶ月を要した。この計画に労力を割かれたため、ここ二ヶ月で襲撃した売人は、たったの三人だけだ。

スマートフォンを取り出し、南に電話を掛ける。

「もしもし、俺や。計画通り、確保した」

——了解。こっちは今、喫茶店の前や。いつも通りやな。

毎週金曜日の夜、吉瀬は行きつけの喫茶店で珈琲《コーヒー》を飲みながら過ごすのを習慣にしている。マスターが一人で営んでいるタイプの、小ぢんまりとした店だ。

「ただ、問題発生や。エイチが捕まった」

高木麻里の耳を意識して、本名を避けた。

――エイチ？　林田か！　捕まったって、誰に？

「濵津組の下っ端っぽい。俺らが高木を車に乗せようとしたとき、襲ってきよった」

――どういうことやねん？　偶然か？

「いや多分、こっそり見守るように、吉瀬から言われてたんやろ。監視役がいるやなんて、今まで全く気ィ付かんかった。失敗や」

――過ぎたことは、もうしゃあない。向こうも今日まで俺らの存在に気付かんかってんから、まあ良しとしよ。

「良しとしよって、あいつは捕まってんねやぞ。助けな」

――分かってる。分かってるよ。

俺は爪を嚙んだ。おった、と藤原が呟く。窓の外を見ると、路肩に停まる白いトヨタ・シエンタが見えた。その後ろに停車する。

電話を切り、すぐさま外に降りた。シエンタのドアをノックし、後部座席に乗り込む。

「ヤバいな、どうしよか」

俺は言った。運転席には佐藤が、助手席には南が座っている。

「林田、大丈夫かな」

佐藤が気遣わしげに言い、道路の向かいに建つ雑居ビルに目をやった。一階が吉瀬行きつけの「ＬＩＴＴＬＥ」という喫茶店だ。ビルの前には、黒いスーツ姿の男が二人立ち、辺りを睥睨《へいげい》している。顎鬚とスキンヘッド。護衛の組員だ。いつも店内には入らず、入口付近でそれとなく周囲を窺っている。高木の姿を見られないようにパッソの後部座席にはカーテンを引いているし、パッソやシエンタなら、短時間の停車であれば目を引かず、警戒されることもないだろう。

「すぐに身許が割れることはないはずや。本人が口割らん限りは」

今日は万一に備え、ハンドルを握る藤原と佐藤以外は身分証を携帯していない。スマートフォンの指紋認証も登録せず、パスワードのロックを掛けている。

「大丈夫かな。拷問《ごうもん》されたり……」

南が呟くと、

「そんなん言わんとってや！」

佐藤が甲高い声をあげた。漂白したように表情を失っている。

「悪い。とりあえず、予定通り、俺と浅野で交渉してくるから」

佐藤が大きく息を吸い込んだ。

「ごめん、任せたで」

「ああ、大丈夫や。行こか、浅野。俺達の捜索打ち切り、プラス林田の解放も条件に追加や」

車を降りた。喫茶店ならば手荒な真似には及べないはずだと、心の中で自分に言い聞かせる。シエンタとパッソが、連れ立って動き出した。

道路を渡り、店に入る。護衛の二人は、俺達を一瞥《いちべつ》しただけだった。

「待ち合わせです。アイスコーヒー二つ」

迎え出たマスターに告げ、俺は奥のテーブル席を目で指した。上等そうな茶色いスーツを着た男が、悠然と珈琲を飲んでいる。何か言い掛けたマスターを制し、テーブルへ向かう。店内はカウンターが四席とテーブル席が三つだけだ。客は他に誰もいない。

「あの様子やと、吉瀬にはまだ連絡行ってへんみたいやな」

南が囁いた。

「襲ってきた奴のスマホ、川原が取り上げてん。でもまあ、時間の問題やろ」

「なるほど……。どうも、濵津組組長の吉瀬さんですね」

きびきびとした、堂々たる声色だ。

吉瀬が顔を上げた。ヤクザの組長と聞いてイメージする強面《こわもて》ではなく、変わり者の美術教師のような風貌《ふうぼう》だ。

俺達は向かいの席に腰を下ろした。

「勝手に座るなよ。誰やねん」

「俺らが誰かはいいんですよ。それよりも、良いニュースと悪いニュースがあります。どっちから聞きたいですか」

南が強い口調で言った。

「なんでもええから、早よ言えや。良し悪しは、こっちで判断する」

必修科目の退屈な講義を受けているときのような顔だ。落ち窪《くぼ》んだ眼窩《がんか》の奥で、狷介《けんかい》そうな光が輝いている。南が大きく息を吸い込み、口を開いた。

「高木麻里さんについてです」

無表情のまま、じっと見つめられた。唾《つば》を飲み込むと、喉の奥がじわりと熱を帯びた。

そのとき、テーブルに置かれた吉瀬のスマートフォンが振動した。手に取り、耳にあてがう。俺達から視線を逸らさずに、相槌《あいづち》を打ち続ける。石膏《せっこう》のマスクかと思うほど、表情が変わらない。

やがて電話を切ると、口を開いた。

「ええ度胸してんな、お前ら」

店外の護衛に向けて、手を振った。護衛の二人が気付き、店へと入ってくる。

「俺らに手ェ出したら、高木麻里は死ぬ」

俺は早口で言った。吉瀬の目に宿る強い光が、急速に翳《かげ》っていく。

「殺したらええがな」

生気のない目で言われた。予想外の反応に、頭の芯がさっと冷えた。

「ブラインド下ろせ。今日は閉店や」

マスターが頷いた。唖然《あぜん》とする俺達に、吉瀬が冷ややかな眼差《まなざ》しを向けてきた。

「ただの行きつけのサ店やと思うたか。甘い」

立ち上がり、スーツのボタンを留める。

「地下でゆっくり、話ししよか」

護衛の二人がやってきた。ブラインドが下りる。足が竦んだ。選択の余地はなかった。

6

太腿《ふともも》に、鋭い痛みが走った。我慢できず、叫び声を上げる。

ズダ袋のせいで、何も見えない。だが、勝手に外そうとすれば、殴られるだけだ。今度はいつ、何処を刺されるのか、まだあとどれだけ続くのか、全く分からない。

ズダ袋を被せられたあと、南は何処かに連れて行かれた。地下にある別の部屋だろう。俺達を引き離し、孤独を感じさせようという魂胆だ。

微《かす》かな悲鳴が聞こえてきた。まだ、南も生きている。安堵《あんど》の一方で、俺と同じ目に遭わされているのかと思うと、気が気でない。

人の心配をしている場合か。

苦笑した瞬間、脇腹が熱くなり、尖った痛みがやってきた。情けない声が、口の端から洩れる。細く尖った何かで、浅く、何度も執拗に刺され続けている。この程度の傷と痛みでは、いつまで経っても死なないだろう。ということは、終わりが見えないということだ。こいつらが、満足するまでは。

いっそ、一思いに殺してくれ。

喉まで出掛かった言葉を、辛うじて飲み込む。そうやって心を折るのが、こいつらの狙いだ。屈して堪《たま》るか。

怒りでこめかみが脈打ち、目に涙が浮かんできた。溢れないように、硬く瞼を閉ざす。

叫びたい。助けてくれでも、殺してくれでもいい。とにかく、この仕打ちからさえ逃れられるなら、どちらでも構わない。

頼む、もうやめてくれ。頭がおかしくなりそうや。

叫び出す直前、視界が明るくなった。ズダ袋が外されたのだ。

「そろそろ、ホンマのこと喋《しゃべ》る気になったか」

顎鬚が冷たい声で言った。俺は深々と息を吸い込み、束の間の安堵感を秘かに噛み締めた。

「ああ。ホンマのことなら、喋ったる」

吉瀬が俺を見て顎をしゃくった。パイプ椅子に腰を下ろしている。目の前で俺を滅多刺しさせておいて、一切昂っている様子はない。

周囲を見渡した。組員が四人。さっきまでより、減っている。護衛のスキンヘッドもいない。南をいたぶっている最中だろう。

「最近、あちこちで薬物の売人を襲ってたのは、俺達や」

声が震えないように気を配る。吉瀬が続きを促すように頷いた。

「濵津組が、俺達を捜索してるって話を聞いた。その捜索を中止してほしくて、高木麻里を攫った。交換条件にするつもりやった」

「怖いんか、俺らに捜されるのが」

顎鬚が鼻を鳴らして笑った。右手に、アイスピックを握っている。

「怖いに決まってるやろ。臆病やねん」

「勇敢と無鉄砲の区別くらいは付くんか。満更、アホでもないねんな」

吉瀬が無感動な声で言った。こんな状況にもかかわらず、口許を緩めそうになる。ヤクザの組長と渡り合っているという実感に、胸が高鳴った。

「売人を襲った理由はなんや」

顎鬚が小首を傾げた。

「憂さ晴らしや」

「舐《な》めとんな。現代っ子っぽいわ」

「あとは、シャブが憎かったからや」

南の気持ちを代弁した。

「どうも信じられへんな。とりあえず、仲間全員の情報を教えろ。バックがおるかどうかは、こっちで調べる」

「背後にヤクザはおらんし、仲間は売らん」

「お前らの仲間の一人は今、ウチの事務所で可愛がられてる。もしそいつか、隣の部屋におる金髪のガキ、どっちか一人でも全部吐いたら、お前は用済みや。楽に死ねると思うなよ」

「あいつらは喋らん」

首を横に振った。その拍子に、血飛沫《ちしぶき》が飛んだ。

「何を根拠に言うとんねん」

「俺達は、そういうグループや」

即答した。鼻の奥が熱くなるのを感じた。

「もう一遍言うぞ。バックの極道を教えろ。仲間の情報を吐け」

「仲間を売って生き延びたら、俺の中の何かが死ぬ」

肋骨《ろっこつ》に走る痛みに耐え、毅然《きぜん》とした声で言った。

「威勢がええな」

吉瀬が唇を舐め、組員達に目で何かを指示した。

再び、背後からズダ袋を被せられた。必死になって暴れる。腹を蹴られ、床に組み敷かれた。胸が圧迫され、呼吸が苦しい。

「一人だけ、助けたる！」

顎鬚のくぐもった声が聞こえてきた。心臓が破裂せんばかりに脈を打つ。

「話せば、そいつだけ解放したる。その代わり、あとの二人は殺す。殴って嬲《なぶ》って、もう殺してくれって泣き叫ぶほど拷問してから、殺す。話す気になったら、手ェ挙げえ。ええな？　よーいっ！」

両手を強く叩き合わせる音がした。右手を挙げそうになり、喉の奥で低く呻る。恐怖を抑え付けようと、拳を固く握り締めた。母親。父親。弟。顔が次々と浮かぶ。

手を挙げなければ、確実に殺される。だが、洗いざらい五人の情報を喋ったところで、約束が守られるとも限らない。どの道殺されるかもしれないなら、少しでも可能性のある方に賭けた方が合理的だ。手を挙げてしまおうか。俺達六人は所詮《しょせん》、一年にも満たない付き合いだ。

「合理的？」

掠れた声が口から洩れた。なんや、それ。死んだ気になって、突き進もう。あの夜、そう誓ったはずやろ。

絶対、挙げて堪るか。妙な高揚感と活力が湧いてきた。

どれくらい放置されていただろうか。何も聞こえてこない。吉瀬や組員達の息遣いも、南の悲鳴も聞こえない。完全な沈黙だ。

不意に、背筋が冷たくなった。

まさか、南はもう俺達を売っているんじゃないか。吉瀬は俺の気付かないうちにこの部屋を出て行き、今頃南から話を聞いているのではないか。そして、俺を殺す準備を粛々と進めている。

そんなはずはないと、即座に疑念を打ち消すことはできない。現に俺も、手を挙げる誘惑に駆られた。

もし南か林田がとっくに寝返っていたら、俺はとんだ間抜けや。まだだとしても、今この瞬間にも、あいつらの心は折れるかもしれない。なら一層、その前に俺が……。

いきなり、仰向けに頭と体を押さえ付けられた。抵抗する間もなく、冷たい感触が顔に伝わる。息が、できなくなった。

鼻と口に大量の水が入ってくる。反射的に、嘔吐した。呼吸できない。水と嘔吐物が鼻腔に入る。頭が痛い。暴れたが、押さえ付けられていて動けない。あかん、死ぬ。

連中の手が離れ、体が軽くなった。素早く身を捩《よじ》り、うつ伏せになる。水浸しのズダ袋を両手で引き剝《は》がした。もう一度、堪え切れずに嘔吐する。昼食のラーメンの名残が水溜まりに浮かんだ。

頭が締め付けられるように痛い。涙で、視界がぼやけた。

殴られようが蹴られようが、アイスピックで刺されようが、死の恐怖は感じなかった。死ぬのは怖くない。怖いのは、死に至るまでの苦痛だ。そう思っていた。

だが今はっきりと、死そのものの恐怖を感じた。生まれて初めて、死が輪郭を伴って迫ってきた。

「手を挙げたら、解放したる。隣のガキも事務所におるガキも、同じ条件や」

顎鬚が無表情のまま言い、髪の毛を摑んできた。涙が頰を伝うのを、堪えられなかった。

ぐしょ濡れのズダ袋を、無理矢理被せられた。内部に付着した嘔吐物の臭いに、吐き気が込み上げてくる。

また、溺れさせられるのか。あの恐怖に、いつまで耐えられるだろうか。

どう考えても、先に手を挙げた方が利口や。早よ挙げろ。

鼻と口に水が流れ込んできた。たちまち、呼吸ができなくなる。胃の中のものが逆流し、鋭い耳鳴りがした。

意識が薄れてきた。もう限界や。右手、挙げたる。

そのとき、血と嘔吐物の臭いに混じって、微かに甘い香りがした。あの夜、六人で死を待っていたときに嗅《か》いだ、甘くやわらかな闇の匂いだ。

拳を固く握り締めた。南か林田が俺達を売るかもしれないという疑念が、瞬く間に吹き飛んだ。

気付くと、組員の一人に激しく頬を叩かれていた。意識が飛んでいたらしい。激しく咳込み、顔を上げる。

吉瀬の冷たい目が、俺を見下ろしていた。睨み付けるようにして見返す。

「あと何回やられようが、俺達は喋らん」

「隣のガキは、観念して手ェ挙げたぞ」

「嘘やな」

反射的に、言い返していた。強がりじゃない。確信しているのだ。南は、絶対に口を割らない。

吉瀬がシガリロを銜えた。懐からデュポンのライターを取り出し、火を点ける。鋭い開閉音が響いた。白い煙を吐き出す。何も言わない。

「売人狩りは、濵津組に損害を与えるつもりでやった訳ちゃう。実際、何も損害はないはずや」

沈黙に耐え切れず、口を開いた。顎鬚が舌打ちを返してきた。

「直接的にはなくても、お前らがしょうもないことし腐ったせいで、俺らは余所《よそ》の組かなんかの嫌がらせやと勘違いして、調査に乗り出した。その調査に掛かった費用は、損害や」

「その代償なら、もう充分支払ったやろ。こんな目に遭《お》うたんやから」

「麻里さんを攫った件が残っとる。生まれてきたことを後悔するくらい、痛め付けたるからな」

「生まれてきた後悔なら、とっくにし飽きとんねん」

怒声を放った。組員達が声を荒らげたが、耳には入らない。吉瀬だけを、睨み続ける。

煙の向こうの表情は、何一つ変わっていなかった。

「俺らを殺すのは、リスクがデカい。失踪する理由のない若者が急に消えたら、事件性ありってことで、警察が捜査する。俺らの後ろに誰もおらんって分かった以上、そんなリスクを冒してまで俺らを殺すことに、何の意味がある？」

「気が晴れる」

ようやく、吉瀬が抑揚のない声で言った。

「ハイリスク、ローリターンや」

「損得勘定できるくらいなら、極道になんかなってへん」

やり取りに倦《う》んだかのように、舌を鳴らした。

「売人から奪ったシャブがある。それを全部、あんたらに渡す」

「ナンボある？」

「――二百七袋」

一瞬躊躇《ためら》ったあと、正確な数を答えた。俺達は別に、覚醒剤根絶のために売人狩りをしていた訳じゃない。それに、背に腹はかえられない。

「一パケ一万五千として、ざっと三百万や。結構ええ値段やろ」

「それは末端価格の話や。もう一遍パケを二百袋、市場に流したところで、組にとっては大した利益やない」

思案するように顎を擦る。

「じゃあ、殺せ。今すぐに」

低い声で言った。どうせ死が濃厚なら、強気に出てやる。ずるずると負けるよりは、大きく賭けて一気に破産した方が、諦めもつく。

吉瀬が目を細めた。

「お前ら、何者や。目的は？」

「俺達はただ、死んでるみたいに生きたくないだけや」

考えるより先に、言葉が口を衝いていた。

「大層な座右の銘やな」

呟き、髪を掻き上げた。シガリロを床に弾き飛ばす。

「しゃあない。全部水に流して、三人とも解放したろ。ただし、警察に駆け込まへん、売人から奪ったクスリを全部麻里に持たせて解放する。この二つを破ったら、何年掛かっても見つけ出して、殺す。今日の何倍も、じっくりといたぶってからな。ええな？」

俺はゆっくりと頷いた。

「じゃあまず、事務所におるガキを解放したるから、麻里を解放せえ。麻里の無事とシャブの確認が終わったら、お前ら二人も解放したる。他の仲間に、今の話伝えェ」

俺達に不利な条件だ。高木麻里とシャブが戻ってきたあと、約束が守られる保証はない。俺と南を拷問し、仲間の情報を全て喋らせてから殺す肚《はら》かもしれない。その懸念は拭《ぬぐ》い切れない。

だが、これ以上ごねれば、「じゃあ、もうええわ」と切り捨てられて終いだ。今は、吉瀬が最大限の譲歩をしたのだと信じる他ない。

スマートフォンと財布を返された。佐藤に電話を掛ける。事の成り行きを簡潔に伝えると、絶句してから、「分かった。言う通りにする。またあとでね、絶対」と言われた。

頷いてみせると、吉瀬は組事務所に電話を掛け、林田を解放するように告げた。

「麻里とクスリを確認したら、戻ってくる。まあ、気長に待っとけや」

パイプ椅子から立ち上がり、一階へと続く階段を上っていった。

吉瀬はなかなか戻って来なかった。時間の流れが、牛の咀嚼《そしゃく》のように遅く感じられる。悪い想像が加速し、恐怖が最高潮に達したとき、ようやく吉瀬が戻ってきた。緊張の糸が一気に張り詰め、息が詰まる。

「交渉成立や。とっとと失せえ」

気の抜けた声だった。強いフラッシュを浴びたように視界が真っ白になり、喉の奥から、熱い塊《かたまり》が込み上げてきた。

「早よ、失せえっちゅうねん」

大儀そうな声に促され、立ち上がった。体が重たい。全身に悪寒が走っているが、同時に至る所が熱い。

組員に両脇を抱えられ、一階の喫茶店に上がる。

マスターが俺を見て、目を丸めた。強烈な眠気に襲われ、意識が朦朧《もうろう》とし始めた。耐え切れず、テーブル席に突っ伏した。一瞬意識が途切れ、肩を叩かれて顔を上げた。

南だった。会話を交わす気力もなく、見つめ合って小さく頷く。それだけで、充分だ。

「ご注文いただいていたアイスコーヒー、お持ちしましょうか」

このマスターにも当然憎悪を抱いていいはずだが、俺達は素直に「はい」と答えていた。

「いくら旨くても、二度と来《く》なよ」

吉瀬が現れ、俺達の向かいに腰を下ろした。背後には、護衛の二人が控えている。間もなく運ばれてきたアイスコーヒーを、一気に飲み干した。味など分からないが、全身に潤いが染み渡っていく。これまで感じたことのない強烈な生の実感が、突き上げてきた。

力を振り絞って立ち上がり、ドアに向かう。

「おい、待たんかい。コーヒー代は？」

振り返ると、伝票を摘み、こちらを凝視していた。

「あんたが払え」

南が憤然と言い放った。吉瀬が唇から犬歯を覗《のぞ》かせて笑う。初めて見せる笑顔だった。

「なんで俺が払わなあかんねん」

伝票を指で弾いた。同時に、拭ったように笑みが消えた。俺はドアノブに手を掛け、全身を緊張させた。だが、誰も動かなかった。吉瀬をじっと見つめたまま、店を出た。

入店前と何一つ変わらない夜が広がっていた。タクシーを捕まえ、乗り込む。中年の運転手は傷だらけの俺達を見て嫌そうな顔をしたが、一万円札を握らせると、愛想良く車を転がし始めた。尾行の有無を確認するため、何度も右折をさせ、高速道路を走らせる。

「浅野。なんか、負けた気ィせえへんか」

「勝ってはないけど、負けてもないやろ。アイスコーヒーも奢らせたったし」

南が吐息を洩らした。笑ったのだ。

俺は佐藤に電話を入れた。湿った声で労《ねぎら》いの言葉を掛けられたあと、電話口に林田が出た。

「助けてくれて、ありがとう。ごめんな、ヘマして」

もしもしよりも先に、林田が震える声で言った。

「かまへんよ。仲間やんか」

目頭が熱くなった。二言三言、他愛もないことを言い合う。

「林田。お前、大丈夫か。呂律《ろれつ》回ってへんで」

「歯ァ、五本も折られてん。喋りづらあて敵《かな》わん」

すすり泣くような声だった。電話を南に替わり、ため息を吐き出す。俺の怪我を見て騒ぐであろう母親の存在を思い出した。なんとかして、言い繕わなければならない。

でもその前に、やることがある。部屋に戻って『ゲッタウェイ』のポスターを剝がし、燃やすのだ。もう俺に、物語はいらない。

ポスターが赤々と揺らめく火に舐められ、反《そ》り返って黒い灰へと変わっていくイメージが脳裏に浮かんだ。頭の中で、灰を掻き分ける。何も現れなかった。背筋が粟立《あわだ》った。

最後は映画のように、華々しい死を遂げたい——あの夜以来抱いていた願望が、唐突に無意味なものに感じられたのだ。

吉瀬と渡り合ったときのひりつくような恐怖と緊張が甦《よみがえ》ってくる。解放されたあと飲んだアイスコーヒーは、魂をも潤わせてくれた。生きている。心の底から、そう感じられた。

だが、その反動で、華やかな死への憧れを失ってしまったらしい。間抜けな死だろうが格好良い死だろうが、死ねば一緒だ。そこで終わりだ。

「酒用意して、待ってるってさ。飲む元気ないっちゅうねんな」

南の笑い声が、耳の奥で虚《うつ》ろに響いた。

「いや、俺は飲みたいわ。早よ飲んで、酔っ払いたい」

派手な死を迎えたいという望みは、なくなってしまった。欲しいのは、さっき味わったのと同じ、いやそれ以上の、生きている実感だけだ。

アウトロー紛《まが》いのことをして、生の実感を掴む。心底ダサい茶番だとは、自覚している。でも、たとえ駄作の映画でも、撮影現場には熱気が溢れているはずだ。その熱気を味わいたい。他人が作った傑作を観るよりも、自分達で駄作を撮る方が楽しいに決まっている。

死ぬことについては、もう考えない。破滅上等で、好き勝手に精一杯生きてやる。

そっと、目を開いた。南には聞こえないように、口の中で呟く。

「イッツショータイム」

後方の交差点で、クラクションの音が響いた。甲高く、安っぽい音だった。

第二章　爆裂

1

　ナルシシズムの語源は、ギリシャ神話に登場するナルキッソスという美少年らしい。水面に映る自分の姿に一目惚れし、死ぬまでその場を離れることができなかったのだという。完全にギャグだが、浴室の鏡に映る自分の顔を見ていると、その気持ちも分からないではない。

　幅の広い平行二重瞼、鼻筋の通った高い鼻、分厚く潤いのある唇、今はシャワーで濡れて殆《ほと》ど黒に見えるが、髪は乾かせばお洒落《しやれ》にくすんだアッシュだ。上の上とは言わないが、上の下くらいの顔ではある。お父さんかお母さん、外国の人？　と何度訊かれたことか。

　鏡に向かって舌を突き出し、股間に右手を伸ばした。僅《わず》かに硬くなる。白状すれば、鏡の中の自分で自慰に耽ったことも、一度や二度じゃない。

　左手で、頬の浅い傷に触れた。ピリピリとした痛みが走り、サディズムとマゾヒズムが同時に刺激される。だが、すぐに萎《な》えてしまった。傷の記憶が甦ってきたからだ。

　高木麻里を攫う際、護衛の組員と格闘になり、負った傷だ。四対一とはいえ、本物のヤクザとの殴り合いは、肝が冷えた。

濵津組に拉致された林田と南は、ズタボロに殴られながらも、一切口を割らなかった。浅野に至っては、組長を相手に手打ちにまで持ち込んだ。だが僕は、藤原と佐藤と一緒に、怯える高木麻里を監視しながら、三人の無事を祈っていただけだ。気付くと、十字を切って祈っていた。捨て去ったはずの信仰が体に染み付いているのを実感し、吐き気がした。

——もし林田達が帰ってけえへんかったら、濵津組の事務所に、爆弾持って押し入る。

高木麻里に聞こえないよう小声で、佐藤は体を震わせながら言った。藤原の横顔を見つめたまま、僕は佐藤の言葉に頷くことができなかった。三人は無事に戻ってきたが、佐藤の言葉に頷けなかった事実は、鋭い棘《とげ》となって、未だに僕の心に突き刺さったままだ。

2

いらっしゃいませ、と抑揚のない声で言うと、若い男は無表情のまま雑誌コーナーへと歩いていった。今日発売の少年ジャックを手に取り、酒のコーナーへ。男が悩んでいる間に、禿《は》げたおじいさんが入店してきた。常連客だ。僕の方へと真っ直ぐやってくる。棚からショートホープを二箱取り、バーコードを読み取ってカウンターに置いた。無言のまま小銭を会計トレーに置き、年齢確認のタッチパネルを押してから、煙草を手に取る。

「ちょうどお預かりいたします」

レシートの要否を問う前に、背を向けて出口へと向かう。ずっと、この調子だ。毎日ショートホープ二箱だけを買っていく、通称・キボジイ。ホープのじいさん、希望のじいさん、略してキボジイ、という変遷だ。三年前、高校一年生のときにこのコンビニでバイトを始めた際に、先輩から教わった内の一つが、キボジイの存在だった。

そういえば、どんな声かすら思い出せない。最後に声を聞いたのはいつだろう、というよりも、声を聞いたことがあっただろうか。最初にキボジイを見たのは、研修初日、レジで接客する先輩の隣で仕事ぶりを見学しているときだった。あのときも、キボジイは無言だった。以降、どれだけ記憶を辿ってみても、キボジイが喋っているのを見たことはない！

キボジイの声を聞いたことがない事実に一人で驚いていると、後ろから声を掛けられた。

「川原君、明日空いてる？　一人欠勤が出て、入れたら入って欲しいんやけど」

「ごめんなさい。明日は予定が」

「ああ、ホンマに。デート？」

「いや、デートではないんですけど」

「何？　何すんの？」

悪い人ちゃうけどめっちゃグイグイ来るよな、というのが、店長に対する僕らバイトの共通の評価だ。

「バーベキューです」

「へえ！　ええやん。友達と？」

「友達と言うか、まあ、はい、そうですね」

「なんや、その歯切れの悪さは。バーベキューすんねやから、友達やろ」

豪快な笑い声を上げ、裏へと下がっていった。

ともだち。口の中で一度、そう呟いてみた。初めてタピオカミルクティーを飲んだときみたいな、不思議な感触だった。

3

空一面に薄い雲が広がり、太陽の光は散乱しながら地面へと降りてきている。空全体が磨りガラスで覆われているみたいだ。

宴もたけなわ、焦げた網の上に残されているのは、僅かばかりの野菜だけだ。

「あかん、化けの皮剝がれてきた。ちょっと、お手洗い」

佐藤が手鏡を見て呟き、さっと場から離れていった。

「あいつ、出会《でお》うたときはスッピンやったよな。えらい可愛なって」

林田が素朴な声で言った。思わず、僕らは一斉に林田を見た。二週間経ってもまだ差し歯が完成していないらしく、前歯が三本と奥歯が二本、欠けたままだ。ここだけの話、肌ツヤが良くて皺《しわ》のない、物凄く若々しいおじいちゃんみたいだ。

「林田、ああいう女子が好みか。ああいう……平安時代っぽい顔が」

南が口の端に笑みを浮かべた。悪意や侮辱《ぶじょく》のニュアンスはない。最初に顔を見たときはコンビニの前にたむろしているの金髪のヤンキーみたいだと苦手意識を抱いてしまったが、半年間付き合ってみて分かった。南はいい奴だ。鼻の先端が上を向いているせいで両穴がやや強調されている点も、チャーミングだ。

「別に、好みの顔とかちゃうけどさ」

「恋でもして、綺麗になったんちゃう？」

藤原が眼鏡を押し上げた。

「恋って、誰に？」

南が声を張り上げてから、そのまま視線を僕に向けてきた。林田と藤原の二人も、どちらからともなく僕の方を見た。浅野だけは玉葱《たまねぎ》を咀嚼しながら、漫然と空を見つめている。小さい頃に観たカートゥーン・アニメに出てきた、ニヒルなヤギみたいだ。

「みんななんで僕の方見んねん。なんや、その顔は」

「いや、まあ……」

「イケメンやからって、僕とは限らんやろ」

「自分でイケメンっちゅうなよ」

南が冗談っぽく眉《まゆ》を顰《ひそ》めた。まあ事実やからな、という藤原の言葉に、思わず頬が緩む。

化けの皮を被り終えた佐藤が、軽快な足取りで戻ってきた。

「ごめん、お待たせ。そろそろ撤収する？」

「ええ、もう？　折角の打ち上げやのに」

南が唇を尖らせた。

「打ち上げって、サークルやないねんから」

林田が苦笑する。

「だって、このままぬるっと解散っちゅうのは寂しいやん」

「じゃあ、一本締めでもしよか」

「それこそ、サークルやないか」

南に容赦なく突っ込まれ、林田が大袈裟に肩を竦めた。

「爆弾でも、作ろか」

浅野がぽつりと言った。当然のことながら、僕達の視線は一斉に浅野の許へ。

「焼きそば作ろか、みたいなテンションで言いなや。おっかない」

「どうやって作んねん？」

南と林田が口々に言った。

「作り方は超簡単。空のペットボトルにドライアイスを入れて、蓋閉めて放置するだけ。ただし、天然水とかのペットボトルはアカン。材質が薄くて軟らかいから、威力が出えへんでショボい。炭酸飲料系の硬い素材でできてるペットボトルが、威力抜群やな」

人差し指を立てた浅野が、ギャング映画のボスのように大仰な仕草で僕達を見回す。細くて薄い眉、低い鼻、ゆるくウェーブの掛かった癖毛の黒髪、尖った顎、切れ長の目。視聴率の良いドラマに出演し、個性派イケメンとして一気にブレイクするも、世の男達から「何処がイケメンやねん」と叩かれるタイプの顔だ。僕は嫌いじゃない。

「オモロそうやけど、ドライアイスある？」

「持ってきたから、大丈夫」

南の問いに、浅野が即答した。

「もしかして、最初からみんなで爆弾作りたかったんちゃうん？　可愛い」

茶化すような佐藤の声色に、僕らは腹を揺すって笑った。浅野が形ばかりの厳《いか》めしい表情を浮かべ、クーラーボックスを開いた。中には、封を開けていないファミリーパックのアイスと敷き詰められたドライアイス。

「今朝スーパーでアイス買《こ》うたついでに、貰《もろ》うてきただけや」

「まあ、そういうことにしといたろ」

林田の言葉を皮切りに、僕らは爆弾製造に取り掛かった。

「南一等兵、空ペットボトルの数は？」

「コーラの五百ミリが三本、サイダーの五百ミリが二本であります、林田軍曹」

「よろしい。では川原二等兵、ドライアイスの準備を」

「なんで僕、南より階級下やねん」

「一番、年下やからや」

藤原が二十歳で、浅野と佐藤と林田と南が十九歳、僕だけが十八歳だ。

「僕ら、対等なチームちゃうんかい」

声を張り上げながら、割り箸を手に取り、ペットボトルの中にドライアイスを入れ始めた。

「ほら、そこ三人も手伝わんかい」

林田が歯抜けの口を大きく開けて言った。藤原と佐藤と浅野が、苦い微笑を浮かべて頷く。

「ペットボトル、五本か。俺はええよ。やったことあるし。アイス食うて見てる」

浅野がパックを開け、リンゴ味の棒アイスを食べ始めた。

「浅野。これ、どういう原理で爆発すんの？」

「知らん」

言い出しっぺやろ、と笑うと、「車が動く仕組みなんか知らんでも、運転はできるやろ」という屁理屈が返ってきた。「免許持ってへんやろ」と南が毒づく。

「圧力やと思うよ。ドライアイスが密閉された状態で気体に変わるから、容器の中の圧力が高なって、ペットボトルが耐えられへんくなんのやと思う」

「何言うてるか全然分からん。やっぱ頭ええな、佐藤」

「理学部、舐めたらあかんで」

「別に、元々舐めてへんけど。というか、そもそも、ドライアイスって何なん？」

僕の問いに、佐藤が目を瞠った。

「マジで？　知らんの？」

「氷じゃないってのは知ってるけど、よう考えたら何か知らん。高卒やから、習ってへんねん。なあ、南？」

「うん。知らんわ。林田も知らんやろ」

「固体の二酸化炭素や。中学で習うぞ」

あっけらかんと言われた。僕は南と顔を見合わせ、肩を竦めた。

「成分なんか知らんでも、全然大丈夫や。手で触ったらあかん、ってちゃんと分かっててんから。そっちの方が大切」

藤原にあやすような口調で慰められ、耳が熱くなる。

「そろそろ、ええ感じやな、川の方行くで。まだ、蓋は閉めたらあかん」

浅野の言葉に従い、川の畔《ほとり》へと向かった。殆ど流れのない濁《にご》った川の前に、一列に並ぶ。左から、浅野、林田、南、佐藤、藤原、僕の順だ。

「じゃあ、蓋閉めて、放り投げて」

せーの、と浅野が声を張り上げ、僕達は同時にペットボトルを抛った。放物線が川面で途切れる寸前、思わず、両手で耳を塞いだ。

ボトン。低い音を立てて、五本のペットボトルは水中に沈んだ。一瞬後訪れたのは、静寂。何も起こらなかった。

「全然、爆発せえへんやんか」

僕は拍子抜けした声で言った。

「多少、時間掛かる。振ってから投げたら、割とすぐ爆発するけど」

「そういう大事なことは、先言うてよ。可哀想に、川原、ビビってたで」

佐藤に横目で見られた。強い口調で抗議する。

「ビビってへん。うるさいのが嫌やから、耳塞いでただけ」

「それを、ビビってるっちゅうねん」

南がせせら笑ったが、不快な気分にはならなかった。

しばらく他愛もない話をしたあと、なんとなく口を噤んだ。目の前の川へと視線を移す。雲の隙間から差し込む夕暮れの陽射しが、水面を輝かせている。四月の穏やかな風が、僕らの頬を撫でた。

「こんな風にズラッと横一列に並ぶと、戦隊ヒーローになった気分やな」

藤原が胸を張った。戦隊モノは大体五人やろ、とすぐさま浅野からツッコミが入る。

「そもそも、俺達は正義の味方ちゃうしな。むしろ、その逆や」

林田が抑揚のない声で言った。

「しかし、長いな。しりとりでもする？」

「林田。お前、暇になったら、すぐにしりとり――」

浅野の言葉を遮《さえぎ》るようにして、轟音《ごうおん》が鳴り響いた。僕達は一斉に体を竦めた。白く巨大な水柱が次々と噴《ふ》き上がり、崩れ落ちる。砕けた水滴がばらばらと川面を打ち付け、いくつもの波紋を生じさせた。

「さっき人のことイジったくせに、全員ビビったやんか」

「すまん、すまん。こんな凄いと思わんかったから。マジで普通の爆弾やんか、これ」

南がため息を洩らした。

「これめっちゃ作ったら、テロとか起こせるんちゃう」

僕は喉を鳴らして笑った。国会議事堂がド派手に爆発し、轟々と燃えるヴィジョンが鮮明に浮かんだ。何故《なぜ》か、ちょっと胸のすく思いがした。

4

野太い声と大音量の洋楽が聞こえてきた。サイドミラーで確認すると、日本国旗と旭日旗《きょくじつき》をはためかせた黒塗りのワンボックスカーが、こちらに向かってきていた。

「自分らは、うるさないんかな」

運転席の藤原が、サイドミラーに目をやる。僕は二列目、藤原の後ろだ。左隣は浅野、三列目は林田と佐藤。

「鼓膜《こまく》が分厚いんやろ」

浅野が投げやりな声で応じた。

「大体、なんでＢＧＭがエアロスミスなんやろ。国歌とか雅楽とか流したらええのに」

佐藤の素朴な声に、車内で笑い声が弾けた。

「右翼のくせにアメリカの歌なんか流し腐って。属国意識が抜けてへん。あいつら、敵国やろ。とっとと自衛隊を軍隊にして、核武装して、米軍を沖縄から――」

「ストップ、ストップ。政治と宗教の話は、友人間ですべからず」

佐藤が大人びた口調で言った。南がお道化《どけ》たように口にチャックをする。

背後の街宣車が別の道へと消えていった。車内に沈黙が降りる。バーベキューではしゃぎ過ぎて疲れたのか、誰も言葉を発さない。決して居心地の悪くない沈黙だ。音楽のサビ前に訪れる一瞬のブレイクが、ずっと続いているような感じ。

サークルやないんやから、と林田は言っていたが、もし大学に進学して楽しいキャンパスライフを送っていたら、こんな感じやったんやろうか。寂しさと喜びが、胸を満たした。

運転席から、欠伸を噛み殺したような声が聞こえてきた。藤原がミラーの中で、眠そうに目を瞬かせている。夕陽の淡い光が、髪に天使の輪を作っていた。

5

死にたくない、と怯え過ぎると、人はいつしか、死んでも構わないと思うようになる。

小学生の頃、異様に怖いホラードラマをテレビで観た。彼氏に振られて自殺した看護師の幽霊が、主人公の男を元彼だと勘違いして襲い掛かるのだ。白目を剝《む》いて主人公を追い掛ける幽霊の顔があまりにも怖くて、その夜、眠れなくなってしまった。仕事で帰りの遅いお母さんを恋しく思いながら、布団に入りじっと目を閉じていると、幽霊の顔がまざまざと浮かぶ。かと言って、瞼を開いた途端、目の前に幽霊がいるかもしれないから、目を開くこともできない。恐怖に押し潰されそうになった僕は、幽霊の何が怖いのだろう、と考えてみた。

顔だ。じゃあ、何故あの顔が怖いのだろう。僕のことを殺してきそうだからだ。これまたじゃあ、何故殺されるのが怖いのだろう。痛いから？　でも、ドラマの主人公は一瞬で殺されていた。そうすると残る理由は、死ぬことそのものか。でも、これも大丈夫だ。だって、僕が幼稚園の頃に母方のおじいちゃんは死んだし、父方のおじいちゃん、おばあちゃんは僕が生まれる前に死んでいる。人はみんな、いつか死ぬんだ。恐れることなど、何もない。

臆病な僕は、必死にそう思い込むことで一人ぼっちの怖い夜から逃れ、どうにか眠りに就《つ》いていた。毎晩それを繰り返すうち、次第に死に対して鈍感になっていった。

「だから、死のうと思うたん？」

初めて話をしたとき、藤原は画面の向こうで驚いたように目を見開いた。

半年ほど前、十一月中旬のことだ。「本気で死にたい奴、集合」というネット掲示板で、十代限定でビデオチャットをしようという書き込みを見つけ、添付されていたリンクを踏んでみた。それが、藤原との出会いだった。

さらさらの黒髪ぱっつんに縁の細い眼鏡を掛けた彼は、何処となく、お父さんが蒸発するまで飼っていたトイプードルに似ていた。飼えなくなり、泣く泣く引き取り手を探した。

「その怖いドラマのせいで、どうせ最後は死ぬだけや、別に死んでもいいかな、みたいな気持ちが芽生えたのは確かかな。でも、あの掲示板覗いてたんは、最近嫌なことがあったから」

「ああ、そうなんや。実は今さ、あの掲示板で繋がった人らでビデオチャットしよか、みたいな話になってんねんけど、川原君も来る？」

突然の誘いで返答に窮していると、藤原が眼鏡を押し上げて笑った。

「ええやんか。来《き》いや。どうせ最後は死ぬだけ、なんやろ？」

胸の底で、何かが震えたような気がした。今思えば、あの瞬間が全ての始まりだった。

6

バーベキューの翌日。林田から緊急招集が掛かり、ディープ・ウェブ内に設けられた六人だけのためのビデオチャット空間「ＢＬＯＯＤＹ　ＳＮＯＷ」にアクセスした。秘密チャットを作成し、特殊なブラウザを用意して僕らにログイン方法を教えてくれたのは、佐藤だ。実のところ、僕はブラウザの意味すら未だによく分かっていない。

サイト名は、林田の命名だ。僕らは気取り過ぎてダサいと反対したが、意外にも佐藤が賛同したため、最終的に可決された。

画面中央に、赤い雪の結晶が表示された。ログインする人数が増えるにつれ、六角形の結晶が六分の一ずつ赤く染まっていく仕組みだ。アクセスする度に結晶の形が微妙に変わる点が、佐藤のこだわりらしい。

ログインが完了すると、待ち構えていたように林田が拍手した。

「よっしゃ、全員集まった！　始めんで」

「何を？」

「何をって、川原。決まってるやんか、次の活動の話し合いや。前回より派手なヤツや」

テーブルを小突き、得意げに笑った。僕はイヤフォンを外し、音漏れしていないか確認した。壁の薄いアパートだ。隣人に聞かれていたら、洒落にならない。

イヤフォンを付け直すと、林田が咳払いし、本人は重々しい口調のつもりなんやろな、というような口調で言った。

「銀行強盗、やらへんか」

全員が息を呑むのが分かった。もちろん僕も、例外じゃない。

「ええんちゃう。男はみんな、一遍は殺し屋か銀行強盗に憧れるもんやし」

南が頷き、両手で見えないマシンガンを乱射した。

「まあ、全員の望みを叶えるっちゅう約束やから、断る選択肢はないけど、やっぱまだ早ないか。売人狩りの次が、銀行強盗は」

浅野が小首を傾げると、林田がすぐさま訂正した。

「売人狩りだけちゃう。ヤクザともやり合《お》うたやんか」

「アレをやり合ったっちゅえるかな」

藤原に一蹴され、林田が露骨に顔を顰《しか》めた。浅野と南も、険しい表情を浮かべる。

「藤原は危ない目に遭うてへんから、そんな風に言えんねん」

「ちょう、林田。なんやねん、その言い草」

「まあまあまあ」

佐藤と僕は同時に言った。

「揉めてどないすんの。全員頑張ったやんか。それに、一番体張ってへんのは私やし」

「佐藤は、女の子やからしゃあないよ」

林田が腕を組んだまま言った。重苦しい沈黙が流れる。近頃、「延々と」を「永遠と」と誤用する人が多いが、この沈黙は本当に、永遠と続くような気がした。

ヤクザから散々殴られても一切口を割らず、対等に交渉して生き延びた三人を、心底尊敬する。僕は多分、そこまではできない。だからこそ、いくら藤原の言葉でも、今の発言はどうかと思う。

「そもそも、拳銃をどうやって手に入れるん?」

業を煮やしたのか、佐藤があっけらかんとした口調で言った。こういうときはやっぱり、女子の方が強い。

「ネットで手に入れたらええやんか。ダーク・ウェブとかで、買えるんちゃう。知らんけど」

林田がぶっきら棒に言った。

「でも、藤原みたいに偽物摑まされたら困るやろ」

僕が言うと、全員が押し黙った。まずいことを言っただろうかと、ぬるい汗が背中を伝う。

「まあ、あれは結果オーライやったやんか」

浅野が穏やかな笑い声を上げた。他のみんなも笑い出し、藤原が「もう許してくれ」と手を振って苦笑した。場の雰囲気が和むのを感じ、緊張していた体から力が抜けた。

「銀行強盗するにしても、結構準備がいるやろ。拳銃だけやなしに。だからその前にもう一個くらい、肩慣らし的な何かしたいけどな」

浅野が言い、全員で「うーん」と頭を悩ませる。

「川原は何かない？　やりたいこと、やり残したこと」

藤原に問われた。頰を膨らませ、考える。ぷっと空気を吐き出してから、口を開いた。

「この前また、議員が同性愛者に差別的な発言してたやんか。同性婚も、全然認められそうにないし。だから、同性婚を認めろっちゅうて、国会議事堂に爆弾を仕掛けるとか」

ペットボトル爆弾を川に投げ込んだときに浮かんだヴィジョンが、脳裏に甦った。

「銀行強盗よりデカいこと言うてどないすんねん」

南に突っ込まれ、全員に笑われた。

「いやでも、発想は悪ないで」

藤原が眼鏡を押し上げ、僕に向かって頷き掛ける。

「サンシャイン・ジャパンって、知ってる？」

僕らが首を横に振ると、藤原を映していた画面が、何かの団体のホームページに切り替わった。

満面の笑みを浮かべる太陽のイラストが掲げられている。

「ＬＧＢＴを肯定する風潮があるけど、生理的に嫌悪感を抱く人間だっておんねん、今の日本はその嫌悪感すら許されへん、同性愛者を気持ち悪いと思う奴は人間として最低や、みたいなことになってる、これは息苦しい、逆差別や、思想、言論の自由が侵されてる——っちゅう団体や。尤《もっと》も、同性愛者を嫌悪する内心の自由を保護せよ、いう主張をするんやなしに、同性愛者を侮辱する言動を大々的に展開することが活動のメインみたいやけど」

「ＬＧＢＴのレインボーフラッグに対抗して、太陽か。国際的な団体なん？」

佐藤が問うと、画面が再び藤原の顔に戻った。

「ＳＮＳがキッカケで結成された、日本だけの団体」

「俺らと一緒やん」

「一緒にすな」

浅野が林田にすかさずツッコミを入れ、言葉を続けた。

「思い出したわ、俺もこの団体知ってる。大勢で発展場《はってんば》に押し掛けて、暴言吐いたり暴れたりして、一時期話題になってた。確か、こいつらに袋叩きにされて、死人も出てるやろ」

「二人な。一部のメンバーが勝手にやっただけや言うて、団体は関与を否定してるけど」

大勢の男達が目を爛々《らんらん》と輝かせ、楽しそうに暴力を揮うイメージが浮かんだ。それから、人間に何も危害を加えていないのに、槍を持った村人達に追い回される怪物のイメージも。

「それで、次の活動はこいつらを狩るんか」

珍しく、南が会話の軌道修正を図る。

「そう。こいつらに、テロ仕掛けたろ」

「テロ……」

それ自体が何の意味も持たない単語であるかのように、林田が単調な声で繰り返した。

「テロも、銀行強盗並みにヤバいやろ」

浅野が首を横に振って言うと、藤原が食い気味に反論した。

「人が死なん程度のヤツならええ。テロの語源は恐怖を意味するフランス語、テルールや。単純で小規模なテロでも、やりようによってはいくらでも恐怖を作り出せるし、話題性もある」

「話題性、いるかな」

首を傾げる浅野に、めげずに応じる。

「前回は裏社会を騒がせてんから、今回は表社会を騒がせようや。オモロいやろ」

「売人狩り、反同性愛団体へのテロ、銀行強盗。一貫性があらへんけど、まあええんちゃう」

佐藤が同意を示すと、林田が首を横に振った。

「違う。一貫性がないからこそ、ええねん。思想なき犯罪グループ。格好ええやんか」

「思想はあるやろ。売人狩りも反同性愛団体へのテロも、俺らの過去に立脚してる」

浅野が言った。

「グループとしての思想はないやろ。破滅へ向かってひた走る、虚無的で刹那的な感じ？」

林田がうっとりとした面持ちで言った。浅野が苦笑混じりに口を挟む。

「あんまそういうの自分で言うたら、ダサいぞ」

その後、話し合いは一時間ほど続いた。ネットを通じて結成されたサンシャイン・ジャパンには活動拠点となる事務所がないため、テロを決行するのは、連中が唯一目立って集合するデモの場に決めた。連中は毎回警察に無許可でゲリラ的にデモを行っているため、ホームページに記載されたメールアドレスに連絡してデモに参加したいと偽り、情報を得るつもりだ。テロにはペットボトル爆弾を使おう、という僕の提案に、一同は大いに盛り上がった。

「やるからには、大体どのくらいの量でどんな風に爆発するかとか、実験しておくべきやと思うけど、ドライアイスって意外と手に入らへんのよね」

佐藤の言葉に、南がすかさず応じる。

「スーパーでアイス買うたら、付いてくるやろ。それこそ、この前の浅野みたいに」

「ちょっとやん。すぐ気化するし、実験のためには、何キロもまとめて欲しい」

「ネットで買うたらええねん。今は何でもネットで買える」

「でも南、そんないっぱい買うたら怪しまれへんか。計画が成功したあとで、警察に捜査されてすぐバレそうやし」

藤原が心配そうな声を発した。

「まあ、大丈夫ちゃうか。ドライアイスって結構需要あるみたいやから、全員で手分けしてちょっとずつ買うていったら、そんなすぐには捜査の手、伸びてけえへんやろ」

浅野がドライアイスの用途を挙げていった。冷蔵庫が壊れた場合、キャンプで使う場合、死んだペットの遺体を火葬まで保管する場合、イベントのスモークに使う場合、等々……。

結局、佐藤と林田がペットボトル爆弾の実験・改良を、僕と藤原が団体解散を要求する脅迫状を作成することになった。サンシャイン・ジャパンが僕らの脅迫を呑めばテロは決行せず、要求に応じなければテロを決行する算段だ。とはいえ、十中八九、要求には応じないだろう。だから脅迫状の必要性についても意見が割れたが、怪盗の予告状みたいで格好良い、という林田の意見が可決された。南は工場の仕事が繁忙期で忙しく、浅野は運転免許の取得に追われているとのことで、テロの準備段階では参加しない。

「じゃあ、よろしく。脅迫状の文面、川原が考えてや」

藤原が笑みを残してログアウトした。初めてチャットをしたときに見せたのと、変わらない笑顔だった。

7

二日後。コンビニのバイトを終えて帰宅すると、アパートの前で肩を叩かれた。振り返ると、藤原だった。

「あれ、早ない？」

驚いて声を上ずらせると、藤原がコンビニ袋を掲げた。

「一緒に晩飯食おうかな、思うて」

僕は顔を綻ばせてから、コンビニ袋を指差した。

「セブンやん。僕の働いてるとこ、来てくれたら良かったのに」

「コンビニの中で、セブンが一番旨いもん」

即答され、思わず笑ってしまった。

「狭くてごめん」

部屋に戻り、藤原を布団の上に座らせた。藤原が買ってきたのは、冷やしぶっかけうどん、冷凍炒飯《チャーハン》、ダイエットコーラだった。

「普通のコーラ、買うてきてや」

「ええやんか。旨いで、これ」

「好きちゃうねんな、ゼロカロリーとか。甘さ控えめスイーツとかも」

冷凍炒飯を皿に盛り、電子レンジを作動させる。背後でプシュッという音がし、喉を鳴らす音が聞こえてきた。振り返ると、藤原がペットボトルを差し出してきた。唾を飲み、受け取る。

「育ちええのに、コーラとか飲むねんな」

「成り上がり政治家の息子やからな、別に大したことあらへん」

抑揚のない声で言い、偶然なのかわざとなのか分からないが、視線を外された。

「ごめん」

「ええから、飲んでみって」

藤原が笑い、手をひらつかせた。

「じゃあ、いただきます」

頭を軽く下げ、ダイエットコーラに口を付けた。舌先が痺れ、粘《ねば》ついた口の中を爽快な甘みが漱《すす》いでいく。喉が開く感覚が気持ちいい。

「ああ、喉越しが堪らん」

「ビールちゃうねんから。ていうかほら、旨いやろ」

胸を張る藤原にペットボトルを返し、解凍できた炒飯を取り出す。

「布団に溢《こぼ》さんとってや」

ぶっかけうどんを食べようとする藤原に注意を促し、僕も座って炒飯を食べ始めた。

「ちょっと頂戴《ちょうだい》や、うどん」

「川原は、一口頂戴容認派か」

「嫌なん？」

「別にええよ。でも、普段せえへんから。友達、川原達以外おらんし」

「そっか」

口の端に笑みを浮かべ、炒飯とうどんを交換した。藤原が使っていた割り箸で、うどんを啜る。この前のバーベキュー帰りのときと同じ、心地好い沈黙が流れる。

「藤原は、やっぱりまだ死にたい？」

うどんを返したついでにさり気なく言ったつもりだったが、藤原は体を硬直させた。

「なんで？」

「僕は正直さ、この六人で出会うて、自分の気持ちがちょっと分からんくなった。もちろん死ぬのが前提の活動やっていうのは分かってるけど、でも、毎日が充実してるというか」

うーん、と藤原は実際に声に出し、目を閉じた。何かを考えるように、体を右に傾ける。僕は六人で初めて会った日のことを思い出しながら、藤原の返答を待った。

半年前、僕は頻繁に自殺掲示板を覗いていた。矛盾して聞こえるが、生きるための方法を探すような気持ちが、心の何処かにあった。同じように辛い境遇の人達の存在を感じて、元気を出したかったのだ。そして、五人と出会った。誰もが死にたいと語り、気が付けば、全員で死ぬことになっていた。直接は会ったことないけれど、自殺願望の共有が僕らの心の距離を一気に近付けてくれたから、みんなで死ぬことに異存はなかった。それに、一緒に死ぬというのは、なんだか心中めいていて、少しばかり魅力的でもあった。

でも、誰も死ななかった。幹事の藤原が闇サイトで仕入れた「楽に死ねる」という薬が、偽物だったみたいだ。僕らは大いに笑ったあと、自殺の延期を決めた。死んだと思って、もう少しだけ生きてみよう。そう、誰からともなく言い出した。でもそれは、もう一度人生と戦ってみよう、なんて素敵な話じゃない。一度自殺した僕らには、恐れるものなんか何もない。だから、やりたいことをやって華々しく死んでやろう。そういう取り決めだ。

グループの結成を誓うと、林田が高らかに雄叫《おたけ》びを上げた。他の四人が大声で笑った。僕も一緒に笑い、派手に死んだろうや、と沸き立った。でもここだけの話、死ぬ間際にけたたましく鳴く蟬みたいやな、という意地悪な発想が頭をもたげたのも、事実だ。

「川原はそもそもさ」

藤原が声を発した。え、と寝惚けたような声で応じる。

「そもそも、自殺したいっちゅう動機が、いやごめん、本人にとってはめっちゃ辛いっていうのは分かるけど、でも要するに、失恋やんか」

僕はぎこちなく笑った。藤原が些か慌てたように、言葉を付け足す。

「もちろん、普通の失恋とはちょっと違うかもしれんし、そのときに色々揶揄《からか》われたりして大変やったんは聞いたよ。ごめん、辛かったと思う。死にたくなったのも、もちろん分かる。学校なんて狭いコミュニティやって分かってても、自分自身を否定され続けたら、そりゃ死にたくなるやろ。でも今になって、やっぱり死ぬのはやめよっかな、って思ったとしても、それは全然不思議やない。佐藤くらい、心が折られてもうたら、もう厳しいかもしれんけど。もし川原が、グループを抜けたい、言うなら、俺は止めへん。応援する」

　僕が最も辛く、死にたいと思ったのは、学校で揶揄われたことじゃない。けれど、一番の原因は話すのも苦しくて、あの夜、藤原達には打ち明けなかった。

「僕はグループを抜けたいんやなくて、グループの活動を永遠と続けてもいいかなって」

　そう言うと、藤原が微かに目を見開いた。

「確かに、まともに生きたいとは全く思わんけど、全員がやり残したことを達成したあとも、何かしらの活動は続けてもええかもしれんな」

　胸が熱くなった。嬉しくて、だけど苦しい。グループを抜ける選択肢は、ないみたいだ。

「ところで、脅迫状の文面考えた？」

「一応考えたけど、僕、藤原みたいに本読まへんから、拙いかも」

「ええねん、ええねん。普通の文章で。それに俺も、小説ちょろっと読むだけやから」

「なんか、オモロい小説教えてや。死ぬまでに、読むから」

「俺らにその言い回しは、何とも複雑やな」

　藤原が喉の奥で笑った。

「『タイタンの妖女』って、読んだことある？」

「ない。というか、ごめん、知らん」

「ああ、そっか。宇宙規模の壮大なSF小説やねんけど、オチがめっちゃしょうもないねん。暇やったら、一遍読んでみ。人生なんか何の意味もない、でもだからこそ、どんな些細なことでも生きる意味になり得るっていう、シニカルやりどあったかい話やから」

僕は頷いただけで、何も言わなかった。涙が込み上げてきそうだったからだ。どうしてそんな素敵なことを言う人が、まともに生きる道には戻りたくないんだろう。

そんな僕の気持ちを見透かしたのか、藤原が囁くような声で言った。

「裏を返せば、どんな些細なことでも、死ぬ意味になり得るんかもな」

溢れ出る気持ちを鎮めようとして、僅かに残った塩辛い炒飯を掻き込んだ。

8

「そういえば最近、キボジイ見ませんね」

店長は客のいない深夜のコンビニを見渡したあと、背後にある煙草の棚をちらと見やり、内緒話をするような声で言った。

「キボジイなあ、死にはったらしい」

僕は声を詰まらせた。何故か分からないが、鼻の奥が少し熱くなった。

「俺も、昨日たまたま知ってん」

「キボジイの声、聞かんまま終わってまいました」

思わず口走ると、店長が目を少しだけ大きく開いた。

「ああ、ホンマに？　笑うてまうくらい、めっちゃ甲高かったで。ごっつソプラノや」

「ええ？　聞いてみたかったですね」

「せやろ。ピンピンしてたのに、人間、いつ死ぬか分からんからなあ。死ぬ前に、やりたいことやらなあかんな、思うたわ」

沁々《しみじみ》とした口調だった。

しばらくして、バイクの音が聞こえてきた。新聞配達員が朝刊を届けに来たのだ。店長が受け取っている間に、前日の売れ残った新聞をまとめ、返品のため配達員に渡した。店長から今日の分の朝刊の束を受け取り、陳列に向かう。紙面をこっそり読むと、社会面に目当ての記事があった。

——反同性愛団体に脅迫状
「脅迫状」の三文字は、新聞紙の上に力強く黒々と刻まれていた。

9

「今回の脅迫状は明らかな言論封殺であり、暴力によって他者の口を塞ごうという姿勢は、言論と表現の自由を愛する者全ての敵である。我々は言論のみを武器に、徹底抗戦する。サンシャイン・ジャパンは、決して解散しない！」

林田が野太い声で記事を読み上げ、テーブルを勢いよく叩いた。

「何が言論のみや。お前の団体のメンバー、傷害事件起こしまくってるやろ、言うたれ」

浅野がせせら笑うような声で言った。

「性犯罪も一人おる」

南がケントという銘柄の煙草を銜え、マッチで火を点けた。

「俺のやりたいこと、売人狩りやなしに、嫌煙団体へのテロにしたらよかった」

「全然、二周目してくれてもええで」

僕が笑うと、全員の一周目が終わったらな、と林田が付け加えた。

「川原。脅迫状に指紋とか、残してへんやろな」

南が歯の隙間から白い煙を吐き出した。金髪に煙草の組み合わせは、チンピラ感が増す。

「マスクと手袋、着けてた。特定できるのは、プリンターのインクと紙の種類くらいや。そんなんじゃ、何千万と容疑者がおる」

「切手、舐めて貼ったりしてへんやろな」

「二等兵やからって、そこまでアホちゃうねんで、林田軍曹」

「まあ、藤原も一緒やってんから、大丈夫やろうけど」

「なんでやねん、藤原だけじゃなく僕も信用せえ」

口を尖らせると、五人とも弾けたような笑い声を上げた。揶《や》揄《ゆ》《す》ねた顔すなよ、と南に揶揄われたため、画面を切り替え、脅迫状のコピーを映し出した。

貴様ラハ差別主義者ダ。即刻、解散セヨ。サモナクバ、地獄ヲ見ルコトトナルダロウ。表現ノ自由ハ、他者ヲ傷付ケル自由ニアラズ。我々ハ、同性愛団体デハナイ。貴様ラノ如キ連中ノ了見ガ、気ニ食ワナイノダ。貴様ラハ、群レデシカ粋ガルコトノデキナイ、虫ケラダ。

「なんでカタカナやねん、読みにくい。戦時中か」

林田が舌を鳴らした。画面を元に戻して睨み付けると、ごめん、ごめん、と謝られた。

「匿名希望って、ラジオネームみたいやな」

林田の言葉に、藤原が首を横に振る。

「サンシャイン・ジャパンっちゅう匿名の悪意の塊には、匿名で対抗する。崇高なメッセージや」

「まあ、別にええけど。あ、俺達爆弾担当チームも、準備万端やで。なあ、佐藤?」

「うん、バッチリ」

佐藤が指でオーケーサインをする。

「じゃあ、作戦決行やな。デモに参加したい、ってメールしたら、拍子抜けするほどあっさり教えてくれたわ」

藤原がメール受信画面のスクリーンショットを表示した。添付された表には、二ヶ月先までのデモの決行日時と場所が記載されている。「参加できそうな日がありましたら、前日までにお知らせくださいませ!」とのことだ。

「俺は、六日後の戎橋《えびすばし》がええと思う。テロと戦争の違いの一つは、メディアを意識した破壊行為か否か。テロにとって破壊行為は、目的じゃなく手段や。恐怖や思想を広めることが目的である以上、戎橋みたいなこれぞ大阪っちゅう場所でのテロは、打って付けちゃうかな」

厳かな口調だった。両肘をテーブルに突き、顔の前で手を組んでいる。

「藤原、プロのテロリストみたいやな」

林田が口の端を吊り上げて笑った。全員が藤原の案に賛同し、作戦の流れを確認する。

「じゃあ、そろそろええか」

浅野がログアウトしようとすると、林田が慌てたように口を開いた。

「ちょうタンマ、タンマ！　俺から一個、提案が」

「今更、作戦変更すんの？　ややこし」

南があからさまに億劫《おっくう》そうな声を出すと、林田は手を左右に素早く振った。

「作戦とは関係ない提案。あのさ、俺らが今度やろうとしてるのって、結構なことやろ？　警察も本腰入れて捜査するやろうし、もう後戻りは利かん気がする。言うたら一線を越える訳で、いずれ来たる格好良い死まで、この活動を貫くっちゅう覚悟がいるやろ」

「そんなもん、あの夜にみんな覚悟済みちゃうん？」

南が言った。僕は唇をきつく結び、大きく頷いた。

「でも、やんか！　やっぱり、いざ実際に行動に移すとなったら、覚悟の証があった方がええんちゃうかな。仲間の証、って言い換えてもええ」

「要するに、なんやねん？」

浅野に問われ、林田が続けた。

「タトゥー、入れようや。血ィみたいに真っ赤な、雪の結晶のタトゥー」

誰も何も言わなかった。覚悟の証にタトゥー。ベタなような、突飛なような。

「なんで雪の結晶？」

佐藤の問いに、林田が嬉々として即答した。

「だって俺ら、BLOODY SNOWやで」

「ちょう待て。いつからチーム名まで、それになっててん。チャットの名前やろ」

浅野が苦笑混じりに言った。

「まあ、ええんちゃう。折角やし」

佐藤が賛同した。林田と視線が合った僕は、小さく頷いて見せた。

10

僕が辞書の編集をするなら、「気まずい」の項目は、「同じグループでいつも一緒にいるけど二人きりで遊んだり喋ったりはしたことがない、という距離感の子と二人きりになったときの待ち時間」と定義する。

横目で、佐藤を見やった。黒縁の伊達眼鏡とマスクという簡易な変装を施している。僕も同様に、ベージュのキャップを被り、マスクを着けている。

佐藤の後ろにはかの有名なグリコの巨大看板が掲げられており、イラストで描かれた陸上選手が両手を挙げ、戎橋の手すりに凭れる僕と佐藤をにこやかに見下ろしている。

橋の下の道頓堀《どうとんぼり》川に、視線を移した。底がヘドロだらけの、濁った川だ。川沿いの遊歩道でたむろする八人の男達の声が聞こえる。何と言っているかまでは分からないが、オレンジ色のジャンパーを着た彼らが得意げに掲げているプラカードを見れば、おおよそのことは察せられる。「頑張れ、日本！」「同性愛絶対反対」「新聞は真実を報道せよ」だ。

「頑張れ、日本……やって。同性愛者は、日本に入れてもらわれへんのかな」

口を衝いた声は、我ながら心底寂しい響きを伴っていた。

「佐藤、林田のこと好きやろ」

いきなり尋ねると、佐藤の目が俄かに広がっていった。しばらくまごついてから、佐藤はこういう状況で定番の返答をした。つまり——。

「なんで？」

「なんとなく、そうかなあ、思うただけ」

「違うよ……」

力ない声が返ってきた。

「そっか、ごめん。なら、ええわ」

少し間を置いてから、佐藤が呟いた。

「言わんとってや」

俯く佐藤の目許は、切実さを湛《たた》えていた。高校時代にいじめを受けたせいで自己肯定感が失われたと、集団自殺を図った夜に語っていた。

「言わんよ。言わんけどさ、告白とかしてみたら？　どうせ、死ぬんやったら」

「大きなお世話。死ぬより嫌なこともある。大体、なんで川原がそんなこと言うんよ」

「佐藤の気持ちが分かるから」

友達として接してきた相手に対する抑え切れない恋心、およそ叶うはずがないという諦念《ていねん》、思いを告げて嫌われたらどうしようかという怯え、そして、もしかしたら叶うのではないかという、淡い期待。痛いほど、よく分かる。

「林田の何処が好きなん」

「もう、うるさいなあ」

本気で嫌そうな声だったので、慌てて口を噤む。佐藤がむっつりとした声で続けた。

「人を好きになるのに、理由なんかないよ。味の好みと一緒で、殆ど感覚的なもんやろ。恋に落ちる過程とか理由なんて、幻想やって」

淡々とした口調だった。僕は微かに頷き、腕時計を見てから、口を開いた。

「僕だけ佐藤の秘密知ってるっちゅうのはフェアちゃうから、僕の秘密も一つ教えたげる。僕、バイじゃなくて、ゲイや」

佐藤が体の動きを止め、何も言わずに僕の目を見た。

クラスメイトの男子を好きになり、卒業間際に告白したが、呆気なくフラれた上に秘密をバラされ、クラスメイト全員からいじめに近い嫌がらせを受けたバイセクシュアル——集団自殺を図った夜、五人に語った設定だ。

「なんで、あの夜はバイセクシュアルって嘘を?」

「特に、理由はないけど」

知られたくなかったからだ。同性愛者だと打ち明けて大切な人に嫌われる失敗を、もう二度と繰り返したくなかった。

ぶりっ子。オカマ。中二のとき、同級生の男子達にそう揶揄われた。女子生徒の告発によっていじめは問題化し、終わりの会で話し合いの場が設けられた。担任は、若くて人気のある男の体育教師だった。

——川原はオカマちゃうよな。普通の男の子や。みんな、そうやろ？

担任がクラス全員に向けて言った。川原はみんなと同じ普通の男子や。何度もそう言われ続けると、暗に「普通の男子になれ」と言われているような気分になった。

結局、男子達はもう二度と僕をいじめないと約束させられたが、代わりに僕も何故か、ぶりっ子をしないと約束させられた。

——普通の男の子なんやから、もっとしゃっきり男らしくせなな。

担任は僕の背中を叩き、僕といじめっ子達を順番に握手させて、「これで仲直りや」と大きく頷いた。とても良いことをしたような顔をしていた。

普通って何？　分からなくなり、怖くなった。今のままでいいと肯定して欲しかった。ありのままの僕を肯定してくれなかったのは、お母さんもだった。お母さんは、敬虔《けいけん》なクリスチャンだ。それも、聖書の文言に忠実であろうとする、原理的で過激な一派だ。

親切心からか功名心《こうみょうしん》からかは分からないが、担任は三者面談の場で、僕のいじめについて話した。お母さんの表情が強張っていくのを横目で感じ、足先が冷たくなった。

帰宅すると、お母さんは言った。

——まだ、治ってへんの？

小学生の頃、テレビに映るハンサムな俳優を格好良い、好きと指差していたら、懇々と説教された。男が男を好きになるのは、ゲイという罪であり、穢《けが》れだと言われた。

同性愛者の法的権利は認められるべきだ、差別や迫害をするべきじゃないと主張するクリスチャンは、欧米でも日本でも決して少なくない。教皇フランシスコだって、教義を押し付けるべきじゃないと公言している。世の中には、同性愛者によって設立されたプロテスタント教会さえある。お母さんは、あまりに偏り過ぎている——そう反論する知識も勇気も、小学生の僕にあるはずがなかった。教会に連れて行かれ、命じられるがままお祈りをした。男を好きになるのは悪いことなのだと思い込み、神に向かって必死に祈った。どうか、ゲイになんかなりませんように。祈りながら、涙が溢れてきた。

——オカマちゃうって。僕は普通の男や。勝手に、変な噂立てられてん。

心底不服だというように唇を尖らせた。お母さんは、安堵したように目許を綻ばせた。

——よかった。ちゃんと育ってるんやね。孫の顔、ホンマに楽しみにしてるんやから。

血の気が引いた。目の前の息子の笑顔よりも、まだ見ぬ孫の顔の方が見たい。そう言われたような気がした。お母さんが大切にしているのは、僕の幸せではなく、自分の幸せと歪んだ信仰心だ。改めて、そう実感した。以来、普通の男子だと思われるように、人の顔色を窺い、真似をするようになった。自分の意思だけでは、行動できなくなってしまった。

でも高三のとき、やたらと僕のことを可愛いと言ってきた男友達に、気持ちを抑え切れなくなり、ラインで告白してしまった。断られ、一週間と経たずに、僕がゲイだという噂は広まった。廊下や教室ですれ違う度にケツを両手で押さえ、「ヤバい、襲われる！」と言って揶揄ってくる奴らが現れた。体育の着替えで、「俺らの裸見る気やろ」とも言われた。もちろん、そんないじめには加担しないまともな男子もいた。けれど彼らも、僕が用を足そうと小便器の前に立つと、そそくさと逃げるようにして立ち去った。想像よりも多くの人が、「ゲイとはどんな男にでも欲情し、見境なく襲う人種だ」と思っていることを知った。

だが、ルックスが良いせいか、女子達の大半が僕のことを庇《かば》い、いじめっ子達に抗戦してくれた。お陰でいじめは徐々に沈静化したが、藤原達に話さなかった本当の地獄は、ここからだった。お母さんが、何処で情報を仕入れたのか、僕がゲイだといじめられていたことを知ったのだ。

リビングで顔を突き合わせ、何時間も話をされた。同性愛は聖書に記されている通り罪だ、先進国のアメリカで未だに同性愛の矯正施設があるのだから、やはりゲイは正常な感覚ではない偏った性癖だ、ペドフィリアと同じく異常だ、気持ち悪いと思わないのか。実のお母さんから、大好きなお母さんから、面と向かってそう言われ続けた。喋り続けるにつれ、何かに憑かれたように、言葉の勢いと鋭さは増していった。

――僕は僕や！　受け入れてや！　おるかおらんかも分からん、目に見えへん神なんかより、目の前の僕を愛してよ！

堪え切れずに、そう絶叫した。生まれて初めての反抗だった。強烈なショックを受けたように、しばらく呆然としてから、お母さんは言った。

――出て行きなさい。あんたは、息子ちゃう。同性愛なんか、獣にも劣る下劣な行為や。

怒りと絶望で、視界が反転した。家を飛び出し、お母さんや神に挑戦するみたいに、発展場で行きずりの男達と体を重ねた。愛のない性行為で自分の体が汚されていく感覚が、心地好かった。でも、快楽を貪るにつれ、魂は弱っていった。

いつしか、自分の大切なセクシュアリティを呪っていた。それは殆ど、自分自身を呪うようなものだった。生まれて初めて、死にたいと思った。

「バイでもゲイでも、変わらんと思うやろ。これが実は結構、みんなの見る目、違うねん。人間の形をした宇宙人と人間の形をしてへんエイリアン、いうかさ。バイはヘテロの延長線上にあっても、ゲイは完全に別モノとして切り離されるし、容赦なく嘲笑の対象になる」

昨日も深夜のバラエティ番組でサラリーマン二人組が街頭インタビューに答え、新宿二丁目を歩くときはちょっと怖いから早歩きになると笑っていた。

「分かった。誰にも言わへん。秘密ね」

佐藤がゆっくりと頷いた。いつの間にか、橋の下のデモ隊の数は二十人を超えていた。時計の針は、二時に差し掛かろうとしている。僕は大きく深呼吸すると、力強い声で言った。

「ありがとう。じゃあ、そろそろ始めよか。佐久間《さくま》、来たわ」

男が一人、デモ隊に合流していた。頭頂部のやや薄い、小柄な男だ。突出したカリスマ性も底知れぬ悪意も感じられない、小市民的な風貌。だが、サンシャイン・ジャパンの代表だ。他の連中は皆一様に、眼鏡やサングラスやマスクで顔を隠している。インターネットという匿名空間で結成された彼らは、まだ匿名性から抜け出せないらしい。

「同性愛、絶対、反対！」

佐久間が拡声器を使って声を張り上げ、他の連中がリズミカルに繰り返した。いよいよ、本格的にデモを開始するようだ。

橋の上でも川沿いの遊歩道でも、立ち止まって彼らのことを見ているのは僕と佐藤だけだ。誰も足を止めず、ちらと視線をやるか一切無視をして、通り過ぎていく。

遅々とした足取りで遊歩道を練り歩いたあと、連中は階段を上がり、戎橋へと足を踏み入れた。四列になって歩き、道幅十メートル以上の橋を堂々と闊歩《かっぽ》する。

僕らは橋の入口で隅っこの方に立ち、全員が行き過ぎるのを待った。

「帰れ、差別主義者！」

突如、彼らのシュプレヒコールを切り裂くような声が聞こえてきた。橋の反対側から七人の男達が現れ、荒々しい足取りで佐久間らに向かって歩み寄っていく。互いに距離を取って、立ち止まった。ヤンキー漫画の最後の決闘シーンみたいだ。

迷惑そうに道の端を歩いていた他の通行人達も、成り行きが気になるのか、歩を緩めたり、立ち止まったりし始めた。

「しょうもないことばっか言うてんなよ、差別主義者」

男の一人が声を荒らげた。すかさず、佐久間が言い返す。

「同性愛の何が悪い、って堂々と主張できる社会は立派や。でも逆に、同性愛なんか気色悪いって堂々と主張できひん世の中はおかしいやろ。表現の自由が侵されてる」

「お前らみたいな奴はすぐ、そうやって表現の自由っちゅうな。他人を傷付ける自由なんかある訳ないやろ」

そうや、そうや！　という野次馬の声が響く。

僕は背負っていたリュックを下ろし、ファスナーを開けた。軍手を嵌《は》めてラジコンカーを取り出し、地面に置く。緑の中を走り抜けていきそうなほど真っ赤なポルシェをモデルにした、十八分の一スケールの型。ティッシュ箱を一回り大きくした程度のサイズだ。

「だったら、同性婚認めろや！　なんでそれ認めたら、日本が崩壊すんねん」

カウンターデモ隊のメンバーが声を荒らげた。そこから先は、どちらの声も殆ど聞き取れなかった。怒号と怒号のぶつかり合いだ。野次馬達も口々に声を発している。スマートフォンを取り出し、撮影している者もいる。

反同性愛団体が糾弾《きゆうだん》されている状況に思わず胸が熱くなり、慌てて気持ちを引き締めた。これは所詮、今だけだ。サンシャイン・ジャパンに抗議する、というのがこの瞬間この場所での流れだからそうなっているだけで、ホモをいじることがその場の流れであれば、今声を上げている人達も笑うに決まっている。

この国の人間は、みんなが進む方向に進むもんや——脅迫状を作成した夜に、藤原が憤っていた通りだ。その証拠に、最初に抗議した七人以外はそれまで見て見ぬふりをしていたし、肝心のその七人は、僕らがネットで雇ったアルバイトだ。彼らを衝き動かしているのは決して僕らが振り込んだ前金だけではないと信じたいが、それでも確実に言えるのは、これがバイトじゃなければ、彼らはたとえこの橋の上を通ったとしても、絶対にデモ隊の横を素通りしていただろうということだ。

「ちょっと通して、通して！」

紺色の制服を着た警察官が二人、僕らとは反対側から人混みを掻き分けてやってきた。

佐藤が手にしていたボックスを開いた。発泡スチロール製のドライアイス専用保管ボックス、お値段一万千円だ。

僕はしゃがみ込むと、一リットルサイズのペットボトルをリュックから取り出した。中には、水と細かく砕いたガラス片が入っている。ペットボトルの蓋を開け、予め大体一センチ四方に割っておいたドライアイスを摑んで、ペットボトルに流し込む。心臓が早鐘を打ち、手が小刻みに震えた。ドライアイスが五つ、地面に落ちた。

「誰も見てへんから、焦らんと」

佐藤が僕の体を隠すようにして立ち、穏やかな声で言った。十五個のドライアイスを入れ終わり、急いで蓋を締める。ラジコンにペットボトルを装着し──ペットボトルを搭載できるように、南が車体のルーフに改造を施した──、リュックの中からリモコンを取り出す。

橋の中央ではまだ、デモ隊と僕らが雇ったカウンターデモ隊の口撃合戦が続いている。

──シニカル気取りのスノッブと無関心のアホしかおらんこの国で、言論に何の価値がある？暴力でしか変わらんで、この国は。

藤原の言葉と眼鏡を押し上げたあとの笑みが、脳裏に甦った。

「川原、ゴー」

佐藤はそう告げると、ボックスを持って、デモ隊とは反対方向に歩き出した。

昔からラジコンが趣味だという藤原に教え込まれ──本人には言えなかったが、やっぱりお金持ちっぽい趣味だ──、何度も練習を重ねたが、ラジコンを発進させるまでのほんの一瞬、動かないのではないかという途轍《とてつ》もない不安と緊張に襲われた。

──川原のためのテロやねんから、川原が操縦するべきや。教えたるし、お気に入りのヤツあげるわ。十年くらい前に買うたから、足も付かんやろ。プレミアとかも付いてへんし。

──でも、ええん？　もう使われへんくなるけど。

──川原のためなら、構へんよ。

小気味好い音を奏でて、ラジコンカーが動き出した。ペットボトル爆弾を搭載し、時速二十キロで通行人の足許をすり抜けていく。若い女が一人、甲高い声を発して飛び退いた。ラジコンは構わず進み、二十名以上のデモ隊に接近した。四列目、三列目を潜《くぐ》り抜け、二列目の男の足に直撃させる。連中の何人かが気付き、ラジコンに視線を落とした。半分以上がまだ気付いていない。野次馬の極一部がラジコンに気付き、リモコンを持つ僕に目をやった。

リュックにリモコンを仕舞い、肩に掛ける。デモ隊の一人が、ラジコンカーに手を伸ばした。

爆《は》ぜろ！　過去を吹き飛ばせ！

口の端が痙攣し始めた。堪え切れずに、大声を張り上げる。

「どっかーん！」

近くの通行人が、怪訝《けげん》な視線を向けてきた。僕は華麗にターンすると、スキップせんばかりに軽快な足取りで、一歩踏み出した。同時に、背後で橋を揺らすような爆音が轟《とどろ》いた。悲鳴が重なり合うようにして谺《こだま》する。

階段を降りると、野太い怒声が聞こえてきた。警官が一人、僕を指差しながら橋の入口へと走っていた。もう一人は、橋の上で何かしている。怪我人の介助やら通報やらだろう。

「待ちなさい、君！」

僕は脱兎《だっと》の如く駆け出した。不思議の国のアリスの如く懸命な形相《ぎょうそう》で、警官が追ってくる。戎橋の下の薄暗い道へと入り、中頃で立ち止まった。キャップを目深《まぶか》に被り直し、振り返る。息を切らした警官が早くも階段を降り、僕の方へと走り寄ってきた。

「なんですか、お巡りさん！」

声を張り上げると、警官がたたらを踏んだ。虚を衝かれたように、目を瞬かせる。

「なんで追っ掛けてくるんですか」

「君は、君はさっき……、橋の上でラジコンを動かしたんは、君か」

息を整えながら、ゆっくりと僕に近付いてくる。警官の後ろに目をやった。男が二人、早足で警官に迫っている。共に、アメコミ映画のマスクを着けている。すれ違う人に、ハロウィンちゃうのにえらいちょけてんな、と思われながら、ここまで来たのだろう。

「ストップ、お巡りさん！　とりあえず、止まってください」

警官は僕の言葉に逡巡《しゅんじゅん》したあと、歩みを止めた。昂奮しているのか、二人の足音には気付いていない。その顔を注視した。実直そうな、三十代くらいの警官だ。胸が痛み、瞼を閉じそうになったが、しっかりと目を見つめ続けた。せめてもの責務だと思ったからだ。

僕は首からぶら下げていた十字架のネックレスを引き千切った。この教えに取り憑かれたお母さんを心底憎んでいる一方で、幼い頃から身に染み付いた信仰心は、そう簡単には捨てられなかった。でも、それも今日までの話だ。ネックレスを、道頓堀川に投げ捨てた。

二人がすぐ背後まで迫ったとき、ようやく警官が振り返った。声にならない声を発したが、もう遅かった。赤いヒーローマスクから首許にスタンガンを浴びせられ、叫び声を上げて尻餅をつく。緑の怪物のマスクをしたもう一人が、警官の首に腕を回し、絞め上げた。顔を紅潮させ、全身をばたつかせたあと、十秒ほどで抵抗が止んだ。

赤いヒーローマスクがボルトカッターを取り出し、警官のベルトと拳銃のグリップの底を結ぶ吊り紐を切断した。ホルスターから拳銃を抜き取り、立ち上がって橋の下から出る。僕も後に続き、グリコの看板の下を通って、遊歩道を突っ走った。階段を一段飛ばしで駆け上がり、道頓堀橋に着いた。御堂筋《みどうすじ》こと国道二五号が走る、大きな橋だ。

停車中の黄色いダイハツ・タントに乗り込むと、車はゆっくりと動き出した。僕は助手席だ。キャップとマスクを外し、口の周りに浮かんだ汗の粒を拭う。

「なんでこんな可愛い車やねん。もうちょい、逃走車っぽいのにせえよ。俺ら、BLOODY SNOWやぞ」

赤いヒーローマスクを外して、林田が言った。

「だから、BLOODY SNOWをチーム名にすなって。それに、文句なら南に言うてくれ。選んだん、あいつや」

ハンドルを握る浅野が言った。盗難車の用意は、南と浅野の仕事だった。

「ほんで、首尾は？」

浅野の問いに、僕は無言で親指を立てた。

「じゃあ、あとは無事逃げたら終いやな」

「帰るまでが遠足、逃げるまでが犯罪や。頼むで、ドライバー」

藤原が緑のマスクを外し、眼鏡を掛けた。

「免許取りたてには、荷が重いな。卒検、一遍落ちたからな、俺」

浅野の呟きに、僕達は一斉に突っ込み、大笑いした。遠くの方で、微かにサイレンの音が鳴っていた。

11

「仕事のあとの一杯は、格別の味やな」

「コーラやないか」

藤原が間髪を容《い》れずに言ったあと、ビールを一気に飲み干した。

「いやいや、でもようやったよ」

佐藤が大きく頷き、改めて「乾杯」と口にした。

しばしご歓談、を済ませたあと、林田が重々しく口を開く。

「それでは皆さん、そろそろ」

僕らは押し黙り、居住まいを正した。林田が小さなポーチを取り出す。

「行くで。とくと、ご覧あれ」

嬉々とした声で言い、ポーチから取り出したものをテーブルの上に置いた。

ごつり。低い音が鳴る。黒々とした小型の拳銃だ。

「Ｍ３６０Ｊ　ＳＡＫＵＲＡ。Ｓ《スミス》＆Ｗ《ウエッソン》社製の五連発リボルバーやってさ」

林田が掠れた声で言い、僕らを見回した。しばらくの間、誰も言葉を発さなかった。目がテーブルの上に釘付けになっていた。東大阪の狭いアパートの一室に拳銃がある。その事実は言いようもなく滑稽で、途轍もなく魅力的だ。

「五発なら、一人撃たれへんな」

南が言うと、林田が表情を険しくした。

「みんなで回し撃ちする訳ないやろ。遊びちゃうねんぞ」

「冗談やんけ、そんなキレんなや」

南が肩を竦める。

サンシャイン・ジャパンへの爆破テロと警察官からの拳銃強奪。これが今回の計画だ。戎橋にやってきた制服警官二名は、戎橋で揉め事が起きていると南から知らされてやってきた。最初から拳銃を奪う目的で、おびき寄せたのだ。いつも昼の二時頃には戎橋交番に警察官が在所していることは、もちろん調査済みだった。

「爆破テロに加えて、警官の拳銃強奪。話題性バッチリやな」

藤原が眼鏡を押し上げ、口に付いたビールの泡を手の甲で拭った。

「そして何より、これで……」

語尾を濁して、林田が言った。

「川原、持ってみ」

「ええん？」

「もちろん、一番の功労者やねんから。弾は抜いてるから、安心して。あ、言われんでも分かってるよ、全員が功労者やっちゅうのは。でもまあ、今回は川原のメイン企画やから」

メイン企画、という言い回しが気に入ったのか、林田は何度もそう口にした。

深呼吸してから、拳銃を手に取った。艶《つや》のある黒さだ。グリップの上辺りに、白字で小さく、「ＳＡＫＵＲＡ Ｍ３６０Ｊ」と刻印されている。重さは、豆腐一丁くらいだろうか。

グリップを握り、引き金に人差し指を掛けてみた。強く、しっかりと、グリップを握り直す。天井に銃口を向け、ばーん、と言ってみた。得も言われぬ高揚感に包まれ、全身の肌が粟立つ。僕達は行き着くところまで行き着くだろうという予感が、背筋を貫いた。このパーツを引き抜けばジェンガが崩れてしまうと感じるときのような、確信めいた予感だった。

12

一文一文の意味は分かるのに、気が付くと話の筋を見失ってしまい、またしばらく前のページから読み直す……というのを繰り返している内に、『タイタンの妖女』は終わってしまった。面白いとか面白くないとかではなく、よく分からなかった。自分の好きな人が好きなものを理解できないというのは、自分の好きな人が自分の嫌いな人と仲良くしているのを見るのと同じくらい、辛いものだ。でも、生きるということはそういうことだ。

文庫本を鞄《かばん》に仕舞い、スマートフォンを開いた。ネットニュースは、僕らのテロの話題で持ちきりだった。死者は出なかったが、十二名が病院に搬送され、うち五名が重傷だという。指を切断した者もいるそうだ。悲惨だが、自業自得だ。

一週間が経ったが、捜査の進捗は芳《かんば》しくないと関係者が語っているらしい。野次馬が撮影した動画の中に、ラジコンを操作する僕が映り込んだものがあり、その映像は結構な勢いで拡散されている。だがそれだけでは、到底僕に辿り着けまい。

世間の反応は賛否両論だが、僕らのこともサンシャイン・ジャパンのことも駄目だと言う、どっちもどっち論者が比較的多数を占めているような印象だ。どっちもどっち、とすぐ口にする奴は、そうすることで客観的で頭のいい自分を演出したいだけのしょうもない奴やから気にするな、と藤原が言っていた。

一つ、知らなかった速報のニュースが飛び込んできた。サンシャイン・ジャパンの解散が決まったそうだ。記事を開くと、代表の佐久間がそう発表したという。自宅に、大量の釘を入れたペットボトルと「戎橋は始まりに過ぎない」という脅迫状を送り付けたのが、効いたらしい。佐久間の現住所は、藤原がダーク・ウェブで違法業者に依頼して調べさせた。

「お待たせしました、どうぞ」

声を掛けられ、スマートフォンを仕舞って立ち上がった。施術室に通され、ワイシャツを脱いで仰向けになり、ベッドに横たわる。

金髪でツーブロックの男が、僕の顔を覗き込み、優しく微笑んだ。左腕にはよく分からない模様のタトゥーが、びっしりと彫《ほ》られている。

「じゃあ、始めていきますね」

穏やかな声で言い、僕の鎖骨の辺りに手を置く。繊細な作業ができるのかと疑いたくなるような、ごつごつとした手だった。

瞼を閉じた。鼓動が少し速くなる。看護師の幽霊に怯えていた、孤独な夜が思い出された。あの夜の積み重ねが、死を身近なものにした。あの夜の積み重ねが、集団自殺に繋がった。

廃ビルで薬を飲んだあと、全員で手を繋ぎ、瞼を閉じて死を待っていたあのとき、右手に藤原の左手の温もりを感じた。藤原と一緒に平凡な毎日を生きてみたかったと、叶わぬ願いに思いを馳せた。それが、よりによって藤原のミスのおかげで自殺が失敗に終わったために、少しだけその願いが叶ってしまった。けれどその生き方は、まともじゃない。でも藤原がそれを望むなら、僕も従うしかない。

他の五人のように、自らの死まで突き進む覚悟として、タトゥーを入れるんじゃない。藤原が死ぬまで一緒にいるという決意の証だ。願わくば、活動が永遠と続きますように。

「ちょっとチクッとするんで、体の力抜いてください」

声に従い、全身を落ち着かせる。ふと、前回の活動以来心の中に引っ掛かっていた棘が、いつの間にか消えていることに気が付いた。

「はい、じゃあ、行きます」

彫師《ほりし》が囁いた。次いで、左胸に針が差し込まれ、燃えるような痛みが襲ってきた。

第三章　劇終

1

　この世には二種類の男がいる。体育祭のときにクラスで円陣を組んだ際、隣の女子の肩に躊躇なく手を回せるタイプと、回せないタイプだ。ここだけの話、俺は後者だ。

　俺って誰か、と問われれば、林田康太、十九歳、大学生。驚くべきことに、本名だ。誰が読むかも知れないブログに本名を書いてしまうとは、なんて危機管理意識の低い奴だと、嗤わば嗤え。実のところ、別にバレても問題はない。何故なら、君がこの文章を読んでいるということは、俺はもうこの世にはいないということだからだ。えらいベタな言い回しやなって？　やかましい。一遍、言うてみたかってん。

　これは、俺から仲間へ宛てた遺書だ。同時に、このバグだらけのクソゲーみたいな世界にうんざりしながら生きる孤独な君への、私信でもある。だから、そういう人だけ読んでくれればいい。コスパというマジックワードとレビューサイトの星の数だけを愛し、無駄と堕落を嫌う自己責任論肯定派の諸君は、すぐさまブラウザを閉じてくれ。読んだけど時間の無駄やったやんけ、というクレームは受け付けない。忠告したんやから、自己責任だ。

さて、Ｐｒｅｖｉｏｕｓｌｙ Ｏｎ ＢＬＯＯＤＹ ＳＮＯＷ！ 早速、俺が何者かということについて説明しよう。Ｐｒｅｖｉｏｕｓｌｙ Ｏｎってのは、海外ドラマで冒頭に流れるナレーションの決まり文句で、まあ要するに、「前回までのあらすじ」って意味。ＢＬＯＯＤＹ ＳＮＯＷは、俺が所属するグループの名前だ。

ＢＬＯＯＤＹ ＳＮＯＷの結成は遡《さかのぼ》ること五ヶ月。メンバーは二十歳以下の若者だけだ。俺達は全員、理由はそれぞれ違うが、切実に死を希求していた。俺が好きなラッパーのファーストアルバムの一曲に、「人生はクソゲーでも、一人くらいはそんなクソゲーを好きになってくれる好事家《こうずか》がいるもんだ」って意味のリリックがあるが、そうした好事家に巡り合えなかった、あるいは、現れた好事家に掌を返され、こっぴどく傷付けられたせいでとっととゲームの電源を切りたくなったのが、俺達なんだ。

とにかく、若くして自殺衝動に駆られた俺達は、現代っ子らしく、インターネットの自殺サイトを通じて集結した。そして全員で服毒自殺を図り、見事に失敗した。闇サイトで薬を仕入れた主宰者が、偽物を摑まされたんだ。この失敗が、結果的にはＢＬＯＯＤＹ ＳＮＯＷを誕生させた。俺達は再度集まって自殺を仕切り直すのではなく、スリルに満ちた活動を行いながら、華々しい死へと邁進《まいしん》することに決めたんだ。

無責任な成功者達は「死んだ気になれば、何だってできるだろうに」と口にして自殺志願者達をさらに追い込むが、あのときの俺達は、だったらその言葉通りにやってやろうと一念発起し、突き進み始めた訳だ。連中が想定しているのとは、全く違うベクトルにだが。

俺達は、各々がやりたいこと、やり残したことを、命を賭《と》して行い続ける。一貫性も思想もない。全員がやりたいことをするだけだ。死ぬまで、立ち止まることはない。このブログを読んでいる君なら、つまり俺の死亡記事をニュースや新聞で嫌というほど目にしているであろう君なら、この言葉がハッタリじゃないと分かっているはずだ。そうだろ？

2

Ｐｒｅｖｉｏｕｓｌｙ Ｏｎ ＢＬＯＯＤＹ ＳＮＯＷ！　最初の活動は、覚醒剤の売人を襲撃し、クスリと金を巻き上げるというものだった。まあ要するにカツアゲだが、初めての活動には、ちょうどいい難易度だった。ところが、卸元の暴力団が別の組の嫌がらせだと勘違いしてブチ切れ、俺は拉致された。文字通り死ぬほどボコられ、歯が五本折れた。世の中には無表情で人を殴れる奴がいる、ということを身を以て実感した。臼状すれば、小便をちびるほど怖かった。いやさらに臼状すれば、実際、ちびったんだ。あのときの痛みと屈辱は忘れられない。こんな活動などしなければよかったと、父親くらいの年齢のヤクザに腹を蹴り上げられながら後悔した。スリルを追い求めて活動に参加したが、肉体的な痛みによる恐怖は、スリルを味わう余地を与えてくれなかった。ひたすらに、怖くて苦しかった。

でも、他のメンバー達が命懸けで組長と交渉をしてくれたお陰で、俺は解放された。事務所で殴られながら、遠退いていく意識の片隅でずっと、もし万に一つでも無事に解放されたら、グループを抜けて活動を止めようと考えていた。だが解放される直前、その真っ当な決心をヤクザの一言で打ち砕かれた。「あんだけやられても仲間の情報を売らんのは、大したもんや。ええ根性しとる」と、幹部らしき男に言われたんだ。体の芯が、震えた。ヤクザ相手に毅然とした態度で応じ、根性を認められて気に入られる——そんな昔の漫画みたいな出来事が、まさに自分の身に降り掛かったことに、昂奮したんだ。馬鹿みたいだと、分かっている。でも、物語の中にいると感じられた。

脳裏に、小さい頃に父親と観た映画のラストシーンが甦った。ウォーレン・オーツ演じる伝説の銀行強盗、ジョン・デリンジャーが、恋人と映画を楽しんだ直後、待ち伏せていたFBIに射殺されるシーンだ。FBIに気付き、恋人を押し退けて拳銃を取り出すが、間に合わず、無残に蜂の巣にされるデリンジャー。その哀れで色気たっぷりな死に様が、どうして突如思い出されたのかは分からない。それまで、一度として思い出したことはない。

でも、あの瞬間に思い出したからこそ、俺の人生は変わった。天啓とは言わない。単なる偶然だろう。でも、奇跡ってのは所詮、偶然の言い間違いに過ぎないと思わないか?

3

Previously On BLOODY SNOW! メンバーの一人の提案で、俺達の二番目の活動は、反同性愛団体に対する爆弾テロに決まった。同時に、駆け付けた警察官を混乱に乗じて襲撃し、拳銃を強奪することに決めた。このブログを読んでいる君なら、もう知っているだろう? そう、あの事件だ。

「やっぱ、サブいな」

呟き、メールの下書きに書き連ねていた文章を全て削除した。些か、演出過剰だ。俺の死後にこのブログが発見されれば、話題にはなるかもしれないが、クールじゃない。深夜特有の高揚感と気の迷いで書いてしまったが、何もクリエイトせずにツイートばかりしている自称クリエイターみたいでダサい。俺は、自分の行動だけで、名前を残せばいい。

折角書いたのだからとりあえず残しておく、という選択肢も頭を過《よぎ》ったが、即座に打ち消した。メールの下書きに誰にも読まれない文章を残すのは、病んでいる奴かポエマー崩れの高校生にだけ許された特権だ。

スマホを置き、代わりに、S&W社製の小型回転式拳銃を取り出した。M360J SAKURA。日本の警察官が携帯する拳銃の、現行モデルだ。

実弾を一発だけ装塡し、シリンダーを回した。小気味好い音が響く。回転が収まったところで、こめかみに銃口を押し当てた。本物の拳銃でロシアンルーレット。かつて、一度はしてみたいと思っていた。

俺には他の五人みたいに、自殺したいと思うような、印象的でエゲつない過去はない。気の合う友達と巡り合えず、痺れるような恋にも落ちず、保守的で押しつけがましい両親のことを疎《うと》ましく感じながら、へらへらとくだらないことばかり口にして生きてきた。康太はお調子者やな、能天気やな、悩みなさそう、鈍感でええよな、人生楽しそう。羨ましそうに、あるいは小馬鹿にしたように、そう言われ続けてきた。心底、苦痛だった。いつしか、好きな映画や音楽に浸ることだけが、楽しみになっていった。

でも、好きなミュージシャンが気の合う仲間と楽しくやっている姿を見たり、友情や恋をテーマにした出来のいい映画を観たりすればするほど、所詮自分は第三者に過ぎない、傍観者に過ぎないという思いが強まっていった。誰かが作った面白いものを享受するだけの、受動的で退屈な生だ。俺は一切、能動的に生きていない――。

そのことに気付き、能動的な生の実感を得ようとして取った手段は、スリルを味わう体験をするというものだった。短絡的で幼稚な発想だが、そうしないではいられなかった。でも、手っ取り早いスリルとして思い付いた万引きも、若い男の尻ポケットからはみ出た長財布を抜き取ったり酔い潰れたおっちゃんの財布を盗んだりするのも、得られるスリルはたかが知れていた。緊迫感溢れる映画を観ているときの方が、よっぽどスリルがあった。痴漢や盗撮なんかはスリルがデカくてもダサくてキモいからやりたくないし、かと言って暴力団や暴走族に加入する度胸は到底なかった。

能動的な生とスリル。そのことを毎日考え、ある日はたと思い至った。最も能動的に操ることができるもの――それは、俺の命だ。

幼稚園の頃、飴《あめ》を喉に詰まらせ、母親が必死で背中を叩いてくれたときに感じたあのスリル。水泳の授業中、プールで溺れたときに感じたあのスリル。下校中に道路に飛び出し、車に轢《ひ》かれそうになったときに感じたあのスリル。まさに肝が冷えるとしか言えない、あの独特の感覚だ。心臓が激しく脈打ち、死への恐怖と死後の世界に対する好奇心が綯《な》い交《ま》ぜになったような感覚。自慰の最後の瞬間、激しく射精したいけれどまだしたくないと悶えるあの感覚を何億倍にも強めて、凝縮したような感覚。あの感覚を、もう一度味わいたい。しかも、確実に死ぬと分かった上で自殺を図るのだから、そのスリルはかつてないほど巨大なものになるはずだ。是非ともその至上のスリルを、味わってみたい。

スリルへの渇望から結実した自殺衝動は日を追うごとに膨れ上がっていき、やがて、俺を自殺志願者が集う掲示板へと導いた。

とんだマゾヒストやなと苦笑し、こめかみから銃口を離した。スリルを味わうために集団自殺に参加し、スリルを味わうためにグループ結成に賛同したが、濵津組に拉致された一件以来、スリルよりも大きなものに心を支配されてしまった。スリルへの渇望が消えた訳ではないが、ロシアンルーレットをして死んでは最悪だ。

今の最優先事項は、デリンジャーの如き鮮烈な死に様だ。壮絶な死を遂げることで、俺のこれまでの人生が能動的なものだったということが、大勢の人間に向けて証明されるんだ。

ふと、机の上に立て掛けている『デリンジャー』のＤＶＤが目に入った。ウォーレン・オーツ演じるデリンジャーが、ふてぶてしく、微笑を浮かべている。

銃口をＤＶＤのジャケットに向け、左の口角を吊り上げて静かに笑ってみた。デリンジャーお得意の、不敵な笑みだ。拳銃のグリップを握る手に、じっとりと汗が浮かぶ。

しばらくの間、拳銃が持つ硬質の美しさを愛《め》でながら、心地好い無音を味わい続けた。デリンジャーを射殺する銃声の残響が、耳の奥で谺していた。

4

画面中央に、六角形の雪の結晶が表示された。六分の五が、血のように鮮やかな赤で染まっている。既に他の五人は、ログイン済みということだ。結晶が全て真っ赤になったと同時に、ログインが完了し、画面が六分割に区切られた。みんなの顔を見渡し、口許を綻ばせる。

「お待たせ、諸君。呼び出してすまないね」

ギャングのボスのように重厚な声で言うと、すかさず南から「なんや、それ」とツッコミを入れられた。金髪で柄の悪いヤンキーみたいだが、つぶらな瞳をしている。

「ええやろ。ボスらしく、格好付けさせてや」

「いつから、林田がボスになっててん」

川原が不服そうな声を発したが、冗談だと分かる声色だった。彫りが深く、髪をアッシュに染めた、西洋風味のイケメンだ。

「まあ、次の活動は、林田主導やからな」

藤原が頷き、眼鏡を押し上げた。マッシュにした黒髪のさらさら具合は、そんじょそこらの女子を凌駕《りょうが》している。六人の中で最年長の二十歳。政治家の息子という育ちのせいか、リーダー的ポジションを取ることが多い。穏やかな顔つきだが、マッドサイエンティスト的な狂気を感じさせないでもない。己の研究のためなら、実の娘でも人体実験に利用して異形《いぎょう》のキメラを作り出してしまいそうな危うさがある。酷い偏見だが。

佐藤と浅野は軽く挨拶《あいさつ》を投げてきただけで、それ以上口を開きはしなかった。佐藤は初めて六人で集団自殺を図った夜に較べると、化粧なんかもするようになったみたいで、日に日に垢抜けていっている。グループを抜けて生き直してみたら？　と思うこともあるが、時折瞳に浮かぶ昏い陰を見るにつけ、口を噤んでしまう。

浅野は軽い癖毛持ちで、顔も癖のあるタイプのイケメンだ。五人の中で、一番仲がいい。俺と二人きりのときはよく喋るが、六人になると若干口数が減る。飲み会で端っこの方に座り、軟骨の唐揚げを一人でずっと食べながら、たまに会話に交じってウケを取るタイプだ。古いギャング映画から最新の海外クライムドラマまで、浅野となら話題が尽きない。高校の映画研究部なんかで浅野と出会い、授業をサボって一緒に映画館に通う青春を送れていたら、スリルを求めることもなかったかもしれない。そう感じるほど話が合うし、気が合う。

と、ギャング映画よろしく一通りメンバー紹介を終えたところで、いよいよ計画について話し合いをすべく、口を開いた。

「まず、コードネームを決めよう」

俺の言葉に、一同は呆気にとられた顔を浮かべた。南が首を傾げて訊く。

「なんのために？」

「強盗すんねんで？　コードネームは、定番やろ」

「タランティーノの『レザボア・ドッグス』とか？」

「おっ！　やっぱ、浅野はよう分かってるわ」

「あの映画って確か、全員互いの素性知らんねやろ？　だからこその、コードネームな訳で。今更、俺らがコードネーム付ける意味ないんちゃう」

藤原に、ごもっともな指摘を喰らう。

「正論言うなや、オモロない。ええか？　人生は所詮、物語に過ぎひん。ほんで、物語の肝と言えば、ロマンや。ロマンを彩るためには、色んな魅力的なアイテムがいる。それがたとえば、コードネームや」

語気強く言うと、藤原が肩を竦めた。浅野が話の穂を継ぐ。

「カラーやと、『レザボア・ドッグス』そのまま過ぎるからな。何にすんの？」

「心配せんでも、もう決めたある。動物や」

おーん、という、良くもなければ悪くもない中途半端な返事が、全員から返ってきた。

「なんやねん？　不服か、ディアー？」

「ディアー？　ディアーなん、俺？　鹿？」

藤原が薄笑いを浮かべて言った。鹿っぽいやろ、と言うと、笑いの波が広がった。

「分からんでもないかも」

「せやろ、マウス」

「僕、マウスか。弱そうやな……」

川原が苦笑した。可愛いからええがな、という藤原の言葉に、照れたように頭を掻く。

「南、お前はバードや」

「うん、まあ別にええけど、なんで林田が全員分決めんねん」

「そりゃだって、次の活動に関して言えば、俺がボスやもん」

胸を張って言うと、南はやれやれといった風に眉を上げ、煙草を銜えた。

「佐藤はキャットね。猫、好きやろ」

「あら、ありがとう」

佐藤が頬を緩めて言った。

「俺は？」

「浅野はね、ゴート」

「ゴート？　ゴートって、何やっけ」

「ヤギ」

浅野が口を半開きにした。川原が手を叩いて笑う。

「めっちゃ分かるわ。浅野、ヤギっぽいもん」

「分かるなや。嫌やなあ、ヤギか。ショボ」

「それで、自分は何やの」

佐藤に問われ、ちょっと耳が熱くなる。努めてさりげなく、口を開いた。

「クロウかな」

「自分だけ、えらい格好良さげやな」

藤原が唇を尖らせた。

「そうか？　むしろ気取り過ぎて……って気もするけど」

浅野が小首を傾げて言った。

「やかましい、ゴート。会議を続けんで」

「失礼、クロウ。続けて」

ハリウッド映画の吹き替えみたいに、戯画的な口調だった。なかなか好い心地だ。コードネームで呼び合って、何が悪い。茶番で何が悪い。人生は所詮、果てなく続くごっこ遊びだ。

「まずは諸君。改めて、前回の活動、お疲れ様。見事な手際の良さやった。サツに尻尾《しっぽ》を摑まれる心配も、ないやろう」

「センキュー、クロウ」

川原が凜々《りり》しい顔つきで言った。顔が良い分、ホンマの映画のように様になっている。

「で、無事拳銃を手に入れた今、いよいよ次の計画に着手しようと思う。銀行強盗、と予告してた訳やけど、これはやっぱりやめて、別の計画を考えた」

「え、やめんの？」

南が素っ頓狂な声を上げる。右手を挙げてさらなる言葉を制し、五人の顔を見回す。好奇心に満ちた表情ばかりだ。

「銀行強盗をやめる理由は二つ。一つ目は、ムズそうやから」

「なんや、それ」

ずっこける南を無視し、佐藤に頷き掛けた。同意するように、佐藤が深々と頷く。

俺と佐藤は、先のテロ計画実行のために数日間、二人で爆弾の実験・改良に勤《いそ》しんだ。それと並行して、銀行の下見にも行ったんだ。

「ムズそう、っちゅうか、正確に言えば、リスクと引き換えに得られるリターンが少ない、言うた方がええかも。銀行の支店には、どんだけ多くとも、現金は数千万しか置いてへん」

「でも、クロウの目的は金ちゃうやろ。銀行強盗自体が目的のはずや」

浅野が淡々とした声で言った。俺は指を鳴らし、人差し指と中指を立てた。

「そこが、理由の二つ目と繋がってくる。今どき銀行強盗やっても、そこまでのインパクトはないんちゃうか、思うねん」

「そうか？　成功したら、凄いけどな。『ヒート』の銀行強盗シーンとか、格好良いし」

ちゃうねん、と浅野の言葉を食い気味に遮り、話を続ける。

「あの映画が格好良いのは、白昼堂々、都会のど真ん中で警官隊とドンパチ繰り広げるからやろ。でも俺らは、拳銃一丁、弾五発しか持ってへん。ドンパチができひん以上、犯行内容自体でインパクトを残さなあかん訳やけど、大半が失敗してるとはいえ、銀行とかの金融機関を狙《ねろ》うた強盗は、今まで日本で山ほど行われてきた。調べたら、ピーク時には年間二百件以上、最近でも年間十件以上は発生してるらしい。今更俺らが銀行強盗やっても、そりゃ拳銃を使えば多少話題にはなるし、ニュースで大々的に取り上げられもするやろうけど、日本の犯罪史には残らへん。三億円事件みたいには」

熱を込めて言い募った。納得したように、浅野が頷く。

「一個、質問やねんけど」

「何、川原――ちゃうわ。どうした、マウス？」

「銀行強盗をしようって提案した動機は、何なん？」

俺は思わず押し黙った。

過去二件の活動は、いずれもメンバーの過去――自殺動機に起因していた。だが、今回は違う。

俺はただ、映画みたいなギャングごっこがしたいだけだ。

「そういえば、あの夜……、みんなで自殺しようとしたあの夜も、クロウとゴートだけは、自殺の動機を言わんかったもんな」

藤原が問うような目で、こちらを見た。

「なんや？　喋らなあかんのか」

熱のこもらぬ声で、浅野が言った。そのゾッとするほど冷たい声色に、藤原がたじろぐ。

「ごめん、ごめん。僕がいらんこと言い出したな。別に、無理にそんなん言う必要はない。各々がやりたいことを、みんなで協力してやる。それが約束や」

川原が宥《なだ》めるような調子で言った。浅野が静かに頷く。よっぽど、話したくない事情があるのだろう。浅野に倣《なら》って頷いたが、俺にはそもそも、話せるような動機がない。

「話を元に戻そう、諸君」

両手を叩き、厳めしい声で言った。

「次の活動を、年間十件以上起きてる犯罪の内の一件にはしたくない。もっと、オリジナリティ溢れる犯罪の方が、ロマンがあるやろ」

和製○○とかポスト○○とか、○○の再来とか、そんな言葉は、褒め言葉の皮を被った抑圧に過ぎない。俺は、和製ジョン・デリンジャーとして死んでいくのではない。林田康太として、死んでいくべきなんだ。

「計画はこうや。耳の穴かっぽじって、よう聞き」

低い声で言い、顎をしゃくった。ＰｒｅｖｉｏｕｓｌｙＯｎは、これにてお終い。ここからが本編の始まりだぜ、諸君。

5

大阪メトロ谷町《たにまち》線南《みなみ》森町《もりまち》駅の三番出口を出て、スマホのマップを片手に、東へ向かって歩き始めた。

「なんか、珍しい取り合わせやな」

両脇を歩く、浅野と佐藤に向けて言う。

「確かに。クロウと俺、クロウとキャットは、結構あるけどな」

コードネームを使ってくれる浅野の律儀さが、好きだ。

誰も口を開かず、沈黙が流れたまま、歩き続ける。

「しりとりでもしよか」

俺の言葉に、浅野と佐藤が同時に吹き出した。

「絶対、それ言うと思ったわ。いつもやな」

「ホンマにね」

口々に言われた。軽口で応酬してやろうと思案していると、浅野が横目で俺を見てきた。

「別に、無理に喋らんでええで。しょうもないことばっか言うおちゃらけキャラも、疲れるやろ。無理に一日中おちゃらけんでも、構へん」

さらりとした口調だったが、その労《いた》わるような声の響きに、思わず声が詰まる。

「何が？　別に、普通やで」

「ああ、そう？　なら、ええけどさ。まあ、俺らの前でくらい、自然体でおりいや」

「なんや、それ。気色悪い」

語尾が掠れた。鼻の奥がツンとし、喉許に熱い塊が込み上げてくる。

休み時間にはクラスの輪の中心にいるけれど、休日に二人きりで遊ぶ親友はいない。それが高生までの俺だ。「康太はオモロいなあ」とみんなに言われるが、休日の遊びには誘われない。クラスの人気者投票や面白い奴投票で決まって上位に食い込むが、俺のことを一番の親友だと思っている奴は、誰一人としていなかった。卒業アルバムの後ろのページはクラスメイト達からのメッセージで溢れていたが、卒業旅行には誰とも行かなかった。

中学のとき、俺に向かって「人気者やな。羨ましい」と言った渡辺《わたなべ》くんのＳＮＳアカウントを覗けば、バスケ部の仲間三人で遊びに行った写真が数多くアップされていたし、高校のとき、「林田みたいなオモロい男子、ホンマ好き」と楽しそうに手を叩いて笑っていた畠中《はたなか》ちゃんは、ちゃっかりテニス部の寡黙《かもく》なイケメンと付き合い始めた。

誰からも好かれてきたが、誰からも愛されたことがない。それが嫌になり、大学では誰とも喋らなくなってしまった。

「私は好きやけどね、クロウのおちょけてるとこ」

佐藤の声が聞こえた。顔を上げ、横顔を見つめると、すました顔で前を向いていた。戸惑っている内に、浅野が小学校のような外観の建物を指差した。

「あれやな。到着や」

視線の先、コンクリートブロックでできた門柱に記された文字は、「造幣局《ぞうへいきょく》」だ。

門の手前で立ち止まり、改めてお互いの姿を見合って、不自然でないかチェックする。監視カメラの存在を考慮し、三人とも、簡易な変装を施している。俺はキャップを目深に被っているだけだが、佐藤は明るい茶髪ロングのウィッグを着け、黒縁のレンズが大きな眼鏡を掛けている。化粧も濃くし、口許にホクロまで描いている。浅野はつばの広いハットを被り、お洒落なサングラスを掛けている。

門をくぐり、敷地内に一歩足を踏み入れると、「ちょっと、すみません」と声を掛けられた。左手に設置された警備員室から、五十代と思《おぼ》しき警備員が出てくる。

「こちらでお手続きを。工場見学ですか」

「いえ、博物館を見に」

俺が首を横に振ると、

「工場見学は予約がいるので、また機会があれば是非」

警備員室横の受付へと案内された。渡された紙に、三人分の偽名を記す。警備員が腕時計を見やり、現在時刻を俺達の偽名の横に記入した。警備員は見たところ、三人しかいない。全員、年配のおっちゃんだ。

「これを見えるところに、付けといてください。帰るときに、返してくださいね」

見学と記された青い名札を渡された。言われた通り、安全ピンをポロシャツの胸許に刺す。

「ここを真っ直ぐ行って、右に曲がってください。そこからずっと進んでもらったら、緑の屋根の建物があります。そこが、造幣博物館です」

「どうも、ありがとうございます」

礼を述べ、歩き出した。貨幣セットや記念メダルを販売するショップを通り過ぎ、言われた通り右に曲がる。

「入場無料か。ええな。折角やし、工場見学も予約したらよかったな」

浅野が顎を擦りながら言い、遠い目をして話を続けた。

「なあ、クロウ。昔、『かいけつゾロリ』で、造幣局に忍び込んで、お札をガンガン刷って盗もうとする話あったの、覚えてる？　子供心に、めっちゃワクワクしてんけど」

「あったな。オモロかったわ。でも紙幣を刷るのは、国立印刷局やからな。造幣局は貨幣だけや」

俺も最初は、大阪の造幣局を襲撃して大量の一万円札を強奪、というルパン三世みたいな計画を夢想したが、調べてみて、そもそも造幣局では紙幣を取り扱っていないと知った。貨幣では重過ぎて、盗むのに適さない。なんせ、五百円玉が十四キログラム分で、やっと百万円相当だ。しかも、キャッシュレス化の影響で年々貨幣の製造量は減少している、という情報すら見つけてしまい、大いに落胆した。だが、さらに調べるうち、造幣局の隣に建てられた造幣博物館に、とんでもないお宝が展示されていると知った。金銭的価値も、話題性も、ロマンも、全てがたっぷり詰まった、文字通りのお宝だ。俺達は、それを戴くつもりだ。

三分ほど歩くと、赤い煉瓦《れんが》造りの西洋風な建物が見えてきた。緑色の屋根だ。元々は、自家発電のための火力発電所だったらしい。

博物館に入ると、受付のおばちゃんが俺達の胸許の名札に視線を向けた。

「二階、三階が、展示施設です。お手洗いは、一階にしかございません」

会釈で応じ、館内を見渡す。動画撮影は禁止だが写真撮影は原則ＯＫという寛容さに感謝し、早速、入口付近に置かれた、造幣局敷地内の縮小模型を撮影する。縮尺は、二百分の一スケールだ。

「逃走経路の考案に役立つな、キャット」

「せやね」

佐藤が目尻に皺を寄せ、穏やかに微笑する。

続いて、全館のフロアマップを撮影した。階段の前に置かれた巨大な時計は、明治九年に作られたもので、当時の金銀貨幣工場の正面に取り付けられていたのだと、説明書きに記されている。

「この時計は、撮らんでええな」

「ええ？　折角の記念やし、撮っとこうや」

「ヘイ、キャット。遊びに来たんちゃうねんで」

受付のおばちゃんに聞かれないように、囁くような声で言った。

「行くで、行くで」

階段で二階へと上がる。順路に従って進むと、造幣局設立に寄与した新政府高官やお雇い外国人を紹介する展示が現れた。各人の顔が象《かたど》られたレリーフの下に、簡潔な人物説明が記されている。手前から順に、由利公正《ゆりきみまさ》、井上馨《いのうえかおる》、Ｔ・Ｊ・ウォートルス、大隈重信《おおくましげのぶ》、五代友厚《ごだいともあつ》、トーマス・グラバー、伊藤博文《いとうひろぶみ》だ。外国人二人は、両方とも知らん。

パネルを申し訳程度に見たあと、第二展示室へと入室する。平日だからか、見学者は俺達だけだった。

「なんか映像観れるやん。観よ」

浅野が口ずさむように言い、立方体の椅子の一つに腰を下ろした。白と黒の椅子が交互に並べられている。折良く、十三時三十分からの上映が開始された。

スクリーンが造幣局の歴史や事業について説明している間に、俺と佐藤は先に進んだ。手廻し計数機や天秤、ガス燈、創業式当日の記念花火の筒に取り付けられていた装飾用の木彫り龍、硫酸ソーダ製造設備の模型、硬貨の図案や縮彫原版、種印などをざっと見学したあと、順路に沿って第一展示室に入る。

貨幣の製造工程を記した巨大パネル、各種褒章《ほうしょう》のメダルや盾といった勲章、東京オリンピックや長野オリンピックのメダルなどが展示されている。当然、造幣局で製作されたものだ。

「お目当てのお宝は、どこやっけ?」

「三階。やから、別にこの階は見んでもよかってんけど、まあ一応。あと、ちょっと見てみたいのが、この階に展示されてるはずやねんけど……」

赤い台に設置されたアクリルケースを見つけ、立ち止まった。壁には、「ほんものの金塊・銀塊を触ってみよう!」と記されており、ケースには手首が通る程度の穴が開いている。中には、金塊と銀塊が展示されていた。

「あった。あれや。あれ、見たかってん」

「へえ、凄っ。本物?」

「うん。最初は、これを奪ったろうかな、とも思うてんけど。金塊重さ十六キロ、銀塊重さ三十三キロやって。こんなん、なかなか生でお目にかかれへんサイズやろ」

「クロウ、ケースに手ェ入れたら?」

「先、入れえな。レディファーストや」

「あらま。ありがとう」

口許を綻ばせ、ケースの穴に手を入れた。料理の隠し味が何か予想しているような顔で、金塊と銀塊にペタペタと触る。

さり気なく、部屋の中を見渡した。おっちゃんの職員が一人、所在なげに立ち尽くしている。この部屋を映す監視カメラは、三台だけだ。ハンマーでケースを叩き割って金塊を手にし、おっちゃんを殴り飛ばして全力疾走すれば、余裕で逃げ切れそうだ。

「クロウも、触ってみ」

ケースの中に手を入れる。金塊を掴み、思わず苦笑した。考えてみれば当たり前だが、下の台にしっかりと固定されており、持ち上げられない。盗むなら、チェーンソーか何かで、台の一部ごと切り離す羽目《はめ》になりそうだ。

手触りはひんやりと気持ちいいが、何千万円の価値があるという感慨はない。手の熱が伝わったのか、すぐに金塊は生ぬるく感じられた。銀塊にも触れたあと、ケースから手を出す。

「そこまでの感動はないな」

佐藤と顔を見合わせて笑った。

「えらい楽しそうやな」

遅れてやってきた浅野が、飄々《ひょうひょう》とした口調で言う。

「うん、楽しいで。ゴートは楽しないの？」

「いや、楽しいよ」

「せやろ。ギャング映画やったら、下見のシーンは結構はしょられたり、カッコええ音楽に乗せて数分間のダイジェストで済まされたりするけど、当人にとって一番テンション上がるんは、この下見の時かもしれんな」

「まあ、本番は集中して、楽しむどころちゃうやろうしね」

佐藤が笑みを打ち消し、真剣な眼差しで言った。

「よっしゃ。じゃあ、いよいよ三階行くか」

「ちょう待って、俺も金触りたい」

「タイムイズマネーや。先行ってんで」

浅野を置き去りにして三階に上がると、明治時代に流通した二十圓《えん》金貨の巨大な模型にお出迎えされた。順路に従って進む。古代中国の貨幣が展示されたガラスケースを素通りし、逸《はや》る気持ちを抑え、第四展示室に足を踏み入れた。古代から近代までの日本の貨幣が、ガラスにはめ込まれて立体的に展示されている。ケース内部の貨幣はＬＥＤで照らされ、表裏の両面から見ることができる。

他に、老夫婦と中年の男が見学していた。

一番手前のケースの前に立った。「和同開珎《わどうかいちん》」という説明書きを見て、すぐさま別のケースへと移る。少し探して、発見した。

「あった、これや」

思わず、声を張り上げてしまった。眼鏡を掛けたおばちゃんの職員が、怪訝な表情でこちらを見てきた。

「もう、はしゃぎなや」

明るい声で言い、佐藤が俺の肩を叩いた。

「ああ、ごめん、ごめん」

頭を掻く仕草をして、ぎこちなく笑った。職員の視線が外れるのを横目で確認し、ケース内に展示された大判《おおばん》に向き直る。二十センチ近くある楕円形の大判が二つ、ライトに照らされ、燦然《さんぜん》と輝いている。ジョークグッズみたいに嘘臭いほどピカピカと金色に輝く大判には、黒い墨で何やら文字が記されている。読めないが、いかにも達筆という感じがして、格好良い。左にあるのが天正長《てんしょうなが》大判、そして右にあるのが、目当てのお宝、天正菱《てんしょうひし》大判だ。

「めっちゃ綺麗やね」

陶然《とうぜん》とした面持ちで、佐藤が言った。続けて、パネルに記された説明文を読み上げる。

「太閤秀吉《たいこうひでよし》が造った天正菱大判と天正長大判。天正菱大判は、秀吉が足利《あしかが》将軍家お抱えの彫金師・後藤《ごとう》家に命じて一五九一年に造らせた大判で――」

口を噤み、黙読へと移った。俺は説明文を読まずに、天正菱大判を凝視していた。歴史にはとんと疎いが、一五九一年に造られた貨幣が今も目の前で煌々《こうこう》たる輝きを放っている事実は、得も言われぬ昂奮を味わわせてくれる。そして何より、歴史的な価値を抜きにしても、単純に見た目が、異様なまでに力強く、美しい。世界中の人々が金に絶対的な価値を見出しているのは、ひとえにこの美しさ故だと、強烈に実感できた。

天正菱大判は存在が六枚しか確認されておらず、うち五枚は世界中の博物館に所蔵されていると、ネットには書いてあった。残る一枚は、数年前にスイスのオークションに掛けられ、一億四千万円以上で落札されたという。

「おう、これか。確かに、格好ええな」

いつの間にか背後に来ていた浅野が、感嘆の吐息を洩らす。

「一億以上の金銭的価値、造幣博物館に所蔵されているという話題性、豊臣《とよとみ》秀吉が造らせた、世界に六枚しか現存してへん大判っちゅうロマン。完璧やろ」

上ずった声で言い、天正菱大判から視線を外した。これ以上見つめていると、吸い込まれてしまいそうだった。

この大判を狙うと宣言したとき、藤原が控え目に異議を唱えた。銀行は貧乏人から搾取する資本主義の手先だから襲うのも理があるが、歴史的財宝を狙うのはただの盗賊だと言われた。分かっている。貴重な大判を強奪するなんて、最低の屑《くず》だ。シャブの売人を痛め付けたり差別主義者達を震え上がらせたりするのとは違って、一片の正当性もない。

――ただの盗賊じゃあかんのか。正味な話、過去二回の活動も、一番の動機は、やってて楽しかったからとちゃうんか。

語気強く言うと、誰もそれ以上は反論してこなかった。

つまらない小市民として生を終えるくらいなら、格好良い屑として華々しく死にたい。倫理的、道徳的、法的な正しさなんかいらない。身勝手な美学を貫いたまま、死んでやる。

「当時でも、これ一枚あれば、三十年分以上のお米買えたらしいね」

佐藤がガラスケースに顔を近付け、うっとりとした声で言った。ライトに照らされて金色に輝く横顔は、美形ではないが、湿り気を帯びた魅力があった。唐突に、渇きを覚えた。

「すみません。もう少し、離れていただいても……」

職員が控えめな口調で声を掛けてきた。我に返ったように、佐藤が目を瞬かせる。

「ごめんなさい」

「ガラスケースに強く触ってしまうと、警報装置が付いてますからね、やかましく鳴っちゃうんですよ。ごめんなさいね。実は、ここであまりバタバタと走り回ったりしたら、それだけで警報装置が鳴るくらい、厳重なんですよ」

「そうなんですね。やっぱり、貴重なものですもんね。すごく綺麗です」

「ありがとうございます。この博物館で一番のお宝ですから」

佐藤と職員が和やかに会話を交わしている間に、一応監視カメラの数を数えてみた。六台。

職員が離れていくと、俺達は顔を見合わせた。浅野が小声で口を開く。

「警備、手薄やと思わへんか。職員一人って、力ずくで奪われたら対処できひんやろ」

「まあ、普通は誰もここ襲わんからな。半径一キロ以内に警察署とか交番がいっぱいあって、車で五分の所に府警本部もある。常駐はしてへんやろうけど、正門入ってすぐのところに、警察官の詰所もあった。まず、逃げ切られへん。仮に逃げ切れたとしても、モノがモノだけに、売り捌《さば》いたりした時点で、足が付いてパクられかねへんし」

佐藤と浅野が顔を見合わせた。

「でも、じゃあ俺らは、どうすんねん?」

「売らんでもええやろ。お金目的で盗むんちゃうねんから。メンバーである俺が、やりたいって言うてやるんや。大判は、グループの象徴にでもして、アジトに保管したらええ」

「そっちやなしに、逃げ切れるかどうか、っちゅう話」

「ああ……。大丈夫や。俺らは、ただのギャングとは違う。BLOODY SNOWの特徴はなんや？　死まで突き進む悪党やろ」

浅野が目を細めた。反対に、佐藤が大きく目を見開く。

「しかしホンマに、死ぬほど綺麗やな、これ」

天正菱大判に視線を移し、口の端に笑みを浮かべて言った。

6

造幣博物館の下見を終えたその夜、六人でチャットに集まり、侃々諤々《かんかんがくがく》の議論を繰り広げた。長時間に及ぶ戦いの末、俺が五人を押し切り、話し合いは終結した。

一刻も早く計画を実行したい気持ちもあったが、大学に行かず、一日中音楽を聴く時間が欲しかったから、決行日は八日後、五月十七日に決定した。好きな映画も見返そうかと思ったが、やめにして、所持しているブルーレイやDVDは全て捨てた。

サンシャイン・ジャパンに対する爆弾テロや警察官の拳銃強奪に関する報道は、日に日に少なくなっていった。大手芸能事務所のスキャンダルや、隣国の内政ばかり報じられている。そっちの方が視聴率を持っているというのも当然あるだろうが、何より、捜査の進展が思わしくないのだろう。俺達の犯行が、スマートだった証だ。

六人で集まって朝まで酒を飲まないか、と南に提案されたが、丁重に断った。クールじゃないからだ。召集令状を受けて、国のために戦地に赴《おもむ》く兵隊じゃあるまいし、湿っぽいのは御免だ。俺は俺の意志で、俺だけのために、天正菱大判を掻っ攫いに行くんだ。

決行日が決まったあと、南と藤原と川原からは、それぞれ電話があった。他愛もない話しかしなかったが、親以外の誰かと電話で他愛もない話をしたのは、初めてだった。

7

決行日の三日前。浅野から着信があった。電話に出ると、もしもしよりも先に、映画行こ、という言葉が飛んできた。新作アクション映画のタイトルを挙げられる。

「ううん、ええわ」

自分でも驚くほど、即答していた。しばらくの沈黙のあと、静かな声が返ってきた。

「なんでやねん。観たいって、前に言うてたやん」

「もう、映画のキャラに自分を重ねて楽しむのはやめてん」

かつて映画の話をした際、浅野も同様の趣味があると照れながら教えてくれた。

「林田が囮《おとり》になる以外の方法が、いくらでもあるんちゃうか」

唐突に切り込まれ、鋭く息を吸い込んだ。

「その話は、もう決着済みやろ。他に方法はあるかもしれんけど、誰かが囮になった方が確実や」

「そやけどさ」

「まさか、命は大切にしましょう、って道徳の教科書みたいなこと言わんよな」

ついつい、刺々《とげとげ》しい声が出てしまう。苛立ったような吐息が、電話口から聞こえた。

「浅野。俺らは、あの夜に一遍死んでん。それぞれがやりたいことを協力してやって、派手に死んでいこうって誓《ちこ》うたやんか」

「だからって、あまりにも白分から死のうとするのは、違うんちゃうか」

黙して答えないでいると、浅野が硬い声で言った。

「劇的なラストを迎えたい。その気持ちは否定せえへん。他の四人も、多かれ少なかれ抱いてるやろう。でも林田、お前は死そのものに、それだけに固執し過ぎや」

「言うてる意味が分からん」

嘘だ。死の瞬間にだけ、固執している。その通りだ。俺にとってＢＬＯＯＤＹ ＳＮＯＷの活動は、死の彩度を高めるための下準備でしかない。

「一遍死んだんやから、もう怖いものはない。派手に生きて、派手に死のう。それがあの夜の誓いや。でもお前は、派手に死ぬ方にばっかり焦点を絞ってる」

「やとしても、文句を言われる筋合いはない」

そう言って、ニヒルな笑い声を上げた。上手くいったかは分からない。

「林田に死んで欲しくないねん、友達やから」

珍しく、感傷的な声だった。胃の底から、温かい何かが染み出すような感覚があった。

「ありがとう。でも出会いのきっかけからして、自殺掲示板やねんからさ。俺達は暗い過去のせいで、既に死んだ状態で出会ったっちゅうてもええ訳や」

「俺には、暗い過去はない」

「え？」

心臓が飛び上がった。今、なんて言うた？

「実はそうやねん、林田」

お前もそうやろ、と言外に問われているような気がした。掌が汗ばむ。

「俺は至って普通の環境で、普通に育った。強いて言えば、それが自殺の動機や。母親の作った晩飯を食うても、父親と釣りに行っても、友達と旅行に行っても、彼女とセックスしても、一定以上の感動がないって気付いた。映画の主人公と自分を重ね合わせて妄想する方が、テンションが上がる。自分は掃いて捨てるほどいる普通の人間や、何者でもないっちゅう、普通コンプレックスや」

俺は深々と息を吸い込んだ。

何者でもない？　充分、恵まれてるやないか。

俺の母親は料理嫌いで手抜きの飯が多かったし、自分の理想を押し付けてきてばかりだ。父親は仕事で碌《ろく》に遊んでくれたことはない。友達と旅行？　彼女とセックス？　そんな青春を送れていれば、スリルを求めることも、況《ま》してや死にたいと思うこともなかった。

「今の話を聞く限り、もし俺ともっと早く出会って友達になってたとしても、浅野は自殺に手を染めたやろな」

冗談めかした口調で言うと、浅野は呻った。

「それは、何とも言えんけど……」

消え入るような声だった。鳩尾《みぞおち》の辺りが重く、冷たくなる。

俺はもっと早く浅野と出会って青春していれば、自殺衝動に駆られることはなかっただろう。でも、浅野はそうじゃない。勝手だが、裏切られたような気がした。

「俺も、浅野のことは友達やと思うてる。でも、俺の決断にとやかく言うて欲しくはない」

強い断定口調で言った。小さく、息を吸う音がした。

「そっか、せやんな。ごめん」

一旦言葉を切り、浅野が明るい声で言った。

「ごちゃごちゃ言うて悪かった。じゃあ、三日後に。成功させよな、クロウ」

「うん。頼むで、ゴート」

電話を切り、布団にスマホを放り投げた。椅子に凭れ掛かる。ネジが軋《きし》み、引き笑いのような甲高い音がした。

俺は無名のアウトローとして、いつまでも痺れるような体験を重ねたい訳じゃない。たった一度でいいから、ヒリつくような死を迎えたいんだ。死と同時に伝説の悪党となり、林田康太の存在を人々の記憶に刻み付けてやる。

8

一人暮らしのアパートでヘッドフォンを装着し、スーパー・バター・ドッグの四枚目のアルバム『FUNKASY』を聴きながら頭を激しく揺さぶっていると、うねるようなグルーヴの奥底から、低い乱打音が聞こえてきた。しばらくしてようやく、誰かが俺の部屋のドアを叩いている、と気付いた。慌てて、椅子から立ち上がる。ドアスコープを覗くと、佐藤が立っていた。なんでここを知ってんねん？　何しに来てん？　といった疑問の数々が、ヘッドフォンから爆音で流れ続けている音楽に合わせて渦を巻く。呆気に取られていると、もう一度ドアを叩かれた。ヘッドフォンを外し、ドアを開く。

「どうしてん？」

佐藤が息を呑み、顔を俺に向けた。清冽《せいれつ》な眼差しに、思わず動揺する。

「何回も、ピンポン鳴らしたんやから」

「ああ、ごめん。音楽聴いてた」

「入っていい？」

「ええ？　いや、まあ……」

答えあぐねていると、「入っていい？」と全く同じ調子で繰り返された。

「汚いけど」

女子を部屋に入れたことなど、一度もない。いや、他人を部屋に入れたことすら、一度もない。だが、追い返す理由もない。曖昧に頷くと、佐藤はずかずかと部屋に上がり込んできた。靴を脱ぎ、ベッドの端に腰を下ろす。髪を後ろで一つに束ね、丁寧な化粧を施している。服も可愛い青のワンピースだ。でも、華やかな見た目に反した表情を浮かべている。

あまりにも沈黙が長いので、ハリウッド映画に登場する陽気な黒人の口調を真似て、口を開いた。

「どうした、浮かない顔して？　パーティー帰りみたいな服装に似合わないぜ、キャット」

無反応。完全にスベったな、ごっつサブいことしてもうたわ、と苦笑していると、佐藤が顔を上げた。

「キャットちゃう。佐藤理沙。今日だけは、そう呼んで」

いつになく、真剣な声だった。顔に貼り付けていた笑みを、ゆっくりと剝がす。

「どないしてん、マジで？　そもそも、ようここが分かったな」

「ドライアイス爆弾の実験してたとき、何処に住んでるか訊いたら、教えてくれたやん」

「ああ……。そんなん、言うたっけ？　よう覚えてんな」

頷き、また視線を逸らされた。これはもしかして、そういうことか？　俺は童貞だが、頻繁に二人きりで会っている女子の好意を察せられないほど、鈍感でもない。ただ俺は、佐藤に恋愛感情は抱いていないし、この状況をどうすればいいかも分からない。股間の辺りがむず痒く、微かに硬さを帯び始めていることにも、どう対処すればいいか分からない。

押し黙っていると、佐藤が深々と息を吸い込み、大きく吐き出した。それから、俺に目をやり、潑溂《はつらつ》とした声で言った。

「エッチしよ、林田」

「え？　うん、ええけど」

即座に応じてから、反射的に吹き出した。艶っぽいムードに戸惑っていることがバレないようにと気負い過ぎたせいで、あまりにも唐突でストレートな誘いに応じてしまった。

「めっちゃ、あっさりやな。もっとびっくりされたり、引かれたりするかな、思うたけど」

佐藤がぎこちなく笑った。鼓動が一気に跳ね上がる。この音が聞こえていないか、心配だ。

そこそこ酷いことを勢いに任せて白状するが、俺にとって佐藤は、恋愛対象としてはナシだが一時の性的対象としてならアリ、という丁度のラインにいる。

「林田は、慣れてるん、こういうこと？」

「いや、まあ、部屋を訪ねてきたってことは、そういうことかなと」

「そっか。一つだけ、聞かせて欲しいんやけど。明後日の計画を中止するっていう選択肢は、ないんよね？」

今度はじっくりと間を置いてから、「ない」と答えた。

「オッケー。じゃあもう、何も言わへん。林田も、余計なことは何も言わんとって。エッチして、私は帰る」

語尾の震えと目に浮かぶ涙には気付かないふりをして、ベッドに歩み寄った。右肩に手を触れると、温かく柔らかな肌の感触が、ワンピース越しに伝わってきた。

「もし私が、愛してる、って言うたら、計画を中止する？」

「もう何も言わへんのちゃうんかい」

「これで最後やから、答えて。中止する？」

粘ついた唾を飲み込み、佐藤と視線を交わす。

「もしそうやって言うてくれるなら、めっちゃ嬉しいとは思う」

「答えになってへん。はっきり言うて。中止するんか、しないんか」

「せえへん」

もう、手遅れだ。愛や友情を知るよりも先に、壮絶な死への夢想に取り憑かれてしまった。人生に対して不感症になった俺はもう、スリルとロマンに満ちた死でしかイケない。

「事が済んだら、もう一遍だけ、訊いていい？　計画を中止するかどうか」

頷き、肩から首筋に手を動かした。煮え滾《たぎ》るような熱さだ。

「避妊具、持ってきた？」

「いらんよ、そんなん」

「生でええん？」

「生でいい」

きっぱりとした声だった。

「女子に人気やもんな、生って。タピオカとかラムネとか、キャラメルとか」

「またそんな、しょうもないことばっかり言うて」

右手を俺の右手に絡ませると、上目遣いのまま、人差し指を口に含んできた。ぬめぬめとした舌が生き物のように、指に纏《まと》わり付いてくる。下品な音を立てて、俺の人差し指をしゃぶった。

続けて、手の甲に彫られた真っ赤な雪の結晶のタトゥーに、口づけをする。

「そうや、佐藤はまだ、タトゥー入れてへんの？」

「明後日の計画が無事に成功したら、入れる」

鼻にかかった声で言い、俺の股間に視線を滑らせた。部屋着のスウェットを着ているせいで、はち切れんばかりに怒張しているのが、はっきりと見て取れる。佐藤の息遣いが、荒々しくなった。

そのあからさまに昂奮した息遣いを聞いて、俺の忍耐も限界を迎えた。

佐藤をベッドに押し倒し、半開きになった唇に舌をねじ込ませる。ぽってりとした分厚い唇に吸い付きながら、口の中を這わせた。背中に腕を回し、ファスナーを探る。見当たらずに焦る。

佐藤が吐息を洩らして笑った。

「ええよ、ありがと。自分で脱ぐから、林田も脱いで」

下着のシャツごとスウェットの上を脱ぎ、パンツごとスウェットのズボンを脱いだ。全裸。恥ずかしい。ワンピースを脱いだ佐藤は、上下お揃いの可愛らしい花柄の下着を着ていた。

「可愛い下着やな。女子やん」

「なんやの、それ。女子や」

パンティの上から触って焦《じ》らした方がいい、というのを何かのネット記事で読んだ記憶がある。だが有り難いことに、自分でパンティを膝の辺りまでずり下ろしてくれた。中指で太腿に触れ、佐藤の奥に向けて指を滑らせる。生温かく、想像以上に濡れている。左手でブラジャーのホックを外しながら、指をさらに奥へと侵入させる。生ぬるい吐息が俺の顔を撫でた。

中で動かして、という言葉に従い、第二関節を動かす。ざらついたイボのような感触が、指先に伝わってきた。内臓に触れているのだという生々しい実感が湧く。不気味で、卑猥だ。

脱ぎ捨てたワンピースを握り締め、佐藤が喘ぐ。ブラジャーを剝ぎ取り、右の乳首を口に含んだ。乳輪は茶色く、乳房は豊かだ。飴を舐めるように舌先で転がすと、すぐに硬くなった。我慢できなかったのか、左の乳首は自分の指で抓んだり、弾いたりしている。女子にも性欲がある。当然と言えば当然の事実を目の当たりにし、昂奮が募る。

「そろそろ、して。下半身、じんじんする」

両手で顔を覆い、太腿を大きく横に広げた。糸が引いている。あざといくらい猥雑なポーズだ。硬く火照った下腹部を押し当て、ゆっくりと佐藤の中へ入っていく。あっという間に、付け根まで咥《くわ》え込まれた。ぎゅっと強くハグをし、俺のものが佐藤の体に馴染むのを待つ。低く艶っぽい声で、佐藤が喘いだ。腰を動かし始めると、声が次第に高くなっていった。素早く、力強く律動する。和太鼓の演奏。間抜けな連想が頭に浮かんだ。背中に食い込む佐藤の指が、力を増していく。

突然凄まじい快感が押し寄せ、視界が真っ白になった。その中に、黒いシミのような点が、ポツンと浮かんでいる。堪え切れずに、爆ぜた。佐藤の中に、全て吐き出す。視界に広がっていた白が急激にしぼみ、黒いシミに飲み込まれていく。

「ああ……」

吐息と共に、切なさが込み上げてきた。一人でし終えたときと寸分違《たが》わぬ虚無感だと気付き、胸が締め付けられた。佐藤は俺のうなじに顔を埋《うず》めたまま、すすり泣くような声を上げている。

腰を引き、佐藤の中からそっと抜け出した。乾いた咳が洩れた。

9

五月十七日。午後一時。新調した黒のスーツに黒のネクタイを締め、アパートを出た。家の前に停まったシルバーのホンダ・フリードに、颯爽《さっそう》と乗り込む。肩掛けポーチを膝の上に置き、シートベルトを締めた。

佐藤は吹っ切れた面持ちで俺に頷き掛けると、サイドブレーキを解除し、車を発進させた。目の周りがほんの少し腫《は》れ、赤くなっているのは、そういうメイクだと信じたい。

後部座席の四人をルームミラー越しに見やった。思わず、感嘆のため息が洩れる。俺と佐藤以外の四人は、老人の特殊メイクを施しているんだ。服装も、日本のおじいちゃんらしく、無彩色を基調としたVネックカーディガンやらファスナー付きのベストやらだ。

「メイク、なかなかようできとんな」

「ファンデ、シャドウ、ハイライト、白粉《おしろい》。一生、自分には関係ない言葉やと思てたわ」

白髪の南が、若々しい声で言った。

「せやろな。ナンボしたん、それ？」

「練習用も含めて、金は二万くらい。時間は、練習時間も含めたら、十何時間とか」

川原が眉尻を下げて大変さをアピールした。こんなハンサムな爺さんがいれば、老人ホームでさぞかしモテるだろう。

「ご苦労様、諸君」

俺の言葉を皮切りに、四人の特殊メイク苦労話が、車内を満たし始めた。これから俺を待ち受ける未来など知らないような顔で、すっかり平生《へいぜい》通りの口調で喋っている。その気遣いが、嬉しい。

赤信号で停車すると、佐藤はカーオーディオを操作し、音楽を流し始めた。ザ・ジョン・スペンサー・ブルース・エクスプロージョンの「ベルボトムズ」だ。映画『ベイビー・ドライバー』の冒頭で、主人公達が銀行を襲う際に流れる曲だ。

「これ、誰の選曲？」

「俺やけど」

浅野が返事をした。確かに最高にアガる曲だが、これをそのまま流すのは、映画の猿真似になってしまう。今日の活動は必然性に駆られたものじゃなく、映画や漫画の物語に憧れただけのごっこ遊びだ。でもだからこそ、ディテールはごっこじゃ駄目なんだ。

「CD、変えてええ?」

浅野が無表情のまま、首を縦に振る。車内に入ってから一度も、視線が合っていない。

「サンキュー、ゴート」

オーディオからCDを取り出し、持参した別のCDを入れた。オリジナル・ラブの四枚目のアルバム『風の歌を聴け』だ。一曲目、「The Rover」が再生される。この世で最も好きな曲だ。瞼を閉じてシートに背を預け、身じろぎもせずに音楽に耳を傾ける。曲が終わり、二曲目へと移る直前に、目を開いた。CDの再生を止め、取り出す。

タイミングよく、佐藤がハザードを点けた。果てなく続く国道一号の上で、車を停止させる。造幣局の建物が左手に見えた。

「よっしゃ。じゃあ、行こうか、諸君」

全員が老人メイクの奥で、張り詰めた表情を覗かせた。

「そない緊張せんと。死ぬ訳やあるまいし」

俺の軽口に、浅野だけが、小さく笑った。

「スベったな」

苦笑し、シートベルトを外した。佐藤の左手が、俺の右手のタトゥーに触れた。そっと撫で回されたあと、指が離れる。

「いってらっしゃい」

満面の笑みで俺を見つめ、佐藤が言った。

「これ、あげるわ。最高のアルバムやから」

佐藤が大きく喉を鳴らし、ＣＤを受け取った。

「いってきます」

口の端を吊り上げて笑い、車外に降り立った。悠然たる足取りで、造幣局の正門をくぐる。警備員室横の受付に進み、博物館の見学を申し込んだ。用紙への氏名記入は俺が五人分行い、浅野らは警備員三人からそれとなく顔を背けて待っていた。特に不審がる様子もなく、警備員は名札を五枚、俺に手渡した。

「じゃあ、皆さん、行きますよ」

はあい、と間延びした老人のような声で南が返事をした。笑いそうになるのを堪え、大手を振って博物館へと向かう。口から心臓が飛び出るほど緊張するのではないかと危惧していたが、自分でも驚くほど、心は平静を保っている。試しに心拍数を数えてみたが、一分間に八十三回だった。

赤い煉瓦造りの造幣博物館が見えてきた。唇をしきりに舐める川原の姿が、横目に入る。緊張が伝染するのを恐れ、前だけを見据えた。

博物館に入り、人の良さそうな受付のおっちゃんに笑顔で会釈する。階段を一段一段、踏み締めて上った。造幣局の縮小模型も巨大な時計も、殆ど視界に入らなかった。

三階に到着した。前回同様、巨大な二十圓金貨の模型に出迎えられる。立ち止まり、貨幣の中央に彫られた龍を睨み付けながら、深呼吸した。

「バード、ディアー、マウス、ゴート。準備はええか」

「バッチリや。クロウ」

落ち着き払った声で、浅野が応じた。他の三人の返事も聞き終えると、順路に向かって足を踏み出した。大判に指紋が付かないように、白の手袋を両手に着ける。

途中の展示品を無視して突き進み、第四展示室に入る。細い縁の眼鏡を掛けた職員が、俺達を一瞥した。四十代くらいのおっちゃんだ。

天正菱大判が展示されたガラスケースの前まで真っ直ぐ進むと、近くで改めて大判を眺めた。LEDの影響だけでは決してない、煌々たる輝きを放っている。

浅野と藤原が、老人らしく遅々とした足取りで隣にやってきた。他の二人はそれとなく、職員と俺の間に立ち塞がっている。俺達以外の客は、中年の男一人だけだ。

「始めよか」

浅野が呟き、ショルダーバッグに手を入れた。取り出した手に握られているのは、全長二十センチ程の車用緊急脱出ハンマーだ。硬く尖った金属が、先端に取り付けられている。

浅野が右手を大きく振りかぶった。同時に、川原が職員にスタンガンを押し当てる。

ガラス面に対して垂直に、ハンマーの先端が叩き付けられた。軽やかな音を立てて、ガラスにひびが入る。

南に組み伏せられた職員が怒号を上げたが、けたたましく鳴り響いた警報装置のベル音が、それを掻き消した。耳が痛くなるほどやかましい。予想以上の爆音だ。浅野が全く表情を変えず、もう一度ハンマーをガラスケースに叩き付けた。さらにひびが広がる。

藤原がリュックサックから金属バットを取り出し、ケースのひびに叩き付けた。小さな穴が開いた。浅野と藤原が交互にケースを叩き、どんどんと穴が広がっていく。餅つきみたいや。

慌てふためいた顔をした職員達が四名、順路を通ってこちらに走ってきた。藤原がバットを振り回し、向かってくる職員達に迫る。怯えたように目を瞠り、左右に飛び退いた。当然だ。バットを振り回すジジイほど怖いものはない。

俺は浅野を制し、穴に左手を突っ込むと、ケース内の空洞に行儀よく飾られている天正菱大判を摑んだ。そのまま、穴から手を引っこ抜く。手の中で、ロマンが金色に輝いていた。

ポーチに大判を仕舞って肩から掛けると、手袋を外して床に抛った。職員を押さえ付けている南と川原に、声を掛ける。

「行くで！　撤収や！」

警報ベルの音で何も聞こえないらしく、二人は眉を顰めた。左手を大きく掲げ、素早く振って撤収を合図する。右手を懐に差し込み、ホルスターから拳銃を引き抜いた。

藤原が大袈裟にバットを振り回して職員達を威嚇《いかく》している隙に、銃口を天井に向け、引き金を絞った。低く澄んだ銃声が、甲高いベルの音を切り裂く。右腕が後ろに引っ張られた。辛うじて尻餅はつかずに済んだが、大きく足がもつれた。九ミリ口径で反動が小さいというネットの情報を鵜呑みにしてしまったが、初めて撃つ人間にとっては充分過ぎる反動だ。舐めていた。片手撃ちは避けよう。おまけに、引き金も予想以上に重たい。

だが、だらしない笑みが口許に浮かぶのは抑え切れなかった。発砲の反動で生じた手首の痺れは、日本で非合法に拳銃をぶっ放してやった快感とイコールだ。

職員達が抗戦意欲を失っている隙に、その側を突っ切り、元来た順路を逆走した。階段を三段飛ばしで駆け降りる。

緊張の糸が切れたのか、川原が高揚した笑い声を上げた。俺達もつられて笑う。

一階に降りると、職員達が入口付近に集まっていた。七人だ。あらゆる感情が入り混じった表情をしている。

「退け！」

声を荒らげ、造幣局の模型が展示されたガラスケースに銃口を向けた。しっかりと両手で握り、引き金を引く。ガラスが粉々に砕け、鈍い音を立てて模型の一部が爆ぜた。職員達が悲鳴を飲み込み、呆然とした面持ちで見つめてくる。

「退け、っちゅうてるやろ！」

銃口を向けると、職員達が飲み込んでいた悲鳴を吐き出した。一斉に飛び退き、道が拓ける。野太い声で吠えながら、入口に向かって走った。自動ドアが開き、外に出る。

学校のチャイムみたいに、博物館の外でもベルは鳴り響いていた。

「やかましいな。人をイラつかせる音や」

浅野が舌打ちした。

「じゃあ、ここでお別れやな。早よ行き」

口早に言った。四人は俺の目を一瞬見据えたが、何も言わずに、小さく頷いた。

藤原が黒い柵に小走りで向かう。川原と南も、後に続いた。柵を跨《また》いで二メートルほど飛び降りると、造幣局の敷地外——毛馬桜之宮《けまさくらのみや》公園に出られる。そこから百五十メートルほど北に走り、煉瓦造りの螺旋《らせん》階段を駆け上がれば、国道一号に出られる。

柵に向かって足を踏み出した浅野に、慌てて声を掛けた。

「おい、これ！」

たたらを踏み、振り返った。大判が入ったポーチを左手に持ち、浅野に向かって突き出す。

「ああ、ヤバい、忘れてた！」

笑みを浮かべると、ポーチを受け取り、肩から掛けた。視線がぶつかる。

浅野は表情を引き締めると、突き出したままになっていた俺の左手に、自分の左手を思い切り叩き付けた。掌が痺れる。随分と荒々しいハイタッチや。

柵を跨ぐ浅野を横目で見ながら、正門に向かった。ふと、左腕が生ぬるく湿っているのに気付いた。ジャケットの袖を捲《まく》ると、ワイシャツが赤く染まっていた。

なんや、これ？　パニックになり掛けたが、すぐさま理由に思い至る。ケースの穴に手を突っ込んだときに、ぎざぎざと尖ったガラスの先に皮膚を抉《えぐ》られたのだろう。恐ろしいことに、全く痛みを感じない。これがアドレナリンというやつか。

木々が林立する幅の広い道を、五十メートルほど走った。春になると桜が満開に咲き誇り、「桜の通り抜け」として観光客が押し寄せる。

「おい、君！」

前方から声が飛んできた。左手を懐に差し込み、ホルスターからもう一丁拳銃を取り出した。ワルサーP38。と言っても、こっちは音が鳴るだけの玩具だ。

声の主は、警備員だった。試しにワルサーの銃口を向けてぶっ放すと、両手で頭を抱え、大慌てで後戻りしていった。何発もワルサーの銃声を響かせながら、正門へと走る。脇腹の痛みと足のだるさが鬱陶しいが、味わえるのも今のうちだ。

警備員が四名、警備員室の前に集まり、威嚇するように怒鳴り散らしていた。だがもちろん、二丁拳銃を構える俺に近付こうとはしない。堂々と正門を出ると、歩道を西に五十メートルほど走り、片側三車線の道路上に停められたフリードの前までやってきた。さっき、佐藤が俺達を送り届けてくれた車だ。今頃佐藤は予め用意していた別の車で四人を拾い、優雅に逃走を始めているはずだ。しゃがみ込み、車の下――左前輪辺りに手を突っ込む。ガムテープで貼り付けられているキーを回収し、車に乗り込んだ。エンジンを掛け、ギアをドライブに入れる。正門から出てきた警備員達が、ドアミラー越しに見えた。

ウインカーを出さずに、車を急発進させた。同時にハンドルを右に切り、第二走行車線を走っていた赤い車に激突させる。脊髄《せきずい》に強い衝撃がやってきた。激しい音が響き渡り、急ブレーキやクラクションの音、さらなる追突の音が折り重なって轟く。

警備員達がこちらを指差し、何処かに電話を掛けている。他のドライバーの罵声を背に受けながら、車を再度急発進させた。東天満《ひがしてんま》交差点で左折し、府道三十号に入る。パトカーのサイレンの音が四方八方から聞こえてきた。ふらついた走りで南へ五百メートル進んだだけで、ケツにパトカーが三台くっついてきた。時速八十キロで、片側二車線の橋に突入する。「前の車、止まりなさい」というお決まりのフレーズが飛び出した。

天満橋《てんまばし》。大阪じゃ結構有名な橋で、浪華三大橋《なにわさんだいきょう》、なんて称されたりもしている。橋の上での銃撃戦とは、クライマックスにお誂《あつら》え向きだと思わないか？

ハンドルを左に振り、車体を壁に激突させて車を回転させた。想像以上に凄まじい勢いだ。遊園地のコーヒーカップのエグい版や。堪え切れず、車内にゲロをぶち撒《ま》けた。

サイドブレーキを引き、フットブレーキを踏み続ける。ようやく、回転が収まった。二車線に跨り、橋に対して殆ど垂直に停まる。

パトカーから降りた警官が、こっちに向かってきていた。ホルスターに仕舞った拳銃を慌てて取り出し、助手席の窓目掛けて発砲した。窓ガラスが粉々に砕けて飛び散る。気持ちいい。

警官は急ぎ足でパトカーまで舞い戻っていった。ここで咄嗟に拳銃を取り出して発砲してこないのが、日本の警察官の美徳であり、弱点だ。

玩具のワルサーを取り出し、駄目押しに三発、パトカーに向けて発砲した。警官が拡声器で怒鳴り散らす。音が割れて、全く聞き取られへん。

そうこうしているうちに、大騒ぎが始まった。橋は封鎖され、威圧的なサイレンと赤色灯を伴ったパトカーの大群が、ぞろぞろと押し寄せてきた。車内に充満したゲロの臭いには鼻が麻痺してくれたお陰で慣れたが、口内に残ったゲロが放つダイレクトに饐えた臭いは、なかなかにキツい。

そんな状況だが、俺一人のために封鎖された天満橋がパトカーによって埋め尽くされている様は壮観で、胸の高鳴りを抑えることなど到底できなかった。

拡声器による説得が続く中、ふと、テープでダッシュボードに貼り付けられた紙に気付いた。剥がしてみると、「助手席の収納ボックスの中にお水が入っています。もし、喉が渇いたときは、飲んでください。」とだけ記されてあった。端正な文字だが、所々微かに震えている。

収納ボックスを開くと、五百ミリペットボトルの天然水が入っていた。蓋を開け、口に含む。うがいをし、口内を漱いでから、助手席のシートに吐き出した。苦味と酸味で溢れていた口内が、晴れた日の昼下がりのような清々《すがすが》しさを取り戻した。

ラジオの雑音のような轟音が聞こえてきた。旋回する報道ヘリのプロペラ音だ。封鎖された橋のテープの向こう側では、大量のテレビカメラが俺を睨み付けている。ルームミラーを見て、緩んだネクタイを締め直した。頬にこべり付いたゲロを天然水で拭き取り、小鬢《こびん》を撫で付ける。

運転席のドアを開き、車外に降り立った。玩具のワルサーは助手席に置いたが、右手には、M360J SAKURAを握り締めたままだ。

「銃を捨てろ!」

「両手を頭の上に!」

「銃を捨てなさい!」

二十メートルほど離れた警察官達が、一斉に声を張り上げる。銃を手にしたまま、ゆっくりと両手を耳の横まで挙げた。

「銃を捨てなさい!」

指揮官らしき禿頭《とくとう》の刑事が声を荒らげる。素早く銃口を向けた。やっぱり、片手で撃つことにしたんだ。だってその方が、カッコええやろ?

引き金を絞った。銃声が轟然と響き渡り、反動で体が大きく揺れた。車体に背中を打ち付ける。コーラを飲み過ぎたみたいに、胸の底から不快感が迫り上がってくる。臍《へそ》の上が熱い。左手で腹に触れてみて、勘違いに気付いた。撃った反動で体が揺れたんじゃなく、撃たれた反動で揺れたんだ。赤く染まった左手を見て、膝が抜けた。車体に凭れたまま、ずり落ちるようにして尻餅をつく。

「銃を捨てろ!」

まだだ。まだ、一発残っている。右手を伸ばした。狙いを定めて引き金を絞る前に、またしても撃たれた。激痛が走る。反射的に、銃口を地面に向けたまま、ぶっ放してしまった。コンクリートの地面が抉れ、破片が飛び散る。

最後の一発。勿体ないことをした。

喉がむず痒く、我慢できずに咳をすると、血が溢れてきた。折角佐藤のお陰でさっぱりした口が、今度は生臭く、鉄っぽい味になった。首筋にまで血が滴ってくる。不快や。

音がはっきりと聞こえない。水中にいるみたいに、不明瞭だ。そのくせ嘘みたいに、視界はくっきりとしている。俺が撃とうとした年配の刑事の、苦々しげな表情も、鮮明に見える。そんな顔せんとってくれ。あんたを殺そうとなんか、思うてなかった。この距離を、俺みたいな素人が命中させられる訳ないやろ？　ただ、やってみたかっただけだ。

前方に向かって拳銃を放り投げ、そのまま右手を突き出した。親指と人差し指で拳銃の形を作り、禿頭の刑事に向けて弾をぶっ放す仕草をする。体の奥底から、声を振り絞った。

「バンッ」

そのひび割れた声だけは、はっきりと耳に届いた。これまで味わったことのない身悶えするような快感に、全身を貫かれた。

右手を下ろし、目を閉じる。腹が千切れそうなほど熱く、痛い。最悪や。でもまあ、断末魔の苦しみ、ってやつなら、味わっておいても損はない。どうせ、一度きりだ。

もう何も、思い残すことはない。生きていてよかったと、生まれて初めて、心の底からそう感じる。退屈で最低な人生だった。でも、最高に刺激的な死だ。

首から力が抜けた。後頭部が車体にぶつかり、顔が上を向いた。瞼を開くと、天正菱大判の比じゃないほど美しい空が、目に飛び込んできた。ゴダールの映画みたいに、音がぶつりと切れ、何も聞こえなくなる。半透明の暗い膜が、視界の端に現れた。

雲一つなく澄み切った青空を、赤黒く濁った膜が、ゆっくりと覆い尽くしていく。

第四章　分水嶺

1

郵便受けから取り出した封筒は、壊れかけの薄暗い照明の下では、幽霊のように仄白《ほのじろ》く見えた。両親の反対を押し切って一人暮らしを始めてから半年、管理会社に何度頼んでも、照明は修理されない。封筒の表面には切手と、「配達指定日　五月十七日」と書かれた赤枠のシールが貼られており、教科書のお手本のような字で「佐藤理沙様」と記されている。差出人の名前や住所はない。

階段を上がり、部屋に入った。封筒とチラシをテーブルの上に置き、テレビを点ける。緊急特別報道と銘打った番組が放送されていた。ベッドに腰を下ろした瞬間、張り詰めていた糸が切れた。一瞬にして視界が滲み、胸の底から、熱い塊が迫り上がってきた。

耳を劈《つんざ》く金切り声が自分のものだと気付くのに、しばらく時間が掛かった。絶叫しながら、ベッドに突っ伏す。

「容疑者の男が使った拳銃、専門家に映像を観てもらったところですね、どうやら、全国の警察官に支給されている拳銃と非常に形がよく似ているということなんです」

涙を拭い、リモコンを手に取ってチャンネルを変えた。こんなときに、大嫌いな役者崩れのコメンテーターの声など聞きたくない。

「現在警察は、容疑者の男の身許特定を進めているということです」

淡々とした女性アナウンサーの声が流れる。チャンネルを変えた。またしても、同様のニュース。チャンネルを変えても変えても、殆ど全ての局が私達の事件を報じていた。

「容疑者は運転ミスで壁に激突したんじゃなくて、そのフリをして警察の注意を天満橋に集中させることで、大判を持った仲間を逃がしたんじゃないでしょうかね。警察はまんまと、囮作戦に引っ掛かってしまった訳です」

うんざりして、テレビを消す。大きな事件や事故が起こるたび、テレビ局はこぞってそれを報じる。どうせ他の局もこの件は報じるやろうからウチは独自の放送をしよう、という決断の方が絶対に視聴率は上がるやろうに、そうすることは殆どない。他局と似通った放送をして視聴率が悪くてもなあなあで済まされるが、独自の放送をして失敗した場合は、決断した者に責任が押し付けられるから、誰も手を挙げたくないのだろうか。

不意に、口の端から乾いた笑いが洩れた。なんで私はこんなときに、どうでもいいことを長々と考えてるんやろう。いやこんなときやからこそ、どうでもいい思考で頭を埋め尽くして、林田の死から目を背けているのだ。

何の前触れもなく、ベッドに嘔吐した。口内に苦味と酸味が広がり、束の間止まっていた涙が再び溢れ出す。唇を噛み締めた。痛い。でも林田はもう、嘔吐物の臭いに顔を顰めることも、何か痛みを感じることもない。頑張って認識しないようにしていた林田の死が、強烈な実感を伴って胸に迫ってきた。上手く息が吸えず、何度も小刻みに息を吸い込む。今度は息を吐き出したいのに吐き出せず、溺れているような感覚に襲われた。苦しい。でもほんの少し、嬉しい気持ちがあった。これで死ねるかもしれない。もう死にたい。

こんなにも切実に死にたいと感じたのは、あの夜以来、初めてのことだった。

2

目が覚めた。林田が生きている夢など見なかった。その死はあまりにも重たい現実として、私の心に圧し掛かっているのだろう。

室内の悪臭に、ため息が洩れた。嘔吐物がベッドに広がり、黄色いシミになっている。

ふと、鞄に仕舞ったスマホが鳴っているのに気付いた。まだ頭がぼうっとするけれど、とりあえず電話に出た。

――もしもし、僕やけど。

「ボクボク詐欺?」

力ない笑い声が聞こえてきた。

――僕や。川原や。

「知ってる。着信画面に出たから」

――そっか。大丈夫か。

大丈夫な訳ないけれど、「うん」と答えた。

——良かった。嫌な予感したから。

「嫌な予感って？」

——まあ、林田の後を追ってさ……。

今度は、私が力なく笑う番やった。

「まだ、後追い自殺する元気すらないかな。でも、なんでそれが嫌な予感やの」

——なんでって、だって……。

「私らにとって、自殺は嫌なことなん？　それがきっかけで出会ったのに」

純粋に心配してくれているだけと分かっているのに、険のある言い方をしてしまった。

——違うけど。でもさ、今更、ただただ電車に飛び込むだけとかはあかんで。

穏やかやけど、きっぱりとした口調だ。

「なんで川原にそんなこと言われなあかんの。どう死のうが私の勝手やん。放っといて」

意識して、冷たい言い方をした。川原はそれに答えず、話を変えた。

——林田の最期の映像、観た？

思わず、唾を飲んだ。喉が低く鳴る。

「まだ、観られてへんけど」

——観よ。容疑者が射殺される瞬間の映像が日本のテレビであんなばっちし放送されたんは前代未聞や言うて、大分話題になってる。海外でも報じられてるし。

高揚したような声だ。仲間が死んで、何を昂奮してんの。怒りが湧いてきた。

「観たないよ。観られへんよ」

――辛いのは分かる。でも僕らには、林田が残した死を見届ける義務がある。あの死を見てやっと、僕も普通なんてクソ喰らえやと思えた。

有無を言わせぬ強い口調だった。林田が残した死。変な言い回しだ。

これ以上会話を続けるのもしんどくて、「分かった、観るね」とだけ答えた。川原が返事をする前に、電話を切った。ネットを開き、「天正菱大判」で検索を掛ける。「動画あり」と書かれたサイトを開いた。時折名前を耳にする、扇情的な三流サイトだ。

――本日。五月十七日、午後一時二十分。日本犯罪史上に残る大事件が発生した。大阪市北区の造幣局本局敷地内に存在する造幣博物館が五名の暴漢に襲撃され、三階に展示されていた天正菱大判が強奪されたのだ。

事件の概要がつらつらと書き連ねられ、最後に「ショッキングな映像を含みます」という文言と共に、動画が貼り付けてあった。

嗚咽《おえつ》を堪え、動画を指でタップする。再生が始まった。ヘリからの映像だ。シルバーのフリードが、橋の上で道路と垂直に停車している。橋の出入口は二箇所とも夥《おびただ》しい数のパトカーによって封鎖され、その外には野次馬や報道陣の姿が見える。ヘリは上空を旋回し、車をあらゆる角度からカメラに収め続けている。映画の空撮みたいだ。

運転席のドアが開き、男が降り立った。遠くて顔が確認できないが、この愛くるしい小柄な体型は、間違いなく林田だ。奥歯を嚙み締め、食い入るように画面を見つめる。

左手でドアを閉め、両手を挙げた。でも、右手には拳銃を持ったままだ。

カメラがいきなりズームした。林田の顔が、はっきりと見て取れる。大勢の警察官や機動隊に取り囲まれながら、たった一人で対峙《たいじ》している。毅然としていて、格好良い。軽口ばかり言っていた、あの林田とは思えない。表情に、私の大好きやった愛嬌はない。でもその代わり、溢れんばかりの色気がある。

林田が銃口を警察官に向けた。激しくもんどり打ち、車体にぶつかって尻餅をつく。撃たれたのだ。警察官の方が早く引き金を引いたらしく、林田の撃った弾は誰にも当たらなかったようだ。拳銃を握り締めた右手を、懸命に上げようとしている。体が大きく痙攣した。もう一発、撃たれてしまったらしい。口から勢いよく血が噴き出す。痛ましくて、もう観るのをやめたいけれど、血に染まった林田から目が離せなかった。こんな感情を抱くような映像じゃないと分かっている。でも、自分の奥の部分が潤うのを感じた。

弱々しい手つきで拳銃を放り投げた。突き出した右手で拳銃の形を作り、警官隊に向けて撃つ真似をする。腕を下ろし、天を仰いで笑った。全身から死の匂いが立ち昇っているのに、妙に艶っぽくて、そして、心底幸せそうだった。いつまでも見ていたい笑顔。でも警官達が駆け寄り、林田の姿は見えなくなってしまった。

心臓が激しく脈打ち、大きく息を吐き出した。いつの間にか、呼吸を止めていた。

林田が残した死——川原の言葉の意味を痛切に感じた。息を呑むほど、劇的な死。林田の死の映像はきっと、それを観た多くの人々に影響を与える。今の私のように、魂を揺さぶられ、根底からひっくり返されるのだ。カメラマンがカメラを回し続け、テレビ局が咄嗟に映像を差し替えなかったのは、林田の死に際の鮮烈さに思わず感じ入ったからだろう。たとえ後で非難を浴びようとも、この死を映像として残したい。そんな矜持《きょうじ》があったに違いない。

林田の死は、過去の出来事じゃない。遥か未来まで残る遺産だ。

立ち上がり、浴室に向かった。口を漱ぎ、鏡を見る。目許が赤く腫れていた。部屋に戻ると、床に座り、壁に凭れ掛かった。瞼を閉じ、林田が最期に見た景色に思いを馳せる。

私の存在が、一瞬でも頭を掠めたかな。

目を開いた。右手で拳銃の形を作り、突き出す。銃口が捉えたのは、テーブルの上に置いてある白い封筒だった。

「バンッ」

封筒を撃ち抜いてから、腕を伸ばして手に取った。糊付けされた封を丁寧に剥がす。中身は、二つ折りにされた便箋《びんせん》が一枚。便箋を広げ、視線を落とした。

親愛なる佐藤理沙へ
この手紙を君が読んでいるということは、俺はもうこの世にはいないだろう。
さて、折角君に宛てて遺書を書いた訳やが、特に用件はない。定番のフレーズを使うてみたかっただけや。とはいえ、それだけで筆を擱《お》くのは些か礼を失するので、二つだけ。
一、後追い自殺はするな。死ぬなら、佐藤にしかできない死を遂げろ。
二、言葉に残すのは照れ臭いし格好悪いけど、言葉にしないと伝わらないこともあるから言うておく。佐藤に出会えてよかったよ。
以上。さらば！

林田康太

涙が一滴、手紙に落ちた。しゃくり上げるようにして泣いた。悲しみが涙となって溢れ、止まらない。でも、さっきまでの涙とは少し違う。悲しみの底に、ある種の爽快感があるのだ。自分でも驚いたけれど、でもその感覚は、紛れもなく本物だった。

3

五月二十日。私の呼び掛けで、五人全員がアジトに集結した。東大阪市内のアパート、間取りは1DKだ。南が床に胡坐をかき、藤原と川原がベッドに腰を下ろす。

私と浅野はそれぞれ、パソコンチェアに座った。

「全員、揃ったね」

明るい声を出すと、川原が窺うような視線を向けてきた。反応はせず、続けた。

「みんな、林田の最期の映像、観た？」

四人とも、一様に頷いた。

「格好良かったな。映画みたいで」

南が沁々とした声で言い、マッチで煙草に火を点ける。全員が口を噤んだ。

林田の身許は、早々に特定された。未成年だと判明したため警察は氏名の公表を差し控え、天満橋での映像にもモザイクがかけられるようになったが、既に出回った林田康太の顔と名前はネット上を席巻している。だが、私達にまで捜査の手が伸びることはないだろう。林田とやり取りをしていたのは、ディープ・ウェブ内のチャットか、活動開始時に藤原がそれぞれの分用意した飛ばしのスマートフォンだ。

白昼堂々お宝を強奪し、仲間を逃がすためにたった一人で囮になって射殺された十九歳。その死のお陰で、監視カメラを掻い潜った他の仲間の行方は杳《よう》として知れず、天正菱大判はまんまと持ち去られた。あまりにもドラマチックだ。一部のネット民の間では、林田を半ば神格化する向きもある。良識的な文化人や教養人が「単なる犯罪だ」とにべもなく斬り捨てれば斬り捨てるほど、鬱屈した人生を送る人々は、林田の死に様を称揚した。

大判強奪は肯定できないが、あの最期には色気を感じざるを得ない。とあるインフルエンサーがツイッターでそう呟いて批判を浴び、謝罪したが、数万を超えるリツイートといいねを貰っていたのも事実だ。倫理観を脇に置けば、林田の死に鮮烈な印象を受けない者なんか、殆どいないはずだ。

「生きることは、死ぬことと同義やと思うねん」

四人の視線が、一斉に私に集まった。

「生と死って、別物やと考えがちやんか。生まれてから人はずっと生き続けて、ある日、その生が死によって断ち切られるみたいなイメージ。でも、違うんかも。人生は全部、死の瞬間のためにある。生は所詮、死を彩るための準備段階に過ぎひんのかも」

林田の多幸感に満ちた顔が浮かんだ。

「武士道と云うは死ぬ事と見付けたり、やな」

「おお、カッコええこと言うな、藤原。武士道か。ええわ、それ」

南が煙を吐いた。私も頷き、右手で髪を掻き上げた。川原の視線が、私の手の甲に向けられる。

昨日、真っ赤な雪のタトゥーを入れたばかりだ。林田と同じ、右手の甲に。

「今日俺らを集めたのは、追悼《ついとう》のためか」

初めて、浅野が口を開いた。それも多少は、と頷いてから、続ける。

「改めて、自分の死について考えてみた。それで、決めたん。私なりの、華々しい死を」

川原が息を呑んだ。

「今度、高校の同窓会があるらしい。それに行こうと思う」

「それで、何すんの。皆殺し？『キャリー』みたいな」

南が茶化したような口調で言ったが、瞳の色は真剣そのものだった。

「私にも超能力があれば、それもありやけどね。でも正直、私に人は殺せへんと思う」

一旦、言葉を切った。胸が高鳴る。

「だから同窓会で、大勢の同級生の前で死んだる。同窓会でいじめられっ子が焼身自殺なんて、センセーショナルやろ」

全員が沈黙し、無言で続きを促された。

「みんなにお願い。私の死に様をカメラに収めて、遺書と一緒に公開して欲しい」

「焼身自殺は、結構キツいらしいで」

「覚悟の上」

言い切ると、川原はそれ以上何も言わなかった。浅野が口を開く。

「同窓会はいつ？」

「今月の三十一日」

「ひと月で、立て続けに二人も死ぬんか」

「全員がやりたいことをやる約束やんか」

諭すような口調で言うと、浅野が眉尻を下げて苦笑した。

「そりゃ悲しいけど、しゃあないよな」

南がそう言って煙を吐き出した。火葬場の煙突から出てくるような白煙が立ち昇る。

それから、計画について話を進めた。林田の死の翌日、丸一日掛けてかつての同級生のＳＮＳアカウントを漁りに漁った結果、同窓会の存在を知った。クラスじゃなく、その学年の生徒全員が集まる同期会だ。開催場所は、高校の敷地内にある同窓会館。私は招待されていない。それもそのはず、三年生のときに決められたクラス幹事がクラスラインで参加者を募ったらしいけれど、私は二年生のときに転校してしまっているのだ。

「部外者がそんな簡単に紛れ込めんの？　同窓会行ったことないから、知らんねんけど」

南が小首を傾げて尋ねた。

「同窓会館での同窓会やろ？　しれっと入れんで。さっき受付しました、って言えば」

「浅野、同窓会とか行ったことあるんや」

藤原が何処となく棘のある口調で言い、続けた。

「じゃあ俺、カメラ係しよか。この中で一番、しれっと入れそうな地味顔やろ」

確かに、イケメンの川原やチンピラっぽい南では、人目に付き易い。

「俺でもええけど」

「浅野は、個性派イケメンやからな。俺が行く」

一呼吸置いてから、浅野が頷いた。生前、林田が浅野のことを松田優作《まつだゆうさく》に似ていると語っていたのを思い出した。分からないでもない。

喉が渇き、マグカップを手に取った。不意に浅野が「あ、これ」と言った。ショルダーバッグから白い包みを取り出し、丸テーブルの上に置く。思わず、吐息が洩れた。

天正菱大判。狭いアパートの一室には不釣り合いで、笑っちゃうほど鮮やかな黄金の光を放っている。ガラスケース越しに見たときとは、較べようもないほどの輝きだ。

「何か付いてる。黒っぽいの」

川原が指差した。大判の縁に、赤黒いシミのような点が付着している。

「林田の血ィや。ガラスケースで腕切ったときに、付いたんやろ」

マグカップの中のココアに、波紋が生じた。体の底から震えが生じ、慌ててカップをテーブルの上に置いた。誰も言葉を発さず、大判に付着した林田の血を見つめる。

「湿っぽいのは、林田が嫌がるやろ。テレビでも観ようや」

南が明るい声で言い、テレビの電源を入れた。途端に、空気が張り詰める。

——そんなもん訊かれても、知らんわ！

老齢の男が、玄関先でカメラに向かって怒鳴っている。テロップの表示は、容疑者の少年の祖父。

画面が切り替わった。高校までの友人達が口々に「オモロい子やった」と答えるインタビュー映像。映画監督になりたいという小・中学校の卒業文集。脚本家になりたいという高校の卒業文集。私にくれた遺書と違って、下手な字だ。遺書は気合を入れて、思いを込めて書いてくれたんや。

——正直、殆ど印象に残ってへんというか。端の方でぼうっとしてるタイプでしたよ。

大学の同じゼミの学生が微笑んで言った。

――映画化してくれなんて馬鹿馬鹿しいことを言っているネットの声もあるようですが、到底容認できるような犯罪ではありませんよね。当たり前の話ですが。

仏頂面のコメンテーターが言った。

「林田の死の凄さを理解できてへんな。痛みを知らん奴や」

藤原が小さく舌打ちした。痛み。その通りだ。四つ葉のクローバーは、育つ前の三つ葉のクローバーに傷が付くことでできるらしい。林田も私達も、一緒だ。傷付けられ、痛みを知った者にしか、死の煌《きら》めきを放つことができないし、感じ取ることすらできない。

私はテレビを消した。室内に、沈黙が降りる。

「いつにも増してテンション低いな、浅野」

藤原が沈黙を破った。

「そうかな」

「うん。大丈夫か。何かあった?」

藤原が労わるような声で尋ねた。私ら四人の視線が一斉に浅野に向く。突然、乾いた笑い声が浅野の口から洩れた。でも、笑い声を発しているだけで、笑ってはいない。

「何かあった? 林田が死んだやないか。つい三日前や。ようそんな平然としてられるな」

淡々とした口調だった。林田と交わした口付けの感触が不意に甦り、胸を衝かれる。

「浅野は林田の最期の映像を観て、何も感じじんかったんか」

「悲しかったわ」

「それだけ？　冗談やろ。あり得へんわ」

藤原が小馬鹿にするように鼻を鳴らした。

「じゃあお前は、何を感じてん？」

冷え冷えとした沈黙が流れた。浅野が藤原に「お前」と呼び掛けたのは、初めてだ。

「陳腐な言い方やけど、格好良かった。さっきも話に出た通りや。いかにして死ぬか。華々しい死。俺も、あんな風に死にたいと思うた。あんな風に、格好良く死にたいなって」

藤原が眼鏡を軽く押さえて言った。レンズが反射して光る。南と川原が大きく頷いた。

「死の瞬間が大切なんか。俺は、死の瞬間までいかにして生きるかが問題やと思うけどな。格好良い死を迎えたい、いう気持ちは分かる。でも、あくまでも生は生や。死の準備段階と違う。破滅上等で生きることと、進んで破滅することとは違う」

決して声は荒らげないけれど、強い口調だ。

「何者でもなかった大学生が、一瞬にして林田康太っちゅう伝説的な存在に変わった、あの最期。どんな風に生きたかて、あの死は超えられへんやろ」

藤原が陶然とした面持ちで語る。

「誰にも知られへん刺激的な生より、大勢の評判になるしょうもない死の方がええと？」

「しょうもない死って、どういう意味」

思わず、言葉が口を衝いていた。浅野の表情が歪む。

「悪い。言い過ぎた」

「言い過ぎたやない。どういう意味」

「まあまあ、佐藤」

川原を睨み付けてしまった。大きく息を吸い込む。でも、駄目だ。怒りが収まらない。

「ちょっと待って」

「強盗して、仲間を逃がすために囮になって射殺される。林田の最期は、俺が半年前に夢見てたような死に方そのものかもしれん。まさに映画のクライマックスや」

「そうやろ。格好良かったやんか」

「表面だけ見ればな。林田の死の瞬間がスクリーンに映し出されたら、格好ええと思う。でも映画で悪党の死ぬシーンが格好良いのは、死を恐れずに無茶な生を送って、結果的に死に追い込まれるからや。林田みたいに、スクリーンに映ってへんところで、自分でお膳立てして死を誘い込むのは、ちょっと違う」

「ようそんな酷いこと言えるな！」

声を荒らげた。林田が残した死を、その死に感銘を受けた私自身を、完全に否定されたような気がした。川原が私を宥めてから、浅野に尋ねる。

「死の瞬間を大切にするか、死ぬまでを大切にするか。その違いが、そんなに大切か」

「ああ。映画みたいな死に憧れるのはかまへん。でも映画の登場人物は、カメラの存在も観客の存在も意識せえへん。意識して演出を入れたら、それは登場人物やなしに、出演者や」

回りくどくてよく分からないが、林田の死を侮辱されているのは分かる。

「今更何を言うたかて、浅野も計画に協力したやろ」

藤原が冷たい声で言った。痛みに似た何かが、浅野の顔に走った。

「まあ、それはな」

「林田の最期を観て何も感じひんのは、不感症過ぎひんか」

「かもな。だから俺は、集団自殺に参加したんやし」

浅野が力なく言った。どういう意味やろ。

「林田の死の映像を観て覚えた感動より、もう一遍だけでええから林田としりとりしたかったな、いう気持ちの方が強い。俺はな」

心臓を鷲摑みにされたような痛み。ベタやけど、そうとしか言えない胸の痛みに襲われた。

「でも確かに、ド派手な死まで突き進もうってあの夜誓ったからな。佐藤の復讐は、止めへんよ。ちゃんと、言われた通り協力する。安心して」

「ほな、ええ。そろそろ、お開きにしよか」

南が口をすぼめて煙を吐き出し、僅かに顎をしゃくった。暗に「帰れ」と告げていた。

「遺書が完成したら、連絡するね」

ドアに向かう背に、声を掛けた。我ながら、淡々とした声だ。静かに部屋を出ていった。

「浅野が一番仲良かったからな。簡単には受け入れられへんのかも。分からんでもない」

藤原が眼鏡を外した。浅野が一番？　違う。林田が死ぬ二日前に、私は林田と愛し合った。林田の死を彩った最後の一筆は、私とのセックスだ。あのときは林田に死ぬのをやめて欲しくて、必死で淫靡《いんび》に振舞った。でも途中からは、突き上げられるような本物の昂奮が押し寄せてきた。もう永遠に感じることのないであろう、胸が詰まる快感だった。

「ところで、俺も似たようなこと言うて悪いけど、焼身自殺やなくてもええんちゃうか」

「藤原まで、何言い出すん？」

口調がつい荒くなってしまった。藤原が取り繕うように早口で喋る。

「さっき南も言うてたけど、いじめっ子連中を殺すとかさ。佐藤に無理なら、仕上げは俺らが代わりにやるし」

「ただ殺すだけじゃあかんねん。顔と名前を日本中に知られて、嫌がらせを受け続けて、徹底的に、自殺するくらい苦しんでもらわな。藤原達には、率先して世論を焚き付けてもらわんと。それが私のやりたいことやの」

藤原が眼鏡を掛け、小さく頷いた。

「そっか。ごめん。やっぱり、佐藤がいなくなるのは、寂しいからさ」

「ありがとう。でも、私はやる」

藤原が頷き、缶ビールを手に取った。

「献杯《けんぱい》するか。佐藤、音頭取って」

南が煙草を消し、グラスを掲げて応じる。川原もペットボトルのコーラを手に取った。

「林田に、献杯」

厳かな声で言い、カップを掲げて口を付けた。ココアは、冷めても美味しい。

日本中に蔓延《はびこ》るいじめに対し、自らの命と引き換えに抗議した女として、佐藤理沙の名前を残す。悲劇の、そして正義のヒロインとして、日本中が私のことを知るのだ。しかも実はその私が、稀代の悪党・林田康太と陰で愛し合っていた事実は、誰にも知られることなく葬り去られ、林田の死と私の死だけが、それぞれ重なり合うことなくいつまでもこの世に残り続ける。想像するだけで身震いするほど、ロマンティックだ。

林田の死に献杯。そして、私の死に乾杯。

4

「佐藤、めっちゃ可愛いと思うけどな」

クラス中に響き渡る声で、植野楓馬《うえのふうま》が言った。一瞬の沈黙のあと、囃し立てるような声が教室中を覆い尽くした。恥ずかしくてどう反応すればいいか分からずに固まっていると、植野が冗談めかしてウインクを向けてきた。「佐藤さん、顔赤なってるやん!」と女子が甲高い声で笑い、茶化す声はますます大きくなっていった。心臓がとくんと脈打った。

その日から、植野と同じ水泳部の中谷《なかたに》が扇動して、「クラスのムードメーカーが、教室の片隅にいる大人しい女子に熱烈な片思いをしている」というノリが流行り出した。たとえば先生が「誰か、職員室までプリント運ぶの手伝って」と言えば、植野がすぐさま手を挙げ、「誰かもう一人手伝ってくれへんかな」と嘯《うそぶ》く。すると、クラス中が私に行くよう促すのだ。

ただの悪ふざけ。でも白状すれば、楽しかった。高一のときは殆ど毎日無言で過ごしていたのに、急にクラスの注目が私に集まり出したことが、嬉しかった。何より、プリントを抱えながら二人で職員室に向かっている最中、「変なノリに付き合わせてごめんな」と微笑まれたとき、胸の奥をそっと撫でられたような気がした。

男女問わず、クラスメイトから話し掛けられることも増えた。特に奥田志穂《おくだしほ》は、積極的に遊びに誘ってくれた。そして実際に、二人だけでショッピングモールに遊びに行った。誰かと休日に遊びに出掛けるなんて、初めてだった。ユーチューバーのメイク動画を観て勉強し、服なんて碌に持っていなかったけど、雑誌に載っているコーデの服をそのまま通販で購入した。韓国料理を食べ、ショッピングを楽しみ、プリクラを撮った。「実は前から話し掛けたかってん。私もファンやから」と私の鞄に付けた邦ロックバンドのストラップを指差して言われた。いつか一緒にライブに行きたいねと盛り上がった。帰宅してから、「また遊ぼ！」というラインを見て口許を綻ばせ、「しんゆー」と記されたプリクラを財布に仕舞った。

「奥田と遊んでんて？」

二日後、廊下で植野に訊かれた。俺とも遊びに行こうやと、さらりと言われた。耳たぶが熱くなった。曖昧に頷くと、とりあえずラインするわ、とだけ言って、水泳部の輪に入っていった。全員の舐めるような視線が、ちらと私に向けられた。何処となく、嫌な目だった。

その晩、早速ラインが来た。「やっぱ部活が忙しくて、当分時間作られへん」とのことだった。「全然大丈夫ですよ！」と応じると、「俺は早よ行きたかった」と返ってきた。結局、深夜までラインをした。好きな食べ物や音楽など、色んなことを質問攻めにされた。気付かぬうちに寝てしまい、翌朝スマホを見ると、「寝たんかな？　おやすみ！」と通知が来ていた。それから、毎晩やり取りするようになった。湧き上がってくる淡い期待を「男女の友情は成立する」という言説で律して、日々を過ごした。でもある日、何気ないやり取りの中で、こんな言葉が送られてきた。

——俺ホンマ、佐藤のこと好きやわ。

語尾には笑いを意味するネットスラングの「w」が何個も添えられていたけど、鼓動が速くなった。毎日のように、そのメッセージを見返した。

やり取りはやがて、文字じゃなく通話に切り替わった。佐藤の声落ち着くから、寝る前に聞きたなんねん。あっけらかんとそう言われた。小さい頃から揶揄われ、嫌いだった自分の低い声を、好きになれた。植野と志穂の二人だけとは、タメ口で喋れるようになった。

「理沙って、植野君のこと好きなん？」

ある日、学校で志穂に尋ねられた。まさか！　とつい語気強く否定した。

「そうなん？　てっきり、好きなんかと」

恥ずかしくなり、首を横に振った。

「そっか。なら、安心した」

「安心？」

志穂が僅かに目を伏せ、頷いた。首筋がさっと冷たくなった。

「もしそういうことになったら、教えて」

「ならへんって」

反射的に、そう答えてしまっていた。志穂が顔を上げ、微笑を浮かべる。

「ホンマに？　親友の約束やで」

私は小さく頷いた。でも結局その夜も、植野と電話をした。罪悪感を覚えたが、優越感もあった。志穂と仲良くなるにつれ、その華奢《きやしや》な可愛さに、嫉妬と羨望《せんぼう》を抱くようになっていた。

ある晩、クラスの女子がスカートの丈について生活指導を受けた話を植野としていると、突然「佐藤はスカート長いよな」と言われた。コンプレックスに繋がることを指摘されて声が詰まったが、動揺を悟られないように「足汚いから」と明るく応じた。

——見たいな。

思わず、口を衝いてしまった。そんな言い方だった。心臓が一気に早鐘を打ち始めた。

「何言うてんの。見たとてやで」

上擦った声で言った。口内が粘ついた。

——ええやんか、見せてえや。見たい！

一転して明るい声で、しつこくお願いされた。絶対嫌やと断りながらも、頬が緩むのを感じた。波打ち際で水を掛け合ってじゃれ合うカップルになった気分だった。でも、押し問答を続けていると突然、「あっそ、じゃあええや」と素っ気なく言われた。次の瞬間、通話が切れた。ノリの悪い奴やって嫌われた？　うなじの毛が逆立った。掛け直そうとしたが、怖くてできなかった。気付くと、「ごめん、冗談！　足くらい別に見せるよ」と送っていた。語尾に、軽薄な「w」をたくさん添えて。三分後、植野からライン通話が掛かってきた。

——ごめん、充電なくなってもうて。

朗らかな声で言われた。電話が切れる直前の冷たい声とは、別人だった。

「急に切れたから、怒らせちゃったかと」

——怒らんよ。だって嫌なんやろ。

さっきの素っ気ない声に戻った。

「足くらい別に、減るもんちゃうし。でもホンマ、汚いで。毛の処理も……」

考えるよりも先に、答えていた。

「全然大丈夫。むしろ昂奮するわ」

カラッとした言い方だった。カメラ機能を作動させ、太腿から足先までを映した。植野が感嘆の声を上げ、「やっぱ、ちょっと肉付きええくらいの方がエロくて好きやわ」と早口で言った。「褒めてんの、それ？」と怒ったふりをしながら、心地好い火照りを感じた。

それからも時折、「また足見たいな」と言われ、もうあんな冷たい植野の声は聞きたくなかったから、毎回素直に見せた。それに、植野の要求を嫌だとも感じなかった。私の生足を見て植野が息を荒くしているのが、嬉しかった。求められていると思えた。私もちょっと昂奮してしまって、胸の谷間を見せたこともある。「もっと見して、色んなとこ」と言われた。また素っ気ない態度を取られたらと思うと怖かったが、「そういうのは、大事に取っておきたいから。私も一応、女子やし」と意を決して断った。植野は「せやな。まだ早いわな」とため息を吐いた。まだ――胸がときめく二文字だった。

ラインのやり取りを始めて二ヶ月ほど経ち、植野と私を揶揄うクラスのノリもすっかり廃れた頃、植野から映画に誘われた。喜んで承諾し、電話を切ってから気付いた。来週の土曜日。志穂と海遊館に行く約束をした日だ。帰宅部の志穂とならいつでも遊びに行けるけど、休日も部活がある植野はなかなか時間が取れない。そう考えて、志穂に断りの連絡を入れた。祖母が入院したため、両親と一緒にお見舞いに行くことになったと。

迎えた土曜日。精一杯お洒落をして、待ち合わせ場所に向かった。朝の眠気に勝てなくて学校にメイクをして行ったことはないから、初めて見せるメイク姿だった。めっちゃ可愛いやんと弾んだ声で言われ、鼻の奥が熱くなった。植野が観たいならと期待していなかったスパイ映画も、案外面白かった。ＪＲ大阪駅直結の商業施設の地下二階で食べた薬膳カレーは、私には刺激が強かったが、旨いと語る植野の姿は大人びて見えた。格好良かった。

「五時から親出掛けて、そのまま今日は帰らんねん。だから、よかったらウチ来《き》いや」

逸る気持ちを抑えているような気配が感じられた。胸が高鳴った。形式上の押し問答を繰り広げたあと、植野の自宅の一軒家を訪れた。ソファに座り、出されたお茶を飲んだ。一息吐いた瞬間、いきなりキスをされた。びっくりするくらい、やわらかな感触だった。

「ええやんな」

同意を求めるというよりは、有無を言わせぬような口調だった。テストを返却されるときみたいな、期待と恐怖が入り混じった感覚に襲われた。

「初めてやから、優しくして」

掠れた声で言った。無言で押し倒され、体の匂いを嗅がれた。乳首を舐められた。くすぐったいだけで気持ち良さは感じなかったけれど、植野が赤ん坊みたいに私の乳首を吸っていると頭で考えた途端、痺れるような昂奮に全身を貫かれた。それから、乳房を力任せに揉みしだかれた。痛かったけど、興醒めやと思われるのが嫌で、脱がされたスカートを握り締めて耐えた。アダルトビデオに毒されたせいで、乱暴にすれば女は快感を覚えるって信じ込んでんねやと気付いたが、植野が喜んでくれるならと、喘ぐような吐息を洩らした。

「あかん、限界や」

口早に言うと、立ち上がり、ズボンのファスナーを下ろした。性器が斜めにそそり立っていた。先の方が赤々としていて、グロテスクだった。私の体に覆い被さり、中に押し入ってきた。強烈な異物感と痛みに襲われた。想像以上に奥まで入ってくることに驚いた。避妊具を付けていないと気付いたが、外に出すからと語気強く言われ、受け入れざるを得なかった。

植野が激しく腰を動かした。痛いからゆっくりして。嫌われるのが怖くてその一言が言えず、下唇を噛み締めて耐えた。終わってからも下腹部の痛みは尾を引いたが、気持ち良かったと微笑む植野を見ていると、胸の内が幸福感で満たされていった。

それ以降も、体を重ねた。植野はいつも自分本位で、正直一人でするときの方が気持ち良かったし、一度も絶頂を迎えることはなかったが、関係はやめられなかった。求められているという精神的な喜びは、一人では得られないものだからだ。志穂への優越感は鳴りを潜め、代わりに罪悪感が膨らんでいったが、植野との関係を終わらせることは考えられなかった。

揶揄われたらダルいから、俺のことは誰にも言わんとって。そう口止めされていた。志穂に知られずに済んで好都合だと承諾したが、当然寂しさも感じた。私との関係は一体何なのか、問い質《ただ》したかった。でも、訊いた瞬間にこの曖昧で甘美な関係が崩れてしまうかもしれないと考えると、尋ねることはできなかった。欧米では告白の文化がないという情報をネットで目にして、植野もそういうタイプなんやろうと自分を納得させた。

何度目かの行為の最中、首に手を回され、軽く絞め付けられた。呼吸が苦しくなり、体を捩ると、手が離れた。咳込む私を尻目に、植野が目を爛々と輝かせて言った。

「ホンマに、締まり良くなんねんな」

何も言えなくなった。今までは緩くて満足できなかったと仄めかされているような気がしたからだ。以降、植野は決まって首を絞めてくるようになった。怖かったが、辛うじて息ができるような力加減だったし、本気で苦しくなって抵抗し始めると、ストップしてくれた。

植野に先に誘われたため、志穂からの遊びの誘いを断ることが続いた。

「最近、つれへんなあ。彼氏できたん？」

「ううん。ちょっと、色々忙しくて」

「ふうん。そうや、知ってる？　加奈《かな》ちゃんと宇田《うだ》君、付き合い出してんて。ええなあ。私達も青春したいよなあ、もうすぐ夏休みやで」

志穂のため息が教室に響いた。私は曖昧に笑い、曖昧に頷いた。

夏休みに入り、水泳部が一週間の合宿に出掛けた。初日の夜遅く、ライン通話が掛かってきた。言われるがまま映像に切り替えて私の顔を映したが、向こうは真っ暗だった。

「もう消灯して、みんな寝てん。だからこっちの映像は送られへんけど、頼む、めっちゃムラムラしてんねん。お願い、見して」

切実そうな声で言われた。

「俺もそれ見ながら、するからさ」

「ええ、でも……」

リベンジポルノという言葉が浮かんだ。でも、私が振られることはあっても振ることは絶対にないんやから、そんな心配は無用だ。

「録画とかしたら、あかんで」

「分かってる、分かってる、もちろん」

急き込むような調子だった。心臓が何度も跳ねるのを感じながら、パジャマのボタンを外した。

指が震えた。

「やっぱ、恥ずかしい」

「何回もセックスしたやん。今更やろ」

「だって、それとはちょっと違うし」

「お願いやって。見せてくれたら、また明日から、練習頑張れるから」

植野の力になれる。そう思うと、無性に嬉しかった。パジャマと下着を脱ぎ、手を下腹部に持っていった。硬い突起を指で押すと、快感が背筋を駆け上った。見られていると思うと、一人でするときとは比較にならない昂奮の波が押し寄せてきた。

「ありがとう、気持ちよかった」

互いに果てると、すぐに通話を切られた。あまりにも呆気なかった。緩やかに引いていく昂奮の波の中で私を襲ったのは、幸福感ではなく、虚しさだった。

合宿が終わった二日後、植野の家に招かれた。夕方まで、両親は仕事で不在だという。合宿について訊いてもおざなりに答えられ、服を脱がされた。いつも通りの荒っぽい前戯のあと、植野が私の中に入ってきた。

「まだちょっと待って、濡れてへん」

「大丈夫やって、そのうち」

口早に言い、腰を動かし始める。ひりひりとした痛みが走った。早くすっきりして。そのあと、合宿の話をいっぱい聞かして。そう願いながら、白くくすんだ壁をじっと見ていた。下手糞な絵が飾られていた。植野が子供の頃に描いたと思しき、三人家族の絵だ。なんて印象の弱い絵やろうという、強い印象を抱いたのを覚えている。

首筋に両手が回された。突然、視界が反転した。これまでと違って、本気で息ができなかった。植野が昂奮した面持ちで見つめていた。暴れて抵抗したが、手は離れない。鋭い耳鳴りの向こう側で、植野の息遣いが聞こえてきた。強い恐怖に駆られ、目の前が白く霞んだ。

気付くと、呼吸が楽になっていた。満足そうな顔で、植野がズボンを穿いている。いつの間にか、終わっていたらしい。頭がぼうっとし、視界が涙で滲んだ。

「何でこんなことすんの。暴れてんねんから、やめてや。死ぬかと思ったやんか」

強い口調で、懸命に涙を堪えて言った。

「え、ホンマに苦しかったん」

「首絞められてんねんから、そりゃ苦しいよ。いつも苦しいの、もう嫌や」

そう口走った瞬間、植野は見たこともないような冷たい表情を浮かべた。

「じゃあ、もっと早よ言うてや。いつも喉見せつけてくるから、絞めて欲しいんかと思ってたわ。抵抗すんのも、プレイやと。分かったわ。じゃあ、もうやめたらええねんな」

首を縦に振ろうとして、体が固まった。「やめたらええ」って、首を絞めることをやんね？　私との関係を、ってことちゃうよね？　そう問おうとしたが、植野の目は、イエスかノーの二択以外の答えを拒絶していた。このまま話を続けて、「じゃあ、もう二度とお前とは会わへん」と切り出されたり、「だって、そのままやと気持ちよくないねんもん」とはっきり言葉にされたら、どれほど傷付くだろうか。想像するだけで、恐ろしくなった。

「で、どうすんの？　やめる？」

一分にも満たない間、息を止めて我慢すればいいだけだ。それさえすれば、植野はずっと側にいてくれる。そう自分に言い聞かせて、ぎこちなく笑った。

「次からは、もうちょっとだけ力緩くして」

「しゃあないなあ。まあ、ええよ」

無性に悲しくなった。でもそのあとぎゅっと抱き締められ、微笑を向けられると、何も言えなかった。悲しみに目を瞑《つぶ》ることにした。そうしてまた、日々が過ぎ去った。

「今度、中谷も交えて3Pしよ」

ラブホテルで行為に及んでいる最中、突然言われた。すぐには、意味を飲み込めなかった。

「嫌や」

自分でも驚くほど強い口調で答えていた。

「お願い。一遍でええから」

半笑いで、軽い調子で言われた。鳥肌が立った。私が他の人間と交わっているのを目の前で見て、嫌じゃないの？

「なんでそんなこと言うん？　嫌や」

「お願いやって」

「私は、植野君とやからこういうことしてるん。なんで他の人とせなあかんの。植野君にとって、私って何なん」

「何なんって言われても」

私はゆっくりと息を吸い込んだ。

「恋人ってことでええの」

一瞬の沈黙のあと、植野が顔を綻ばせた。抱き寄せられ、頭を撫でられた。

「やなかったら、こんなことせえへんやろ」

今まで聞いたことのないような、優しい声で囁かれた。気付いたら、涙が溢れていた。これまでずっと抑え付けていた不安から一気に解放され、安堵感に包み込まれた。

一遍だけ試しに——そう頼み込まれ、中谷とはキスしないし避妊具も付けてもらうという条件で、要求を吞んだ。嫌で嫌で仕方がなかったけれど、ここで首を縦に振らなければ、折角摑んだ恋人という絆が断ち切られてしまうような気がした。精神的な拠り所はこの人だけやと思い込んでいた。思春期の人間にとって、腕を伸ばして届く半径数十センチ以内にしか、世界は存在しない。

その日は、僅か三日後に訪れた。三人で利用可能だというラブホテルの部屋に、植野と二人で向かった。扉が開き、中谷が薄笑いを浮かべて顔を覗かせた。

部屋に通され、ベッドに腰を下ろした。中谷がじれったそうに植野を見た。

「じゃあ、もう心の準備オッケー？」

植野に尋ねられた。オッケーな訳がない。心の準備など、永遠にできるはずがない。でも、小さく頷いて見せた。立ったままの二人が口を閉ざし、ベルトを緩めた。ワンピースを脱ぐように、植野に目で促される。自分の鼓動の音が耳許で聞こえた。下着姿になった途端、目の前に赤い膨らみが突き出された。植野じゃなく、中谷のものだ。石鹼《せっけん》と汗の入り混じった臭いが鼻腔を突いた。中谷の臭いだ。そう思った瞬間、吐き気が込み上げてきた。

「ごめん、やっぱ無理かも」

口早に言い、顔を背けた。

「大丈夫、大丈夫。大丈夫やって」

そう言って、中谷が私の肩を摑んだ。

「触らんとって」

反射的に、腕を払っていた。

「今更言うなよ。ええって言うたやんけ」

久しぶりに耳にした、植野の冷たい声だった。涙で視界がぼやけ、足が竦んだ。

「ふざけんなよ。なんやねん、マジで」

中谷が苛立たし気に舌打ちした。

「ええやろ、なあ。やらせろって」

ブラジャーを摑まれた。剝ぎ取られそうになり、叫び声を上げて壁際まで飛び退いた。枕を抱き締め、声を張り上げた。

「やっぱ無理！　嫌や、怖い」

しゃくり上げるようにして泣き、両手で顔を覆った。

「ダルっ。もうええわ。帰る。ホテル代返せよ、ホンマ。植野はどうすんの？」

「俺も帰るわ」

「ちょっと待って、植野君」

私は顔を上げた。表情が引き攣る。

「なんでそんな感じなん？　なんでもっと……」

私のことを慰めてくれへんの？　ごめん、怖かったな、無理言うてごめんなって、頭を撫でてくれへんの？　そう言いたかったが、悲しみで声が詰まり、口にできなかった。

植野が深いため息を吐き、中谷と顔を見合わせた。そして、手をひらつかせて言った。

「もうええわ。もう終わりや、終わり」

呆れたような声だった。

「もう別れよ。付き合うてた気もないけど」

全身から力が抜けた。

「なんで？　だってこの前……。なんでなん！」

さも鬱陶しそうに、舌打ちされた。興味を失った玩具を見る子供の目だった。思考が止まった。部屋を出ていく二人の背中を、呆然と見つめることしかできなかった。どうやって帰宅したのか、覚えていない。気付いたら自室のベッドに横たわり、天井の木目を数えていた。

植野とは、連絡が取れなくなった。植野を憎み、あそこで拒絶してしまった自分を責め、植野の最後の言葉は本心じゃないはずだと自分に言い聞かせながら、二週間が過ぎ去った。志穂から遊びに誘われたが、全て素っ気なく断ってしまった。

色彩を失った夏休みが、ようやく明けた。案外、植野はあっけらかんとした笑顔で迎えてくれるんちゃうか。そんな願望すら抱いていた。でも教室に入ると、一瞥されただけで、すぐに目を逸らされた。気まずくて、といった風でもない。何か音がしたから見ただけ、という感じだ。その無関心な目つきが許せなかった。おはよう、という女子の声を無視し、教室を突っ切って植野の許に歩み寄った。怒りのせいで、志穂の存在は頭から抜け落ちていた。

「植野君、話があんねんけど」

教室中の視線が、私達二人に注がれる。

「もう勘弁してや」

ため息を吐き、植野が立ち上がった。教室から少し離れた、水飲み場の前まで移動する。その背に、恨み言をぶつけた。

「どういうことなん？　何でライン、ブロックしたんよ。別れるって、そんなん――」

「ああ、もう、うるさいねん、ダルいな」

小声で言い、振り返った。加虐的な光が、目に宿っていた。声を潜め、口を開く。

「ええか？　教えたるわ。最初から俺は、お前のことなんか一ミリも好きちゃう。一ミリもや。ただ、時間を掛けて調教したろと思っただけや。最終的に、水泳部全員の肉便器にしたるつもりでな。調教が成功したら、みんなに飯奢ってもらえるはずやったのに」

頭の中が真っ白になるという字義通りの体験をしたのは、後にも先にもこの瞬間だけだ。本当に、何も考えられなかった。植野のために演じてきた私の痴態は、植野にとっては恋でも愛でもなかった。私の思いは、調教なんていう安っぽい言葉で屈せられた。その事実を即座に受け入れる余裕がなく、ただただ呆然自失していた。

「合宿のときのあの映像、昂奮したで。電気消して、みんなで見してもらいました」

粘着質な声で言われた。気付くと、絶叫していた。私がこれまで植野としてきたことを、片っ端から大声で叫んでやった。人が集まってきた。植野の引き攣った顔を見て、勝利の快感に打ち震えた。胸倉を摑まれ、耳許で囁かれた。

「黙れ。合宿の日の動画、ネットにばら撒くぞ。保存してんねん」

植野が駆け付けた男教師に羽交い締めにされ、押さえ付けられた。女教師が屈み込み、心配そうに私の顔を覗き込んだ。植野の言葉が耳にこべり付き、眩暈に襲われた。

結果、私は一週間の停学を言い渡された。事実無根の中傷を大声で叫んだからだ。植野は教師に、「佐藤さんとは交際に近い関係にまで至ったが、性格の不一致を感じて断ったところ、毎晩のようにしつこく電話が掛かってくるようになった」と説明した。水泳部の人気者の言い分を、教師は全面的に信用した。詰問口調で事実かと問われ、頷く他なかった。自分の指を咥え、陰部をまさぐりながら気持ちいいと吐息を洩らす動画がネットに出回れば、格好の玩具として消費されるだろう。そんなことになるくらいなら、死んだ方がマシだ。

植野への恋心が実らなかったため妄想に取り憑かれた、ストーカーの変態。そう烙印《らくいん》を押された。両親は怒り狂い、植野の家に頭を下げにさえ行った。

そして、いじめが始まった。逃げたら負けという愚かしい考えを信じ、両親の反対を押し切って毎日学校に通った。男子達に嘲笑され、女子達は無関係ですよという表情を装いながら、しっかりと加虐の喜びを瞳に湛えていた。唯一志穂だけは、その目を向けてこなかった。でも、助けてもくれなかった。他の生徒達の嘲笑より、志穂の見て見ぬふりが辛かった。

ある晩、志穂からラインが届いた。

――ごめん、助けられんくて。私もいじめられるんちゃうかって、怖くて。

志穂なりの精一杯の配慮だ。でも当時の私は許せず、棘のある返信を送ってしまった。

――友達やのに、助けてくれへんねんや。それとも、友達やと思ってたん、私だけ？

すぐに、返事が届いた。

――そんな言い方せんでも。じゃあ言うけど、そっちだって私に嘘吐いてたやん。植野君とは何もないって言ったくせに、付き合う手前までいったんやろ？　私には黙ってた。

――嫌われたくなくて、言えんかったの。

――私の気持ちを知った上で植野君とデートして、悪いとか思わんかったん？

――思ったよ。罪悪感でいっぱいやった。でも、じゃあどうしたらよかったん？

既読が付いてから一時間後、返信が来た。

――確かに、植野君を好きになるなっていうのは、身勝手な言い分やんね。ごめん。

――ううん、こちらこそ、ごめん。

怒りが和らぎ、安堵感に似た気持ちが胸に去来した。でも、すぐに吹き飛んだ。

――でも、なんで植野君に向けて、あんなこと叫んじゃったん？　嘘はよくないよ。

涙が込み上げてきた。何も返すことができず、枕に顔を埋めて大声を張り上げた。

翌日からも、いじめは続いた。やはり、志穂は助けてくれなかった。それどころか、表情が日に日に鈍化していき、いじめを黙殺することへの葛藤が感じられなくなっていった。

動画こそ出回らなかったが、水泳部の合宿中に一方的に自慰の映像を送り付けたらしいという噂が広まり始めた。水泳部の連中が、面白おかしく誰かに話したんだろう。学校から全校生徒に対して、「SNSや掲示板で不適切な投稿、書き込みをしないように」との注意がなされた。私の噂に関する書き込みが多発していることへの警告だ。書き込みは激減したが、学校内でのいじめは変わらず続いた。この頃、両親が転校の準備を進めていることを知り、大喧嘩になった。逃げたら負けやと主張して、学校に通い続けた。徐々に心がすり減っていき、生への執着が薄れていった。

そしてある日、さらなる地獄が待ち受けていた。私が教室に入った瞬間、志穂が鼻をつまみ、「なんか臭ない？」と声を上げたのだ。目には、ぎらついた光が宿っていた。あまりのショックに逃げ出すことすらできず、そのまま自分の席へと向かってしまった。志穂の方を見ると、侮蔑に満ちた声でこう言われた。

「キモっ。見られた。変態がうつる」

クラス中に、陰湿な笑い声が響き渡った。この瞬間から、志穂は誰よりも率先して私をいじめるようになった。悪口を言ったりわざと体をぶつけてきたりするとき、志穂の表情の底には、怒りと憎しみが潜んでいた。私が黙って植野と仲良くしていたことを、内心ではやはり許せていなかったのだ。普通なら、その怒りは押し殺さざるを得ない。嫉妬を表出させて友達をいじめれば、いじめた方が周囲から白い目で見られてしまう。でも相手が、学校中から頭のおかしい変態と見做《みな》されている私なら、構わない。むしろ、いじめることで他の生徒と仲良くなれさえする。人間は、共通の敵が存在するとき、結束を強くする生き物だ。

志穂のいじめは、激しさを増した。気持ち悪い、臭い、豚、変態。あらゆる罵詈雑言を浴びせられた。最初は、自業自得だと言い聞かせていた。でも次第に、志穂は怒りや憎しみではなく、嬉々とした表情を浮かべるようになった。それだけは、耐えられなかった。

――お願い。もういじめるのはやめて。

つい、そんなラインを送ってしまった。格好の餌食になると分かりそうなものだが、当時はまだ心の片隅で、志穂のことを友達だと思っていた。

――おばあちゃんの入院って、嘘やろ？

不可解な返信が送られてきた。意味を飲み込めずにいると、続けてラインが届いた。

――私と遊ぶ予定を、おばあちゃんの見舞いって言って断って、植野君と映画行ってたんやろ？　見た子がおんねん。私はそれを聞いちゃったから、あなたに罰を与えてるの。

心臓が凍り付いた。冷静さを欠いた私は、悪手に悪手を重ねる返信をしてしまった。

――きっかけはそうやったかもしれんけど、今はいじめを楽しんでるやんか。最低。

――最低？　最低はどっちよ。

――ごめん。でも、友達やってんから、もう許して。

友達やってんから、と過去形で打ち込んだとき、胸が張り裂ける思いがした。

――私は友達やと思ったこと、一度もないから。植野君に近付くなってプレッシャー掛けるために、近付いただけ。意味なかったけど。

嗚咽しながら、文字を打ち込んだ。

――そんなこと言わんとって。お願い。他の子は我慢できる。でも志穂にいじめられたら、私、苦しくて死んじゃいそう。

ほんの数秒後、返信が送られてきた。

――じゃあ、死んだら？　死んでよ。

辛うじて私を支えていた最後の気力が、音を立ててへし折れた。代わりに、手を伸ばして摘むことの叶わない心の奥底に、「死にたい」という黒い芽が植え付けられた。

布団にくるまって絶叫した。泣いて泣いて、泣きまくった。涙は涸《か》れることなく、流れ続けた。

志穂と一緒に撮ったプリクラを財布から取り出し、細かく千切ってから、捨てた。

翌日から、学校を休んだ。それきり一度も登校せず、転校した。転校生って言うから楽しみにしてたのに、根暗やん。そう陰口を叩かれた。ひたすら、勉強に打ち込んだ。

あんな奴らに、人生を台無しにされて堪るか。その思いだけで、第一志望だった公立大学の理学部に合格した。暗黒の高校生活は、しれっと幕を閉じた。悔しくて堪らなかったが、大学に進めば何かが変わるはずと胸を膨らませてもいた。でも、入学してすぐに、期待は萎《しぼ》んでしまった。同年代の人とどんな風に接すればいいのか、分からなくなっていたのだ。キャンパス内で笑い声が聞こえるたび、自分が笑われているのではないかと動悸がした。部活やサークルにも入れず、彼氏や友達も一切できなかった。植え付けられた「死にたい」という思いは消えるどころか着実に成長していき、気付けば毒々しい花を咲かせていた。

私の人生を壊した奴らを、絶対に許さない。煌びやかな同窓会の席で、火達磨《ひだるま》になって死んでやる。その死の映像を、日本中の人々が目撃する。焼け死ぬ私の叫び声が耳にこべり付き、その痛みを否応なしに想像するだろう。灼熱の炎の中で悶え苦しむ私の姿は、いじめに苦しむ全ての人々の肖像だ。彼らの声なき声を代弁して、断末魔の叫びを上げてやる。

5

「僕らとは、普通に喋れてたけどな」

後部座席の川原が、唐突に口を開いた。

「ほら、遺書に書いてたやんか。同世代との接し方が分からへんくなったって」

「ああ……。だって私ら六人は、全員が心の傷を負ってる、一緒に死ぬ、っていう深い部分での仲間意識みたいなのがあったから」

なるほど、とルームミラーの中で頷く。浅野がブレーキを踏み、路肩に車を寄せて停車した。助手席の窓から、忌まわしい高校の建物の一部分が見えた。

「じゃあ、行くね」

頭《こうべ》を回《めぐ》らして、後部座席の三人に視線を滑らせた。

「しっかりな」

南が右手を差し出した。力強く握り返す。川原と藤原とも、握手を交わした。

「似合《にお》うてる。可愛い。林田も言うと思う」

惚れちゃいそうなくらい美しい笑顔で、川原が言った。青のワンピースとポニーテール。林田と愛を交わしたときと同じ格好だ。

「ありがとう」

微笑んでから、運転席の浅野に視線を移す。この前の口論などなかったかのように、飄々としている。険悪な雰囲気のまま別れるのは嫌だったから、嬉しい。右手を差し出すと、握り返してくれた。乾いた掌だった。

これ以上車の中にいると泣いてしまいそうで、助手席のドアを開いた。

「じゃあ、俺もすぐに行くから」

ペン型のカメラを掲げ、藤原が言った。

車外に降り立ち、振り返らずに歩き出した。曇天《どんてん》だった。鞄には、ガソリンがたっぷり詰まった容器を入れている。

道には、人の流れができていた。同級生が大半だろう。不思議なことに、激しく脈打っていた心臓は、正門に近付くにつれて穏やかになっていった。

見覚えのある門が、目に飛び込んできた。急激に足が震え出してくる。

「理沙？」

後ろから声がした。飛び跳ね、素早く振り返る。心臓が激しく波打った。

「そうやんね？　理沙やんね？」

今にも泣き出しそうなほど歪んだ顔で、女が言った。志穂だった。

何か言おうと思ったけれど、喉が絞まって声が出ない。唇がひくつくだけだ。

「覚えてますか、私のこと？」

何を言ってるの。忘れるはずがない。

「どういうつもりですか。何か、新しいいじめの方法ですか」

声を絞り出した。傷付いた表情を浮かべ、志穂が「ごめんなさい」と頭を下げた。人が集まり始める。佐藤や、というひそひそ声が聞こえた。

「酷いことしたって思ってます。こんなん言い訳にならへんと思うけど、でもあのとき、クラスの子から忠告されてたんです。あんまり、理沙と仲良くせん方がええでって。私もいじめられるんちゃうかって、怖なって」

「やめて。黙って」

掠れた声しか出ない。聞こえていないのか、志穂は言い募った。

「この前ね、ライブに行ってん。理沙と一緒に行けたらいいね、言うてたけど、結局一人で行っちゃった。そしたらなんか、無性に理沙のこと思い出して。やっぱり、二人で一緒に行きたかったなって。あのとき、なんで私はあんなことしたんやろうって」

言い淀み、これ見よがしに頭を下げる。

「演技がお上手やね」

皮肉っぽい声で言った。でも、上手くいかなかった。顔が引き攣ってしまった。

「演技ちゃうよ！」

志穂は声を張り上げてから、ごめんなさいと呟いた。視線を逸らし、周囲を見回すと、見覚えのある顔がいくつかあった。好奇心に満ちた傍観者の顔だ。

「こいつの言うてること、マジです」

男が一人、歩み出てきた。

「高三から志穂と付き合ってる、飯塚《いいづか》です。こいつ、ホンマに後悔してるんですよ」

思い出した。野球部の副主将だった男だ。スクールカーストの上位層だ。

「同窓会の場で当時のことを懺悔《ざんげ》しても強い彼氏が守ってくれるから、あなたは今そんな風にして謝ってるんや。もしおらんでも、この場で謝ってた？　ねえ、奥田さん」

決して声を荒らげないようにしたが、声の震えだけは抑えられなかった。

「なんでそんな言い方すんねん」

飯塚が怒ったように目を見開く。

気持ちを落ち着かせようと、大きく息を吸い込んだ。吐き出そうとしたのに、吐き出せない。小刻みに息を吸い続ける。でも、全然吐き出せない。嫌だ。ここで過呼吸にはなりたくない。笑われる。馬鹿にされる。

すみません、すみませんと、絞り出すような声で志穂は謝り続けている。謝るな。今更謝られても、もう遅い。

なんとか、短く息を吐き出した。目の前が束の間白み、立ち眩みのような症状に襲われた。倒れて堪るか。必死に、足を踏ん張る。

「許してくださいとは、言わないです。一生、恨まれても仕方がないです。でもホンマに、すみませんでした。それだけ、伝えたくて」

弱々しい声で志穂が言う。

「ホンマに反省してるんなら、せめて土下座の一つでもしたら？　それが謝る態度？」

飯塚が何やら言って一歩踏み出したが、それよりも早く、志穂は膝を突いていた。

「おい、志穂。やめえ、そんなんすんな」

首を横に振り、額を地面に擦り付けて土下座した。それを見ても、何も感じなかった。

何処からか、可哀想と囁く声が聞こえた。何が可哀想なん？　今の志穂の苦しみなんか、私が負った苦しみの何億分の一なんよ。

飯塚が志穂を無理矢理立たせた。志穂の項垂《うなだ》れた顔を見て、胃液が逆流してきた。口許を手で押さえ、懸命に飲み込む。

本心から悔いているのだと、目を見て分かってしまった。笑っていて欲しかった。不貞腐れていて欲しかった。そんな目で見るな。なんであんたが、痛みを覚えてるんよ。

「あんたは、いじめを楽しんでた屑や」

「高二の頃、親が離婚しそうになってて、ストレスが溜まってててん。それで、理沙をいじめると、気が紛れることに気付いて」

そう言って、むせび泣いた。

「そんな理由で？　八つ当たりやんか」

「ホンマは、親の相談とかも理沙にしたかった。でも植野君を優先して、付き合いが悪くなっていったから、なかなかできんくて」

「何それ？　その言い方。私が悪いん？」

「違います。ごめんなさい」

弱々しい声で言い、首を左右に振る。飯塚に支えられ、辛うじて立っている状態だ。

「理沙が憎かった。理沙をいじめて楽しかった。全部その通りです。でも、ホンマに後悔してるんです。理沙と遊んで楽しかった記憶ばっかりが、甦ってくるんです」

「加害者は忘れるよね。でも、被害者は忘れられへん。大体、友達やと思ったことないんちゃうん？　そう言うたやんか」

「あれは嘘。友達やと思ってた」

「もうええやろ。許したってくれ」

飯塚が強い口調で言った。

「そうや。飯塚さんは、あなたの彼女が私をいじめ出した理由、知ってんの？」

意地悪い声で言ってやった。

「言われんでも知ってる。知った上で、受け入れてんねん」

毅然とした態度で言われた。怒りで胸が締め付けられる。純愛ぶるな。

「優しいんや。植野の代わりに選ばれた、二番手さん」

飯塚の表情が一変した。

「被害者面してるけど、元はと言えば――」

志穂が慌てて飯塚を制止した。

「元はと言えば、変態ストーカーのお前が悪いんやろって、そう言いたいん？　あの動画は、植野に送らされたの！　妄想じゃない、全部ホンマや！　否定するやろうけど、訊いてみいや、本人に！　水泳部の奴らに！」

大声を張り上げてしまった。抑えが利かなかった。束の間、妙な沈黙が流れた。

「知らんのか、植野のこと。いやまあ、知らんでもおかしないか」

「何が？」

「あいつ、先週死んでんで。歩道橋の階段で、足を踏み外して……」

一瞬、何も聞こえなくなったような気がした。数学の問題文を一読して、解法の糸口すら全く思い浮かばなかったときのような感覚。

じゃあ、誰に復讐すればいいいん？　この怒りは、何処にぶつければいいん？　私の恋心を弄《もてあそ》んだ植野の前で、私の友情を裏切った志穂の前で、私をいじめてきた全員の前で、死ぬはずだった。お前らの人生を巻き込んで、炎上してやるはずだったのに。

「ホンマにごめんなさい、理沙。ごめん」

違う。私が遂げたかった死は、こんなんじゃない。反省も後悔もしていない屑達の目の前で、炎に包まれて孤高に死ぬんだ。

「あんたなんか、死ねばいいのに」

志穂が弱々しい声で、ごめんなさいと言った。ぐちゃぐちゃの顔だ。

視線を外した。私達を取り囲む輪の外に、藤原が立っていた。目と目が合う。藤原が眼鏡を押し上げ、首を横に振った。レフェリーストップやなと、くだらないことを思った。

既視感に襲われた。六人で自殺を図った夜と同じだ。眼前に迫った死に逃げられた感覚。でも、あの夜には新たな希望が芽生えたけど、今は暗くて深い絶望しか感じられない。

何も言わずに、号泣する志穂の横を通り過ぎた。輪が崩れ、道が拓ける。少し先を往く藤原の後を追った。何処かに電話を掛けている。

人通りの少ない道まで行き、同級生の姿が見えなくなったのを確認してから、藤原に歩み寄る。互いに、何も言わなかった。分厚く垂れ込めた雲の向こうで、雷鳴が轟いた。雨粒が一滴、額に落ちてきた。

雨脚が強まってきた頃、ブルーのトヨタ・ルーミーがやってきた。電話で事情を聞いたらしく、浅野も川原も南も、神妙な表情をしていた。助手席に乗り込む。

「先、アジト戻ってて。様子見てくるわ」

車が滑らかに発進した。横殴りの雨が窓ガラスを叩き付ける。両手で顔を覆った。車に乗り込むまで一滴たりとも涙を流さなかった自分を、心の底から褒めてあげたかった。

6

六月三日、午後一時。木造の二階建て一軒家から、志穂が出てきた。

「気付かれんようにな」

運転席の藤原が呟いた。

「ありがとう」

助手席のドアを開き、車外に降りた。黒縁の眼鏡を掛け、紺のキャップを目深に被る。

「俺も行こか」

「ううん。私の問題やから」

ドアを閉め、深呼吸をしてから、歩き始めた。志穂の後を尾ける。以前、吉瀬を二ヶ月間に亘って尾行した記憶が甦った。あのときは、決して悟られないように常に複数人で尾行をしたが、志穂が相手なら、私一人で充分だ。

志穂は最寄りの阪急池田《いけだ》駅に到着し、改札を通った。ＩＣカードで私も改札を通る。いちいち切符を買わなくていいから、尾行には持ってこいだ。大阪梅田行の二番線ホームで、志穂に気付かれないよう離れた列に並ぶ。

志穂は私に土下座したあと同窓会には参加せず、飯塚に連れられて帰宅したという。藤原はその後を尾け、家を突き止めてくれた。

――ホンマに落ち込んで反省してるようには見えた。でもまあ、今どう思うてたかて、佐藤が傷を負わされた事実は変わらんけど。

沈黙する私に、藤原は一つ提案をした。しばらく志穂を監視し、現在の姿を知ってみてはどうかというのだ。そのことに、どれほどの意味があるのかは分からない。でも、どうせ無気力感に苛まれて何もする気が起きないんやからと、提案を呑んだ。

同窓会の翌日から、藤原は監視を手伝ってくれた。志穂は一昨日も昨日も家に閉じこもって外に出てこなかったから、今日が久しぶりの外出だ。

やってきた急行電車に乗り込んだ。スマホをいじる志穂の口許が時折綻ぶのを見て、燻《くす》ぶっていた怒りが再び熱を帯び始めた。

十五分ほど経ち、阪急十三《じゅうそう》駅で電車を降りた。神戸線一番線ホームへと急ぐ。志穂が右手を挙げ、男の許に駆け寄った。飯塚だ。ホームに並び、顔を見合わせて笑う。

私は親指の爪を噛んだ。林田の顔が脳裏に浮かぶ。軽口を言うときの笑顔。天満橋で警官隊と対峙したときの、引き締まった表情。

私の心に一生消えない傷を負わせておいて、自分はちゃっかり彼氏とデートか。志穂のいじめによってできた傷は絶えず私の心を痛めつけているけれど、志穂にとって私に傷を与えたという罪悪感は所詮、時折思い出して辛くなる程度のものに過ぎない。だから、泣いて土下座した三日後に、平然とデートなんかできるんだ。そもそもホンマに反省してるなら、自ら命を絶って償うべきと違うんか。

気付くと、二人の真後ろに立っていた。ちらちらと二人の横顔が見える。振り返ったら、一発でバレる距離だ。構うものか。

――午後一時頃、阪急塚口駅《つかぐち》におきましてお客様対応発生のため、電車の到着が遅れましたことをお詫び申し上げます。

甲高い男の声でアナウンスが流れた。

「お客様対応って何やろね」

志穂が眉間《みけん》に皺を寄せた。

「酔っ払いか、急病人か、痴漢か……」

「ええ、痴漢？　最悪」

「そう言えばこの前、コウキの誕生日祝いにケイちゃんと三人で飯行ってんやんか。焼肉のコース、一人五千円。でも、電車で行こうとしたら、人身事故で電車ストップしてん。予約の時間ギリギリやしさ。キャンセルは嫌やから、タクシーで行ったよ。一人二千円」

「マジで？　二千円って、映画観れるやん」

「せやろ。こんなん言うたらアレやけど、死ぬなら勝手に一人で死んでくれって思った」

「こら。そんなん言うたら、祟《たた》られんで」

媚びるような甘い口調だった。虫唾《むしず》が走り、胃の底に不快な重みが加わった。怒りのせいか悲しみのせいかは、分からない。でも、腰が砕けて倒れそうだ。

電車に飛び込んで死のうと本気で考えたことがある者の苦しみを、この二人は永遠に理解できない。後悔してる？　何処がだ。人の痛みを想像できない屑。あのとき志穂の顔に浮かんだ痛みは、所詮一過性のものに過ぎないのだと悟った。やっぱり、あちら側の人間だ。

――間もなく、一番線ホームを電車が通過します。黄色い線の内側まで、お下がりください。

駅員のアナウンスが流れた。何処か咎めるような口調で、志穂が言った。

「でもまあ、確かに迷惑やんね。電車に飛び込むくらいの勇気があったら、なんでもできるやろうにって思っちゃうけど」

考えるよりも先に、両手を前に突き出していた。生暖かさとやわらかな衝撃が掌に伝わる。

まるで、スローモーションだった。

言葉にならない声を上げ、前につんのめる。くるりと体が半回転し、ホームから足が外れた。宙に浮いた状態で腕を伸ばし、虚空を摑む。目と口を大きく開いた。

何が起きたか分からないの？　それとも、私の顔を見て驚いているの？

宙に浮いたまま、手足をばたつかせる。次の瞬間、轟音と共に電車が通り過ぎていった。痺れるような快感に、背筋を貫かれた。

不意に、右腕を摑まれた。時間の感覚が元に戻り、背筋が凍り付く。強い力で引っ張られた。固まっていた足がもつれながら動き、二、三歩引きずられるようにして歩いた。

私の腕を引いていたのは、ハットを被った男だった。すぐに、その正体に気付いた。

「藤原？」

微かに頷き、私を引っ張っていく。心配して尾けて来たんやろか。

後ろを振り返った。飯塚が蹲《うずくま》り、絶叫している。他の客達はスマホから顔を上げ、口々に大声を発していた。私達の方を見つめている客もいるが、確証が持てないのか関わり合いを持ちたくないのか、追ってはこない。

視線を前方に戻した。改札が目に飛び込んでくる。一つの決意が、体を貫いた。

まだ、捕まる訳にはいかない。あの改札を抜けて、今度こそ私だけの死を遂げるんだ。藤原の手を振りほどき、自分の足で歩き始めた。視界の端で、藤原が笑みを覗かせる。二人してＩＣカードを取り出し、改札をくぐった。改札の向こう側では、悲鳴とざわめきが谺し続けていた。全身の肌が粟立つほど、心地好い響きだった。

7

志穂の死は、ニュースで報じられた。後ろから突き飛ばした女とその女の手を取って逃亡した男の存在も、防犯カメラの映像付きで報道された。だが二人とも顔は帽子で隠れ、判然としない。私の名はテレビではまだ報じられていないが、ネットで検索を掛ければ、既に犯人扱いを受けていた。同窓会での土下座に立ち会った連中が、こぞって当時のことをネットに書き立てたのだ。植野の転落死も、私の仕業ではないかと囁かれている。

藤原が私の遺書を同級生の告発という体《てい》で書き直し、ネットに流してくれた。私を嘲笑する声は少なくないが、植野らをバッシングする意見も相次いでいる。

藤原に頼み、入手した卒業アルバムの写真をネットの海に放流してもらった。クラスメイトと水泳部の連中、植野の言葉を信じて私を詰《なじ》った教師の写真だ。次々と個人情報が特定された。志穂を殺してから、僅か一日足らずの出来事だ。

ネット私刑に加担する連中の動機は、断じて正義感じゃない。単なる嗜虐《しぎゃく》的な快感だ。私をいじめていた連中と本質的には大差ない。分かっているが、それでも私をいじめていた連中が槍玉に挙げられているのを見ると、口許が綻ぶのを我慢することはできなかった。

当初夢想していたほどロマンティックではないけれど、佐藤理沙の名は、確かにこの世に刻まれたのだ。

「じゃあ、帰るわ。何かあったら電話して」

藤原が優しい声で言い、軽やかな足取りで部屋を去っていった。

志穂を殺してすぐ、お気に入りの化粧道具や服、林田から貰ったCDや遺書などをアパートから回収し、このアジトにやってきた。監視カメラの映像を辿って場所が特定されないよう、慎重を期したつもりだ。自宅のパソコンはもし解析された場合、BLOODY SNOWの存在に繋がるかもしれないから、破壊してきた。佐藤理沙名義のスマホも、アパートに置いてきた。電源を入れたまま持ち歩けば、警察に居場所を特定されるからだ。

昨日ここに着いてすぐ、心労のせいか寝込んでしまった。藤原は一緒に泊まり、看病してくれた。今日になって体調は戻ったが、帰らず話にじっと耳を傾けてくれた。遺書に書いた内容を繰り返し、志穂のいじめでいかに傷付いたかを滔々《とうとう》と述べても、だから殺されて当然やと声を荒らげても、じっと話を聞いてくれた。そして最後に、ぽつりと言った。

「佐藤には、もっと華々しい死が待ってる」

それから、今後の活動に関する展望を語ってくれた。林田に恥じない死――その実現に繋がるような、胸躍る内容だった。

林田の遺書が入った封筒を鞄から取り出し、クリスタルの灰皿の上に置いた。南がこの前忘れていったマッチを手に取り、擦る。白い封筒を左手で持ち、火を近付けた。

呆気なく、緩やかに、林田の遺書は燃えていった。マッチの火を吐息で消す。遺書は燃え尽き、少量の黒い灰だけが皿の上に残った。

「格好良く、死ぬからね」

マッチの軸で灰を搔き分け、林田に向けて囁いた。もう、涙は溢れてこなかった。

第五章　匿名希望

1

六月下旬にしては、肌寒い夜だった。時刻は、午後八時を回ったところだ。

無人島に一つだけ持っていくなら？　という味のしなくなったガムみたいな会話を続けていると、有田《ありた》がビルから出てきた。髪を刈り上げた、ずんぐりむっくりのおっさんだ。

「かの国の独裁者に似てるな」

川原が言った。顔を皺くちゃにして笑っていても、整った面立ちは崩れない。

「しょうもないこと言うてんと、行くで」

有田の後を尾け始めた。キューズモールを左に見ながらあべの筋を北に進み、天王寺《てんのうじ》駅五番出入口の階段を降りていく。改札を抜け、八番線ホームへ向かった。

やってきた電車に乗り込む。目の前に老婆が立っているが、有田は足を広げて席に座り、前傾姿勢でスマホにかじりついている。

帰宅する模様、と佐藤にラインを送った。電車が動き出す。

「やっぱ、ナイフかな」

川原が無駄話を蒸し返し始めた。

「ナイフなんか、意味ないやろ。無人島に一人で取り残された時点で、死ぬって。ナイフ一本でどうにかなる無人島なら、ナイフなくてもどうにかなるし」

「じゃあ、藤原は何持って行くん？」

「詩集かな、中原中也《なかはらちゅうや》の」

「オッシャレー」

「馬鹿にすな」

「してへんよ。ええやん。無人島での死を受け入れて、孤独を噛み締めながら本を読む。沈む夕陽と波の音と詩集」

陶然とした面持ちだ。確かに想像してみると、悪くはない。少なくとも、平凡に迎える死よりはよっぽどいい。

「じゃあ僕は、『タイタンの妖女』を持って行こかな」

「あれ？　読んだけどよう分からんかった、って言うてへんかったっけ」

「うん。でも、折角藤原が薦めてくれた訳やし、良さを分かりたいやん。あとはまあ、僕にはムズいなあって呻りながら死んでいくのも、それはそれである種ロマンチックやし」

川原がアッシュの髪の毛を掻き上げ、流し目をくれた。

「もしくは、無人島に誰か連れていくとか」

「人はズルいやろ」

「でも、みんなとなら、楽しく死んでいけそうやと思わへん？」

「そやな。でもどうせなら、川原がええわ」

有田が立ち上がり、ドアの前に移動している。そろそろ、自宅の最寄り駅に到着だ。

視界の隅で、川原が笑みを噛み殺しているのが見えた。人の嗜好は分からないものだ。こんな美青年が、俺みたいな冴えない奴に思いを寄せているなんて。

2

「なんやねん」

威勢のいい口調だったが、声に怯えが滲んでいる。人気《ひとけ》のない夜道で目出し帽を被った連中に取り囲まれたら、ビビって当然だ。

「ちょっと付き合えや」

南が顎をしゃくった。有田は俺達四人を見回し、佐藤の方に走り出した。佐藤が素早く鞄からスタンガンを取り出し、有田の贅肉《ぜいにく》に押し当てる。絶叫し、尻餅をついた。

「映画みたいに、気絶とはいかんのよな」

南が舌打ちし、有田の首筋に腕を回して強く絞め上げた。顔を紅潮させ、鈍い声を発する。間もなく、抵抗が止んだ。

手足と口許を素早くガムテープでぐるぐる巻きにし、四人で有田の体を持ち上げる。停車中の赤いシエンタのトランクが開いた。運転席の浅野が、窓から手をひらつかせる。有田をトランクに押し込み、周囲を見渡した。人影はない。車に乗り込み、素早く立ち去った。

「お洒落やな。何ちゅう曲？」

車内に流れる洒脱なジャズについて訊くと、淡々とした声が返ってきた。

「ディグス・デュークの『サムシング・イン・マイ・ソウル』」

四十分ほどで、寂れた田舎に到着した。かつては旅館だった廃墟だ。シートベルトを外さない浅野に、南が尋ねる。

「出えへんの？」

「もしものとき、すぐに車動かせた方がええやろ」

「またそれ？　この場所、別に誰も来《け》えへんって。今まで、一遍も来てへんし」

「まあ、ええがな。万一ってこともある」

俺は手を叩いて言った。南が唇を尖らせたが、何も言わずに車外に降りた。

「最近あいつ、ノリ悪いやろ」

そう言って煙草を銜え、マッチで火を点ける。深々と吸い込み、白い煙を吐き出した。

「前回は用事で休み、前々回は今日みたいに車の中で待機、その前は自称風邪」

「ぶうたら言うてんと、早よしよ」

佐藤がばっさりと南の愚痴を遮った。俺達は目出し帽を被り、トランクを開いた。

有田が呻き声を上げ、身を縮こまらせている。

「じっとせえ」

俺は冷たく言い放ち、有田の襟首《えりくび》を摑んでトランクから引きずり出した。抵抗されたが、ボディに軽く一発くれてやると、すぐに大人しくなった。涙と鼻水を垂れ流している。

「殺しはせんから安心せえ。ただし、手を煩《わずら》わせるたびに、一発ずつどつく」

耳許で囁くと、弱々しく頷いた。

「おい、ええから来いって」

声がした。視線を移すと、南が運転席のドアを開け、浅野に強い視線を向けていた。

「俺一人、行かんでも一緒やろ」

車内から、抑揚のない声が聞こえてきた。

「来い。全員でやる。それが仲間や」

少しして、目出し帽を被った浅野が降りてきた。俺達は廃墟へと歩き出した。


「助けてくれ……」

口許と手に巻き付けたガムテープを乱雑に剝がすと、有田が開口一番そう言った。

「こんな目に遭う理由、分かるか」

俺は穏やかな声で尋ねた。

「分からん。助けてくれ」

「じゃあ、分からせたろ」

リュックを床に下ろし、ファスナーを開く。中身は、大量のおにぎりだ。

「グエンさん達が受けた苦しみ、味わわせてあげる。シャチョサン」

佐藤が艶っぽい声で言った。有田は小刻みに震えたままだ。普段は横暴なくせに、自分が責められる側に転じると、途端に殊勝な態度をとる。醜悪な権力者の特徴だ。

外国人技能実習生達を実質最低賃金以下でこき使っていた、建設会社の社長。無理矢理衣服を剝がれ、「やめてください、シャチョサン、シャチョサン」と苦しそうに連呼するベトナム人実習生のグエンさんとその片言の日本語を嘲笑する社員達の動画が、彼の死後、ネットに出回った。それを機に、有田の会社では技能実習生達に対するパワハラとセクハラが横行していると告発された。強姦された挙句、母国に強制帰国させられた女性もいるという噂だ。

批判が殺到して会社は倒産したが、三年近く経った今、有田は別の建設会社を立ち上げ、再び社長の座に就いている。

有田の泣きっ面を見つめる内、心の底に澱となって沈む父親の記憶が、ゆっくりと浮かび上がってきた。傲慢なその顔を、有田の怯えた表情に重ね合わせる。

「吐くまで、無理矢理グエンさんに飯食わせてんてな。金欠やろうから、腹一杯食べさせたかっただけ、やっけ？　その理屈と同じことしたろ。俺らはただ、太ってて食うことが大好きなあんたに、腹一杯食うて欲しいだけや。食え」

マグロのおにぎりを差し出した。手を煩わせればどつくという最前の言葉が効いたのか、おずおずとした手つきで素直に受け取る。だが、フィルムを剝がそうとはしない。

「君らは、ネットに踊らされとる。確かに多少やり過ぎた部分があったとはいえ、あの件にはこっちも言い分があるんや」

低い声で文句を垂れ始めた。グエンさん達の遅刻癖や仕事の失敗をしつこくあげつらう。

「ええから、黙って食えや！」

南が背中を蹴り付けた。倒れ込んだ有田の腹を、何度も蹴り上げる。

「分かった。分かったから、やめてくれ」

有田が体を丸め、大声を上げた。

俺はリュックをひっくり返し、大量のおにぎりを床にぶち撒けた。

「おにぎり百個、全部食わしたる」

「百個……」

「安心せえ。お茶も水もたっぷりあるし、具のバリエーションも豊富や」

目出し帽の中で、飛び切りの笑顔を浮かべてやった。


「止まってんちゃうぞ、おい！　早よ食わな、火ィ押し付けんぞ！　嫌やろ！」

南が煙草をかざして声を荒らげた。

「もう腹一杯や、許してくれ」

有田が地面に額を擦り付けている。

「元気やなあ。流石は元サッカー部」

川原が言った。なるほど、部活でキツい練習に打ち込んでいたから、飽きもせずにああして有田の教育をしていられるのか。俺と川原と佐藤はすぐに飽きてしまい、少し離れてトランプを広げ、大富豪に興じている。

浅野は窓際で壊れかけの椅子に座り、外の闇に目を凝らしている。

「何を黄昏《たそが》れてんねん。夜やぞ」

南が声を張り上げた。浅野はちらと顔を南に向け、曖昧に頷いた。

「負けた。もうちょいで、革命できたのに」

俺は陽気に舌打ちし、立ち上がった。顎をしゃくって二人を立たせ、有田の許に駆け寄る。嘔吐物の饐えた臭いに、危うく吐きそうになった。袖で鼻を押さえ、南に訊く。

「何個食うた？」

「二十八。まあ、吐きながらやけど」

「すんません。飯、食うてきたばっかりなんです。もう勘弁してください」

「何を勘弁すればええん？」

佐藤が底意地の悪い声で言った。

「グエンにも他のみんなにも、酷いことをしました。反省してます」

「嘘臭いな」

「ホンマです、ホンマに反省してます」

俺の言葉に、食い気味に応じてきた。

「お前、セクハラもしててんて？　体触ったり、清掃の名目で、使用済みのコンドームとかオナニーしたあとのティッシュの始末をさせてたって。レイプもしたらしいやんけ」

「レイプはしてへん。それはデマや、フェイクニュースや」

「じゃあ、あとは全部事実やねんな」

有田が声を詰まらせた。

「ほな、あと一個食うたら、許したるか」

腰を屈め、ツナマヨ味のおにぎりを摑んで差し出した。有田が双眸《そうぼう》を輝かせる。

「ズボンとパンツ脱げ」

「へぇ？」

気の抜けた声を洩らして固まる。

「いつもお前、汚いザーメンの始末を実習生にさせてたんやろ。今日くらい、自分で後始末せえ。オナニーして、これに射精せえ。ほんで、それ食え。そしたら、それで終わったる」

「ちょっと待ってくれ、それは」

「嫌なら、あと七十二個食わすだけや」

有田が荒々しく息を吸い込んだ。

「ええ加減にせえよ、お前ら！　何様のつもりや。こんなことしてタダで済むと思うなよ。こ、殺すなら殺せ！　お前らも死刑や！」

自棄《やけ》っぱちのような声で怒鳴り、しゃくり上げ始めた。

「罰を与えるんは、お前で五人目や」

廃墟に響く自分の声の荘厳さに、思わず身震いした。

「舐めんなよ」

鼻梁を蹴り付けた。ぱっと血が舞う。

顔を押さえて倒れ込む有田の腹に、佐藤がスタンガンを何度も押し付ける。バリエーション豊かな叫び声を上げるのが面白く、俺達は声を揃えて笑った。

「いつまでそっちおんの！」

川原が、椅子に座って身じろぎもしない浅野を手で招いた。無言のまま立ち上がり、歩いてこちらにやってくる。

「俺らに常識が通用すると思うな。殺して欲しいんやったら、殺してもええねんで。罪を犯したら、罰を受ける。当たり前の話や」

俺がブヨブヨの腹を思い切り蹴飛ばすと、有田は嘔吐した。慌てて後ろに下がり、口々に罵声を浴びせる。

南がその太って醜い尻に、カッターの刃を突き立てた。裏声で叫び、のたうち回る。

「大袈裟なリアクションやな。ちょっと刺しただけやろ」

「食べる。残り全部、食べるから」

「あかん、気ィ変わった。あと一個でええから、自分のぶっかけてから食え」

南が鼻で笑って言い、カッターを弄ぶ。有田が首を激しく横に振った。

俺達は口を開かなかった。じっと、有田を見下ろす。散々痛めつけたあとの沈黙は、何よりも恐怖を掻き立てる。これまでここで行ってきた制裁の経験から、学んだことだ。

「ズボンとパンツ、脱ごか」

たっぷりと沈黙してから、俺は言った。有田が鋭く息を吸い込む。過呼吸一歩手前になりながら、震える手でベルトを外し始めた。一度心が折れたからには、一刻も早くこの悪夢を終わらせたいと思ったのか、ズボンとパンツを一遍に膝の辺りまでずり下ろした。肉に埋もれた粗末なナニが顔を出す。フィルムを剝がし、ツナマヨ味のおにぎりを手渡した。

「あの、ホンマに――」

「しつこいのう。次喋ったら、殺すぞ」

南がぴしゃりと言い放った。有田が瞼を閉じ、オナニーを始める。

俺はジャケットの胸ポケットに差した、ペン型のカメラを起動させた。有田の背後には、映像からこの場所が特定できないように衝立を置いている。

「出えへん。全然、出えへん」

悲愴感漂う声だった。洟《はな》を啜りながら、一向に力が漲らずに萎えたままのイチモツをしごき続ける。最低、と顔を背けてから、佐藤が吹き出した。南が手を叩いて馬鹿笑いし、俺と川原もつられて笑い出す。

哄笑《こうしょう》が廃墟に谺し、窓から差し込む月の光によって、洗い清められていった。

3

「十一時か。飯でも行く？」

後部座席の南が嬉々として言った。佐藤が首を横に振る。

「あれ見たあとに、何も胃袋に入らへん」

確かに、終始えずきながら最後のおにぎりを食べ切り、直後に嘔吐した有田の姿を見たあとでは、何も飲み食いしたくない。

不意に、車外から爆音が聞こえてきた。暴走族の一群が、前方を走っている。

「やかましいな。何時や思うてんねん」

南が舌打ちし、続けて言った。

「次は、暴走族を狙おか。なあ？」

「でもあいつら、一応反体制側やんか。僕らの標的はやっぱ、権力の上に胡坐を掻いて、誰かを踏み付けてるような奴やないと」

「なるほど。そりゃ、そうやな」

「そう言えば、あの夜も走ってたな」

俺は思い出して言った。

「あの夜？　六人で初めて会《お》うた日？」

佐藤に問われ、頷く。

「林田が蠟燭の火ィ見て、『なんか、陰気なキャンプファイヤーみたいやな』言うたやろ。ほんで、全員で笑《わろ》うたやん。あんとき、遠くの方で微かに、暴走族が走る音がしてた」

「覚えてへんなあ。林田のその言葉で、めっちゃ笑ったのは覚えてるけど」

川原が言い、佐藤と南も頷いた。すると突然、浅野が鋭く息を吸い込んだ。

「どうした？」

「いや、別に」

「浅野も覚えてへんか」

「うん」

素っ気ない声だった。暴走族の爆音は、いつの間にか聞こえなくなっていた。

4

「悲報。パワハラ社長さん、匿名希望にザーメンおにぎりを食べさせられる」

南がスマホを見て言った。掲示板のスレッドのタイトルを読み上げたらしい。

「反応は？」

佐藤が箸を持つ手を止めて尋ねた。

「朗報の間違いやろ、とか、エグ過ぎ、とか。でも、絶賛の嵐やな」

「ツイッターは、手放しで絶賛してるのが三割、あかんのは分かるけどざまあみろって思っちゃう、というのが六割、完全に否定してるんが一割って感じかな」

川原がエゴサーチの結果を嬉々として報告した。有田に制裁を加えた翌日のファミレス。浅野を除く四人で、昼飯を食っている。

「匿名希望で検索したら、僕らの話ばっかりや。固有名詞化したたな」

誰が促すでもなく、乾杯した。権力を笠に着て弱者を踏みにじる屑に罰を与えるダークヒーローとして、匿名希望の名は知れ渡っている。ＢＬＯＯＤＹ　ＳＮＯＷの名で活動する案も出たが、林田の考案したその名は五人の集まるチャットの名称としてだけ使い、グループ名としては林田の死に捧げて葬ることにした。そして俺の提案で、サンシャイン・ジャパンへの脅迫状の末尾に記した匿名希望が採用された。現代日本を舞台に暗躍するダークヒーローとして、これ以上ぴったりの名前はない。

俺達の動画は毎回、きっちり十分間だ。まず、標的の個人情報と罪状が文章として映し出される。それから、実際に罰が執行される際の映像がたっぷり流れる。そして最後に、ぶつりと画面が黒くなったあと、右下に小さくこう表示されるのだ——提供：匿名希望。

最初の制裁を行ったのは、六月九日。標的は大阪の弁護士、かつて某一流大学在学中に仲間と共謀して酒に酔わせた女性を襲い、執行猶予判決を受けた男だ。父親は大企業に勤めており、標的の男が顧問を任されている企業を調べると、父親がコネでねじ込んだと思しき関連企業ばかりだった。成功者の父親、名門大学に進学した息子、大きな過ちを犯したのに見捨てず助けてやる親子関係。全てが俺のコンプレックスを刺激した。だから、肛門にビール瓶を突っ込んでやった。

それ以来、活動を続けている。標的は常に、誰かを傷付けた経験を持ち、虐げられる弱者の痛みを知らない屑だ。奴らが誰かに与えたのに相当する痛みを、与えている。最初の投稿をしてすぐに、複数のメディアが匿名希望は戎橋でのテロや拳銃強奪、そして天正菱大判強奪の犯人と同一ではないかと報じた。そのため当初は、強盗団が正義ぶるのかと糾弾する者が殆どだった。だが投稿を重ねるにつれ、俺達を支持する声は、徐々にではあるが着実に、高まってきている。

「こんな未来が待ち受けてるやなんて、あの夜は思いもよらんかったな」

南の言葉に、川原と佐藤が頷く。俺はワインに口を付けながら、心の中で謝罪した。すまん。俺は、この未来を待ち受けていた。この未来に向かって、歩んできたんや。

あの夜、「やりたいこと、やり残したことをやろう。ド派手に死ぬまで突き進もう」と誓い合ったとき、俺はド派手な死を迎えたいなど微塵も思っていなかった。動き始めたこのグループを、いずれ俺の望む方向に誘導する。その決意で、頭が一杯だった。

五人とも誰かから傷付けられて自殺を志したのだろうから、やり残したこととは当然、その誰かへの復讐という形で帰結するはずだ。だから、五人が各々の復讐を果たし、その喜びに目覚めたあとで「権力を握った屑に、制裁を与えへんか」と誘えば、死への憧れは捨てて、賛同してくれるはずだと目論《もくろ》んでいた。

だが、南の提案で始めた覚醒剤の売人狩りとそれによって引き起こされた濵津組とのいざこざは、グループの雰囲気にアウトロー的な色彩を帯びさせてしまった。

早くも生じたずれを危惧し、次の活動を決める話し合いの場で、さり気なくサンシャイン・ジャパンへのテロを提案した。決行後、川原の中に復讐の達成感が芽生えているのを感じ取り、ほくそ笑んだ。しかも、川原が俺に対して友情を超えた慕情を抱いているらしいことにも、気付いてしまった。特段の喜びはなかったが、グループの統制が取りやすくなるという点では、好ましく感じた。

問題は、林田だった。「思想なき犯罪グループ」という林田の発言は、グループを一つの思想で束ねたい俺とは、決定的に相容れないものだった。特に天正菱大判を強奪したいと言い出したときは、頭を抱えた。当初掲げていた銀行強盗なら、反体制的な口実を付けられるが、歴史的財宝の強奪など、純然たる悪でしかない。あくまでも俺達は、イリーガルな手段で腐った奴らに制裁を与える、ダーティな正義にならなければならない。

しかし、強くは反対できなかった。誰かがやりたいことを全員で協力してやる、という了解を破れば、俺がグループから弾き出されてしまう。

博物館の下見を終えた林田は、自分が囮となって俺達を逃がすと言い出した。はっきりと言葉にはしなかったが、死ぬつもりだという覚悟を言外に匂わせていた。やり残した誰かへの復讐などどうでもよくなり、華やかな死を遂げることに取り憑かれたらしかった。

他の四人は、言葉を重ねて林田を説得しようと試みた。俺も不自然に思われない程度に口を開いたが、内心では、説得されるなと願っていた。林田が去れば、俺の計画からノイズが取り除かれるからだ。そして林田は、見事に説得を押し退けた。林田に退場して欲しい俺と、林田の意志の強さに負けた川原と南と浅野は、その死を全力でフォローすることを――死という直接的な表現は避けつつ――約束した。

佐藤の沈痛な顔色は、見ていて辛いものがあった。本人は誰にも気付かれていないと思っていただろうが、佐藤が林田に好意を寄せていることに、多分全員が気付いていた。

林田の死後、佐藤に後追い自殺でもされては困る。いじめられっ子だった佐藤は俺の計画との親和性も高いだろうし、何より頭がいい。すぐに死なせるには、惜しい人材だ。

そこで、遺書を書いた。林田が佐藤に残したという体の偽物だ。いくら思いを寄せている相手でも、長年連れ添った夫婦でもなければ、「あの人の筆跡じゃない」とはなるまい。筆跡に関してはそう楽観視したが、問題は中身だ。長々と書いてボロが出ては困ると、簡潔なものにした。冒頭には、かつて林田が何かの折に言っていた「もし遺書残すなら、この手紙を君が読んでいるということは云々、という定番のフレーズを最初に持ってくるな」という軽口を流用した。そのあと、「後追い自殺はするな。死ぬなら、佐藤にしかできない死を遂げろ」と記し、最後に「佐藤に出会えてよかったよ」と甘い言葉を囁けば、後追い自殺を思い留まるだろうと考えた。そして、思い悩む佐藤に計画を打ち明け、懐柔すればいい。それさえ上手くいけば、俺に惚れている川原とアホの南の説得は容易だ。浅野の反応は読めないが、もし頑として説得に応じなければ、排除すればいい。そう、思っていた。

　だが、私刑活動をいつまでも続けたいという俺の願いは、林田の死をきっかけに変わった。林田は計画の邪魔だから死んで欲しいと秘かに願っていたのに、血塗《ちまみ》れで死んでいった林田の映像を観て、感銘を受けてしまった。思わずその死を悼み、讃えていた。俺も痺れるような死を遂げ、人々の記憶に刻まれたいと感じた。まさかそんな衝動に駆られるとは思いもよらなかったが、その感触は、紛れもなく本物だった。彫る気がなかったタトゥーも、鎖骨に入れることにした。

　南と川原は「林田の映像観た？」と電話を掛けてきた。南は「格好良かった」と何度も口にした。川原は「愛する人を守るために殺されるとかも、めっちゃええと思うねん」と口を滑らせてから、「ほら、ドラマとかでようあるやん」と言い繕った。

　肝心の佐藤は、かつて自分をいじめていた連中の前で焼身自殺を図ると言い出した。偽の遺書の文言が、佐藤の背中を押してしまったらしい。俺の計略は完全に裏目に出てしまった。佐藤の気持ちは分かるが、そんなに早く死なれては困る。でも、決意は固かった。

　だから、強引な手段に出ざるを得なかった。ダーク・ウェブで違法業者に接触し、サンシャイン・ジャパンの佐久間の住所を調べさせたとき同様、植野楓馬の調査を依頼した。そして、情報を基に自宅前で張り込み、尾行を続け、雨の日の夜、歩道橋の階段から突き落として殺害した。クラスの人気者という権力を利用して、佐藤を傷付けた屑。そう自分に言い聞かせたが、人の命を奪った罪悪感と手に残った感触で、三日間はまともに寝られなかった。その代わり、四日目にぐっすりと眠ったあとの目覚めの良さは、人生で一番だった。

　同窓会当日、カメラマンの役を買って出た。憎悪と覚悟が最高潮に達したときに植野の死を知れば、途端に力を失い、焼身自殺を中止するだろうと思っていた。奥田志穂が現れ、佐藤が怒りを燃やしたときには、殺す相手を間違えたかと後悔した。だが、間一髪、大丈夫だった。決心を砕かれ、こちらを見た佐藤に、首を横に振って諦めるよう促した。

その後、奥田志穂の日常をしばらく監視してはどうかと佐藤に提案した。恋人とイチャつき、友達と笑い合う姿を何度も目にすれば、自ずと殺意が芽生える。そのタイミングで、あの手の屑に制裁を与える活動をしようと持ち掛ければ、すぐに転ぶと考えたのだ。

尤も、いきなり駅のホームから突き飛ばしてしまったときは焦ったが、今思えば結果オーライだ。警察の手から逃れるために佐藤は潜伏する羽目になったが、その代わり、俺が提案した今後のグループの活動方針を、すんなりと受け入れてくれた。

川原と南もそれぞれ個別に説得すると、案の定簡単に賛同を示した。だが浅野は、アジトに呼び出して四人掛かりで説得を試みたが、俺達の圧など意に介さず難色を示した。

――林田の遺志を踏みにじる気か。

顔色も変えず、そう言った。

――林田は稀代の悪党として死んでいった、伝説を残したんやと、そう言うてたよな？　そんな奴の死に感銘を受けておいて、ダークヒーローごっこに鞍替えするんか。

痛いところを突いてきたが、予め反論を用意していた俺はすかさず応じた。

――華々しい死を遂げることが、林田の遺志の主眼や。活動内容は問題やない。

――俺らに、他人を裁く資格はない。俺らがしてきたことの中で、売人狩りと差別主義者共へのテロは、百歩譲ってええとしよう。でも、大判の強奪はどうや？　博物館の職員達はショックを受けたやろうし、林田を射殺した警官は、一生の重荷を背負ったはずや。戎橋で俺達が拳銃を奪った警官も、将来台無しやろな。俺らは自分達だけのために、そういうことをしてきてん。弱者の痛みを想像できひん連中を断罪する資格は、俺らにはない。俺達は、自分達の活動のために、他人を傷付けてきた。

川原がばつが悪そうに顔を伏せた。でも、俺は動じなかった。

——その罪はいずれ、死を以て償う。ただその前に、腐った権力を討たなあかん。虐げられる者の痛みを教えたらなあかん。俺らは罪を背負ってるけど、いや罪を背負っているからこそ、他の連中に罰を与えてから死ぬ必要がある。

——死を以て償う、言うても、死を罰やと思ってへんやろ。

——林田の死に何も感じひんかった浅野に、林田の遺志云々言われたない。

佐藤が冷ややかな声で割って入った。

——嫌なら、抜けて。ウチらの活動はこれから、シフトチェンジするの。五人中四人が賛成してんねんから、民主主義や。

——民主主義と多数決は違う。

浅野が小さく舌打ちした。

——浅野。そもそも俺達は、各々がやりたいことを協力してやる約束やろ。じゃあ、俺がやりたいことにも協力してや。

——いつまで、その活動を続けるつもりや。

——俺が死ぬまで、かな。心配せんでも、何年もだらだら生きるつもりはない。相応《ふさわ》しいときに、相応しい死を遂げる。林田みたいに。

強い口調で言うと、浅野は微かに顎を引いて頷いた。こうして、匿名希望が誕生した。

「しかし、次は現職のお巡りか。流石に、ちょっとビビるな」

南の声で、意識が現在に引き戻された。

「戎橋で、拳銃奪ったやんか」

川原が小首を傾げて言う。

「俺、あのときおらんかったやろ。交番に警官を呼びに行く担当やった」

「そっか。あとは、盗難車の調達と」

「そうそう。だから今回が初めて。冤罪《えんざい》作った屑警官や。ぶっ殺したる」

「殺しはせえへん」

俺は苦笑してから、低い声で続けた。

「でも、叩き潰すで。警察なんか権力、体制の象徴や。それを笠に着て、一介の地方公務員がクソ偉そうにするんは許されへん」

全員が大きく頷いた。瞳を輝かせ、口許に笑みを浮かべて。俺達はもはや、現職の警察官を襲う程度のことに、恐怖を抱かない。標的の住所は既に、例の違法業者から入手済みだ。

「いつまで、もつかな」

佐藤が呟いた。

「捜査の手が私らに伸びてくるまでに、あとどんだけ罰を与えられるやろ」

「大丈夫や。いつまでも捕まらへん」

自信満々に南が言った。その通りだ。俺達は常に、万全の態勢で臨んできた。発信源を特定できないように、動画を投稿する際は海外のサーバーを複数経由している。標的に素顔を見られたことも、標的の拉致現場を目撃されたこともない。車で移動するときは、Nシステムを避けている。

さらに、外出するときは尾行がないか常に警戒すること、部屋に誰かが侵入したらすぐ分かるような簡単な仕掛けを施しておいて、盗聴器や隠しカメラがないか毎日確認すること、匿名希望に繋がる証拠を絶対に家に残さないこと、以上三つを全員に徹底させている。心配性過ぎやと南には笑われたが、散々口を酸っぱくして言ったお陰で、四人ともきちんと守ってくれているはずだ。心配性過ぎるに越したことはない。臆病くらいが丁度いい。

「最近、ちょっとだけ思うねん。格好良くくたばるのもええけど、一生この活動を続けるのも悪くないなって」

南が遠慮がちに口を開いた。

「そうなんや。うん、全然それでもええと思うよ。私はいずれ、何らかの形でケリを付けるつもりやけど。林田みたいにさ」

「藤原は?」

川原が掠れた声で言った。

「俺も佐藤と一緒や。いつ決行するかは、まだ決めてへんけど」

川原の潤んだ視線から逃れようと、立ち上がってドリンクバーに向かった。

林田の乾いたクールな死は、到底真似できない。でも、俺には俺にしか出せない死の輝きがある。命を賭して腐った権力者を討ち、虐げられる者の怒りを世に知らしめるのだ。絶望に塗れながらも強い信念に満ちた死。それはまるで、悲劇的な神話の主人公のような死だ。

5

十日後。俺達の話題は、テレビとネットの両方を席巻していた。拉致された県警の刑事二名が椅子に縛り付けられ、凄惨な暴行を加えられる映像。爪を剝ぎ取られ、顔の形が変わるほど殴られた彼らの姿に、ネット民は驚喜した。ワイドショーのコメンテーターは決まって「彼らの犯行は決して許されるものではありませんが」という自己保身のための予防線を張った上で、警察への批判を展開していた。匿名希望が告げた彼らの罪状は、次の通り――二〇一八年。詐欺罪で逮捕された男が、罪の軽減を狙い、バイト先の知人が主犯格だと虚偽の供述をした。無能な県警はこれを鵜呑みにし、逮捕状を請求するため同じ詐欺グループの他の容疑者達にも、同様の供述をさせた。さらに防犯カメラにも当該人物が映っていたと証拠をでっちあげ、無関係の大学生を見事逮捕してしまう。四度の逮捕と十ヶ月以上に及ぶ勾留のせいで、彼は数社から得ていた内定を失い、休学と留年を余儀なくされた。その間の裁判で、彼を主犯格とする証言に根拠がないことや防犯カメラの証拠が捏《ねっ》造《ぞう》であることが追及され、遂にはアリバイまで見つかったことで、彼は無罪となる。それを予見できない県警と検察の無能さには呆れるが、さらに呆れ返るのが、警察も検察も「捜査は適切であった」として、一切の謝罪をしていないことだ。権力の腐敗、ここに極まれり。

この事件が起きた当時は、捜査に当たった一部の刑事達が特定され、ネットに拡散されるなどして多少炎上したが、結局時間の経過と共に鎮火してしまった。だが俺達がもう一度火を点けた結果、当時の比ではない勢いで燃え上がっている。

「でも、南のあの手法には恐れ入ったよな。プロってるわ」

川原の言葉に、南がはにかんだ。

刑事二名への拷問の最中、俺達は警察が組織ぐるみで手を染めている不正を教えろと迫った。南は喋らない二人の目と口を塞ぎ、両手を叩いて言った。

――正直に喋った方は助けたる。喋る気になったら手ェ挙げえ。挙げた方は病院送り、挙げんかった方は琵琶湖行きや。

そう言ってチェーンソーの音を響かせた瞬間、二人は揃って手を挙げた。

「実は、似たようなことされてん」

佐藤が首を傾げてから、目を瞠った。

「濵津組に、ってこと？」

南が重々しく頷く。アジトの空気がじっとりと生暖かくなった。

「でも俺と浅野は、喋らんかってん。凄いやろ？　組の連中も感心してた」

得意げな笑みだった。俺達は一様に頷き、南の勇気を褒め讃えた。

「あのときは、浅野もイケてたんけどなあ」

南が肩を竦めた。今回も浅野は、制裁場所の確保などに多少の協力はしたものの、罰を与える当日には用事があると言って参加しなかった。

「まあもう、浅野はしゃあないんちゃう」

佐藤が嘲笑とも諦念ともつかない声で言った。俺達は曖昧に頷き、誰からともなくテレビに視線を向けた。

――署長が主導して、裏金を作ってたんですよね。証言した状況が状況だから、事実かどうか分からない？　あれだけ詳細な内容なのに？　はい？　ええ、私は動画を観ましたよ。それが？　御用コメンテーターは言葉を濁しますけど、私は支持しますよ、匿名希望。

俺は鋭く息を吸い込んだ。今回の動画を投稿してから二日、初めての投稿をしてからひと月足らず、地上波のメディアで著名人が俺達への支持を明言したのは、初めてだ。

「流石は作家。首輪付けられてへん。本音で喋ってる。イカしてるわ」

川原が顔を綻ばせて言い、拳で膝を叩いた。

――あの刑事は、「何処の署でもやってることだ」と言ってたでしょ。そうなると、ことは彼ら二人の問題じゃなく、警察全体の問題だ。本当、日本の権力者や体制側は腐ってます。匿名希望は、弱者の味方だと思いますね。今回にしたってこれまでにしたって、弱者を踏み付けてきた連中しか狙ってない。大判の強奪は分からないが、何か理由があったのかもしれない。ちょっと待て、まだ話してる。いいですか、匿名希望を支持する国民は、決して少なくはない。それは事実だ。犯罪？　法律でしか物事を語れないんですか。大体、法律で裁けなかったり裁きが甘かったりした奴を狙ってるでしょ。いや今回に関して言えば、法の運用を担う側を裁いた訳だ。連中が腐り切っているから。匿名希望が正義かどうか？　じゃあ逆に訊きますがね、今のこの国に、どれだけ正義が根付いてるって言うんですか。

さらに何か言い掛けたところで、ＣＭが始まった。室内に沈黙が流れる。俺達は顔を見合わせた。この沈黙がどうやって破られるのか、全員が分かっていた。

果たして、みんなで声を上げて笑い出した。確信をもって、断言できる。近い将来、この国ではどんな芸能人よりも、匿名希望の方が有名になるだろう。

6

「拓斗か？」

電話口から流れ出た尊大な声を聞き、瞬時に眠気が吹き飛んだ。

「もしもし。そうやけど」

「久しぶりやな」

「何の用？」

「父親に向かってなんや、その口は」

苛立たしげな声に、思わず苦笑が洩れる。相変わらず、ステレオタイプな物言いだ。誰のお陰で飯が食えてると思うとんねん。そう怒鳴られたこともある。

押し黙っていると、わざとらしいため息が聞こえてきた。

「最近どうや、大学は」

「別に、普通やけど」

硬い声で応じた。

「何なん？　遠回しにちょっとずつ迫ろうとせんでええから、用件を言うて」

荒々しく息を吸い込む音がした。怒鳴られるかと思ったが、僅かな沈黙のあと、押し殺した声が聞こえてきた。

「明後日表明するんやが、今度の兵庫県知事選に、立候補しようと考えてる。一応、それを伝えておこう、思うてな」

息が詰まり、スマホを持つ手が震えた。

「そっか。こっち戻って来るんや」

「ああ。そうやな」

「用件はそれだけ？」

「おい、拓斗。お前なあ……」

「なんでわざわざ、そんな連絡を？」

「息子やねんから、連絡くらいするやろ」

息子という認識がまだあったのか。

「問題でも起こして知事選の邪魔にならんようにって、念押ししたいんやろ」

「なんでお前は、昔から一言多いんや」

「父親に似たんちゃうか。よう失言してへんなって、感心するわ」

「もうええ、もうええ。電話した俺がアホやった」

「当選するよう、祈ってるわ」

受話器を叩き付ける音が返事だった。窓の外では、午後五時を告げるチャイムが鳴っている。俺が生まれ育った芦屋市と同じ「夕焼け小焼け」だ。

——そんなもん、何の役に立つねん。

散々言われてきた言葉が、耳の奥で甦る。いつだって父親の中では、本を大量に読む俺よりもテストで満点を取ってくる兄貴の方が良い息子だった。谷崎潤一郎《たにざきじゅんいちろう》の小説を一冊読むことよりも、国語のテストで「耽美派《たんび》」と正答できることの方が、父親にとっては価値が高かった。なんでお前は公彦《きみひこ》と違うんや。勉強はできひんし、友達はおらん。本ばっか読んで何の役に立つねん。何百回とそう言われた。

——普段東京におるくせに、たまに帰ったら「本ばっか読んで」か。でもたとえば「蓮《はす》の葉の表面が水を弾くのは何故か」いう研究は、それだけ聞くと何の役に立つねんって思うかもしれんけど、実はその研究成果を応用して、水を弾く傘が開発されてん。目先の利益にばっかり囚われるのは、いかにも政治家らしい愚かな発想や。基礎研究の予算は削るくせに、日本人がノーベル賞獲ったらアホみたいに拍手すんねやろ、お前ら政治家は。

中一のときに初めてそう反論し、頬を殴られた。誰にお前っちゅうてんねん。そう怒鳴られながら。怒るポイントまで愚かしい。口の中が切れ、血が出た。

母親は父の機嫌を伺いながら「謝りなさい」と口早に言い、兄貴はリビングで飯を食いながら、憐《あわれ》みのこもった目で俺を見下ろしていた。

——お前ら、全員死ね！

怒鳴り散らして、家を飛び出した。気付いたら、河川敷で膝を抱えて蹲っていた。ラジコンで遊ぶ親子の笑い声が、夕焼け小焼けのメロディを破って耳に飛び込んできた。

あのときの血の味と沈みゆく夕陽の赤さは、死んでも忘れない。

7

七月十日。衆議院議員の藤原茂久《しげひさ》が議員辞職と次期兵庫県知事選への立候補を表明した。現職の中川孝雄《なかがわたかお》の任期満了に伴う選挙であり、中川は政界引退を明言している。

「任期満了が八月二十四日、投開票は八月中旬や。当選したら、俺は父親を殺す」

一息で言ってのけると、川原は胡坐をかいたまま、瞬く間に泣き顔になった。

「三人より前に、伝えたくて」

「嫌や」

川原が顔を引き攣らせた。自分の部屋なのに、アウェイにいるような表情だ。

「当選せんかったら、考え直す？」

「よっぽど人気のタレントでも立候補せん限りは、当選する。選挙でいちいち全員のマニフェストに目ェ通して、是々非々で選ぶ奴なんか殆どおらん。憲民《けんみん》党推薦、元衆議院議員、元閣僚、総理と旧知の仲。これだけで決まりや」

俺は肩を竦め、薄笑いを浮かべた。

「俺が死んだあとも、匿名希望は続けてくれ。もちろん、いずれは川原なりの死を遂げてくれてもええけど」

「嫌や。覚悟はしてたつもりやけど、無理や。ああ、じゃあ、僕も一緒に死ぬ」

俺は首を横に振った。一人で死ななければ、意味がない。一人で堂々と県庁を訪ね、藤原茂久新知事の次男だと受付で告げる。公務中だぞと父親は眉を顰めるだろうが、大事な用だと強く言えば追い返しはしまい。下手に追い返して、出来の悪い息子が妙な真似をすることの方がよほど心配だろう。そして、まんまと知事室に入った途端、ナイフを取り出して父親の脚に刃先を突き立てるのだ。痛みと恐怖と混乱に見舞われた父親を尻目に部屋に籠城し、知事室からネットで生配信を開始する。一世一代の演説だ。

いかにこの男が父親として俺を虐げ、蔑《さげす》んできたか。いかに政治家として無能か。日本社会の空気を濁らせてきた責任は紛れもなく政権与党にあり、そこで長年偉そうにふんぞり返ってきた罪がいかに重いか。さらに言えば、こんな男を新たな知事に迎え入れた県民がいかに愚かしく、こんな男達に長年日本の未来を託してきた無知蒙昧《むちもうまい》な国民がいかに罪深いか。この国の権力は腐っている。その腐敗をみすみす見逃してきた国民も、腐っている。

——俺がここで何言うても、お前らはどうせシニカルぶった態度を崩さんやろう。偉そうに冷笑するやろう。最低や。いつまでそんなくだらんマウンティングを続けるつもりや。あらゆる人間を上から小馬鹿にしてるつもりやろうけど、冷笑しかできんお前らは、為政者の奴隷や。考えろ。弱者の痛みを想像せえ。この国の虐げられてきた人々の痛みを思え。虐げてきた屑共に怒れ。本気で何かに怒りを抱けへん奴は、死んでるのと一緒や。

そう演説をぶったあと、カメラの前で知事の首を掻っ切り、自らの首も掻っ捌く。すると画面が暗くなり、右下に文字が現れる——提供　匿名希望。恍惚たる夢想だ。

ＳＮＳの普及に伴い、蓄えに蓄えてから爆発させるべき怒りや鬱屈を、人々はスライスして小出しにするようになった。屁のように怒りを発散するだけで、糞を放り出すことはしなくなった。忘れることと目を背けることが得意な国民性の日本において、ＳＮＳは為政者に浅い傷を付けるツールとしては一定の成果を上げているが、その反面、確実にデモを廃れさせ、革命の可能性を殺した。

俺は日本に革命をもたらしたい。正義を失ったこの国に、再び正義を根付かせるのだ。俺の死だけで、国民全員の意識が劇的に変わると期待するほど、楽天家ではない。だが、俺の死に共鳴する者は必ず現れる。後に続く者は、きっと現れる。死を以て、革命という名の死体に、再び命を吹き込むつもりだ。

だから、川原に一緒に死なれては困る。自死者が二人では崇高な死の煌めきが分散し、インパクトが薄れてしまう。

「折角、匿名希望が段々支持されてきたとこやんか。僕らの話題で持ちきりや。やのにもったいないって、死ぬなんて」

「分かってくれ」

「嫌や。じゃあ、せめて僕も一緒に」

川原が両手で顔を覆った。駄々っ子と喋っているみたいだ。川原の両腕を摑む。潤んだ瞳が俺を見た。

「僕も死ぬ」

挑むような声だった。腰を浮かせ、川原の唇に自分の唇を重ねた。やわらかな感触が伝わる。唇を離すと、呆気にとられた表情をしていた。大きな目が一層見開かれていく。

「分かってくれるやんな」

猫撫で声を出した。川原が唇を震わせ、大声で泣き始める。両腕を広げると、胸に顔を埋めてきた。頭をそっと右手で撫で、左手で力強く肩を抱き締めてやる。

いくら中性的で美しい顔立ちと言っても、男に性的昂奮は抱かない。ただ、ハグやキス程度なら、嫌悪感もない。背に腹はかえられなかった。

8

川原から着信があった。寝惚け眼《まなこ》で、スマホを手に取る。朝の八時過ぎだ。

「どないした、こんな時間に」

――尾行されてる。

強い口調だった。息遣いが荒い。

「どういう意味や」

応じながら、すぐさま眠気が吹き飛ぶのを感じた。

――起きたら無性に餃子食いたなったから、コンビニ行ってん。そしたら、誰かに尾けられてた。

そういえば、アパートの前の道にも車が停まってた。

今にも泣き出しそうな声だ。

「よう尾行に気ィ付いたな」

――注意するように、藤原に言われてたから。

「偉い。それで、今は？」

――コンビニで買い物して、公園におる。ブランコに座って、珈琲飲んでる。毎日チェックしてるから、部屋に盗聴器もカメラも仕掛けられてへんはずやけど、一応。

念のため、俺もパジャマ姿のままマンションの部屋を出た。エレベーターに乗り込む。

「今は、見られてる気ィするか」

――分からへん。でも、何かそんな気がする。いや、勘違いかも。どうしよ。

「変質者っちゅう可能性もある。ただ、警察やと思うといた方がええ」

――僕、尻尾摑まれるようなヘマしたかな。

少し考えてから、口を開いた。

「あり得るとしたら、戎橋で野次馬が撮った動画やろな。川原がラジコンを動かしてるの、ばっちり映ってもうてたやろ」

――でも、マスクもキャップもしてたで。

「川原のことを知ってる奴が観たら、全体の雰囲気とか動き方で、川原に似てるって思うかもしれん。川原のセクシュアリティを知ってる奴なら、反同性愛団体へのテロっちゅうのにも、ピンとくるもんがあるやろし。高校の同級生とか」

エレベーターを降り、マンションの外に出た。周囲に、怪しい影は見当たらない。ゆっくりとした歩幅で、早朝の街を散策し始める。

――その程度の情報提供なんか、腐るほどあるやろうに。監視までされるやなんて。

「警察も本気ってことや。ただ、川原を捕まえるほどの、というか任意同行を求めるほどの証拠すら、まだないはずや。だから、監視して、尻尾出すのを待ってんねやろ」

口にしてから、背筋が粟立った。川原の監視は、果たしていつから始まっていたのか。

「もし数日前から監視されてたとしたら、かなり致命的やな。一昨日、そっちに行った俺の写真も撮られてるかもしれん」

――一昨日、あの話のあと一緒にラーメン屋行ったやろ。そのときは、尾行はなかった。昨日ずっと家に籠もっててんけど、その間にアパートの前に車停めて、監視を始めたんやと思う。絶対や。断言できる。ちゃんと毎日、気ィ付けてるもん。

確かに、しばらく歩いているが、尾行の気配はない。俺に監視は付いていないらしい。毎日警戒を怠っていないという川原の言葉は、信用できるはずだ。

「分かった。とにかく、一遍家に戻って支度し。念のため、パソコンは破壊するように。そのままアパート出て、監視を振り切ったあとは、ウチに住んだらええ」

労わるような声で言った。電話口で、鋭く息を吸い込む音がした。

――予定通り、駅で降りた。けどあかん、まだ尾けられてる気がする。

開口一番、川原が言った。思わず、ため息が洩れる。ずっとスマホをいじるなどして無警戒さをアピールし、電車が発車する寸前に飛び乗る。尾行を振り切るための定番の方法を教えたが、上手くいかなかったらしい。

無事に撒けていれば、ここで拾う手筈だった。駅の西口のすぐ近くにある公園だ。

「その手法を警戒されてたり、尾行が複数人おったりしたら、効かんかもしれんな」

浅野が運転席で言った。近頃、活動だけでなくBLOODY SNOWでの定期ミーティングもサボりがちだが、流石に今日は緊急招集に応じた。

「どないすんねん」

助手席で、南が苛立った声を発した。佐藤はアジトで留守番中だ。

――今は一応、ショッピングモールで何食わぬ顔して、買い物のフリしてる。さっき電車に飛び乗ったあとも、一応車内で演技はしといた。乗るべき電車やってギリギリで気付いたから飛び乗った、みたいな顔しといた。

「それでも、向こうは警戒を強めたはずや」

「全力で走って逃げたらどうや」

浅野と南が口々に言った。

「もしそれで逃げ切れんかってみい。すぐに匿名希望やっちゅう証拠は挙がらんでも、今以上にべったり監視が付くやろ。そうなったら、俺達に会うのも活動に参加するのも不可能や。完璧に尾行を撒いて姿を晦《くら》ますか、疑いが晴れるまで当面の間、俺達とは接触せえへんか」

――当面の間って？　このまま、もう二度と会われへんのは、嫌やで。藤原。監視が外れるまで、何ヶ月も何年も待ってくれる？

掠れた声だった。父親を殺して死ぬ計画を、待ってくれるのかと訊いているのだ。

「もう二度とって、何の話や」

南が眉根を寄せて言った。まだ、川原以外には打ち明けていない。

「川原を尾けてる刑事を俺達がさらに尾けるのはどうやろ。二重尾行や。ほいで、刑事達をボコボコにして、引き剝がすと」

浅野が言った。俺や川原の事情を察したような表情をしている。

――あかん、みんなも捕まる危険がある。僕のせいで、迷惑は掛けられへん。

「でも、他に方法がないやろ」

浅野が呟いたが、きっぱりとした声が電話口から流れてきた。

――ある。当初の予定通り、公園で拾ってくれたらええ。

「もう、待機してる。でも、どうすんねん？」

俺の言葉に返事はなかった。しばらくして、電話口が騒がしくなった。駅のホームらしい。

「なんでまたホームにおんねん？」

――この前観た映画で、主人公が追手から逃れるために、ホームで線路を横断してた。電車が通過する直前に。

うなじの毛が逆立った。

「やめえ、自殺行為や」

反射的に、そう言っていた。

――僕らは元々、それ始まりやんか。このまま藤原に会えずに終わるよりは、多少リスキーでも逃げ切る方を選ぶ。胸にタトゥーを入れたとき、何があっても最後まで見届けるって決意してん。

「考えれば、何か手段があるはずや」

――もうすぐ、特急が通過する。ギリギリのタイミングで線路に飛び降りて、向こうのホームに行くわ。ほいで、ダッシュで改札を出るから、公園で拾って。

俺が死ぬのを止めると言えば、川原もこんな危険な真似は止めるだろうか。もしかして、俺を試しているのか。

「川原、やめてくれ」

――もし失敗したら、僕のこと、忘れんといてな。

「おいおいおい！」

叫んだ。電話が切れ、車内に沈黙が降りる。誰も一言も発さなかった。背筋をぬるい汗が伝う。膝が震え、吐き気が込み上げてきた。視界が滲む。

「ホンマに、無茶しよる奴や」

ようやく、南が半笑いの声で言った。

「何笑うてんねん、笑い事ちゃうやろ」

荒い口調で言った。南が笑みを崩すことなく、窓の外を指差した。つられて、視線をやる。胸底から、安堵が衝き上がってきた。後部座席のドアを開く。

「怖かったあ」

川原が大声を張り上げ、飛び乗ってきた。

「こっちの台詞や」

語尾が震えた。一昨日のように計算ではなく、本気で抱き締めてやりたくなった。

「怖いと思ってくれたんや。嬉しい」

笑みを浮かべ、見上げてきた。熱に浮かされたように、瞳が爛々と輝いている。見つめ合っているうち、捜査の手が伸びてきたことに対する不安が掻き消えた。代わりに、挑戦的な気持ちが湧いてきた。捕まえられるものなら、捕まえてみろ。俺達は匿名希望や。

9

八月一日。ラインを開くと、浅野から短く「了解」と返事が来ていた。川原以外の三人にも全て説明したあと、兵庫県在住の浅野に、藤原茂久へ投票するよう頼んでおいたのだ。

浅野に返事を送ったあと、フリーのメールアドレスを開いた。興信所から、依頼の報告書が送られてきていた。お馴染みの違法業者だ。

ざっと報告書に目を通した。半ば予想通りの内容だったが、やはり落胆は抑えられない。気を紛らわせようと、ツイッターを開いた。兵庫県知事選について、検索を掛ける。

知事選の告示は、七日前に行われた。候補者は他に三名、いずれも無所属で、時折テレビなどにも出演しているコラムニストの椎橋誠《しいばしまこと》、共産党の推薦を受けた土肥由美子《といゆみこ》、元国家公務員の佐々木悟郎《ささきごろう》という面々だ。

藤原茂久県知事誕生は堅いと、掲示板やSNSの書き込みを見て感じた。

――無所属の三人、実績ないやろ。

ため息が洩れる。じゃあお前は、奴の政治家としての実績を一つでも挙げられるか？　あいつが何をしてくれた？　政治家としても父親としても、何もしてへん。憲民党の看板を盾に、威張っているだけだ。

俺の死の成就のためには、あの男に当選してもらわなければ困る。だが、世間の愚鈍さを再認識し、気が滅入ってきた。

俺の死に感銘を受けて革命を担おうと決意するような骨のある奴など、この国には一人もいないのではないか。考えないようにしていた不安が、頭をもたげる。革命という幕を切って落とした最初の一太刀として、俺の死が礼賛される日は、来るのだろうか。命と引き換えに革命の可能性を再起させたとしても、こんな馬鹿だらけの国では、すぐにまた死んでしまう気がする。腐った土壌にいくら種を蒔《ま》こうとも、花が咲くことはない。

いや、一人はいる。もし川原に「俺の死後、国会議事堂に乗り込んで自爆してくれ」とでも頼めば、喜んで実行するだろう。南や佐藤はどうだろうか。林田の死への憧れ。匿名希望に寄せられる称賛の声への喜び。この二つを絡めて焚き付ければ、動いてくれそうだ。

そこまで考えてから、思った。何も、そんなまどろっこしい真似をしなくてもいいではないか。知事室での演説の輝きに目を奪われ、視野狭窄になっていた。

「腐った土壌を取り除く」

あえて、声に出してみた。体に震えが走り、視界が拓ける感覚に襲われた。これまで味わったことないような解放感だった。

10

八月五日。午後五時。川原と並んでソファに腰を下ろし、BLOODY SNOWにアクセスした。三人が参加すると、すぐに本題を切り出した。

「大事な話や。計画を変更する」

「変更？」

川原が顔を向けてきた。一縷《いちる》の望みが目に浮かんでいる。軽く頷き、パソコンの画面へと視線を戻す。

「今週の金曜日、尼崎《あまがさき》で父親が街頭演説しよる。父親は三宅《みやけ》に、応援演説を頼んだらしい」

「三宅って、総理の？」

佐藤の問いに、俺は頷いた。

「よう兵庫に来る気になるな。俺達に狙われるかもしれんのに」

南が嘲笑うように言った。先日、露悪的な発言が一部で人気を博しているIT社長が、大阪で開催されるイベントを欠席して話題になった。万に一つ、匿名希望に狙われるかもしれないという理由だった。

「ウチの親父と三宅は、政治家として同期や。同じ政権で、一緒に大臣をやってたこともある。どうしてもって頼まれたら、断られへんねやろ」

あるいは三宅は、自分が匿名希望に狙われるような屑だと思っていないのかもしれない。

「俺らの活動が軌道に乗ったときに、一番罰を与えたい父親が知事選に立候補。しかもその応援演説に、日本で一番罰を与えるべき男が来るとなったら、これはもう、総理もろとも殺せっちゅう神からの啓示みたいなもんや」

場が一気に静まり返った。川原も隣で息を呑んでいる。

増税、水道法改正、種子法廃止、北方領土の実質的な献上、診療報酬と介護報酬の削減、公文書改竄《かいざん》。罰を受けるべき三宅の罪状を挙げていけば、キリがない。日本の格差を助長させ、民主主義を破壊し、ナショナリズムとグローバリズムを強化させた罪は、万死に値する。

「総理暗殺は、流石に、難易度高過ぎひん」

佐藤が唇を舐めて言う。

「勝算はある。ラジコンヘリや。街宣カーに乗って偉そうに演説してる父親と三宅の頭上に、爆弾を取り付けたヘリを飛ばす。車の上におるから、すぐには逃げ出されへん」

俺の愛用するヘリは、時速九十キロ以上で飛行する。中二のときに初めて触れて以来、ラジコン歴は七年近くに及ぶ。操作テクには自信ありだ。連中はヘリに気付いた次の瞬間には、死んでいる。

「爆弾はどうやって用意すんねん」

南に問われた。

「爆弾の作り方は思ってるよりもよっぽど簡単やし、ちょっとネットに潜れば、いくらでも転がってる。中でもこれは、ダーク・ウェブ内で金払《はろ》うて手に入れたもんやから、凄いで。簡易で高性能、遠隔操作型爆弾や」

スマホを操作し、画面に図案を表示させる。手が小刻みに震えた。再び、画面を切り替えて俺と川原の顔を映す。

「ここで、みんなに一つ提案がある。一緒に、革命を起こさへんか」

「革命？　なんや、それ」

南が笑い飛ばした。だが俺の視線の強さに気付き、笑みを打ち消した。

「ええか？　父親と三宅を俺が殺す。そしたら、三宅の後釜を狙って総理総裁選が憲民党本部で行われる。党の魑魅魍魎《ちみもうりよう》共が、雁首揃える訳や。そこに乗り込んで、連中を軒並みぶっ殺すねん。

右でも左でもない、下からの革命や。弱者の痛みを教えたる。もちろん、参加の強制はできひん。でも俺は、是非みんなと一緒にやり遂げたい」

「ええの？　一緒に死んでも」

泣きそうな声で川原が言った。目許を綻ばせ、頷いた。

「やっぱり、ずっと考えてるうちに思った。知事を殺して演説を残す程度では、この国は変わらん。この国はもはや、言論でどうこうなる段階をとうに過ぎてる。幸せな奴隷のままでええっちゅう愚民ばっかりや。野党が頼りないって言いながら、与党が自分らに不都合な資料を片っ端から堂々と削除していくことに何の怒りも恐怖も抱かんような奴らには、いくら口で言うても無駄や。三宅内閣皆殺しにして、強制的にリセットしたるしかない」

県知事の殺害程度では、死の輝きが分散すると危惧して川原の思いを撥ね除けたが、状況が変わった。県知事候補殺害、総理大臣殺害、憲民党本部での議員虐殺。それだけのことをすれば、仮に五人で死のうとも、藤原拓斗の死は霞むことなく、この世界に残るだろう。

「林田の死、超えてまうんちゃうか」

南が嬉々として言った。

「ベクトルがちゃうから、超えるとか超えへんとかじゃないよ。でも間違いなく、同じように歴史に残るね」

佐藤が語尾を震わせて言ったあと、謙遜《けんそん》するような声で続けた。

「けど、やっぱり荒唐無稽ちゃうかな」

「大丈夫や。俺らがこれまで、どんだけ荒唐無稽なことを成功させてきた？　最後は、犯行声明を映像で残して、全員で爆死でもしよう。俺達の死は永遠に残る。匿名希望じゃなく、俺達一人一人の顔と名前が、永遠に刻まれんねん」

「参加する。僕は、藤原に付いていく」

川原が力強く言い放った。カメラに映らないように、膝に手を置いてやる。

「ありがとう。川原なら、そう言うてくれると信じてた」

「私も参加する。けど、武器は爆弾だけ？」

「ダーク・ウェブで、銃を入手する。実はもう売り手を何人も見つけてるから、この話し合いが終わり次第、注文しようと思う」

「革命か。革命。革命な……」

南がぶつぶつと繰り返し、煙草を銜えた。マッチを擦って火を点けようとしたが、二本連続で失敗した。三本目で、やっと火が点く。深々と煙を吸い込み、口を開いた。

「やろう。かっちょええやんけ」

三人の答えを聞き、頬がだらしなく緩んだ。だが浅野の顔を見て、思わず唇を噛んだ。道徳の授業を聞き流しているときのような無表情。大勢の愚民共を代表した顔だ。

「浅野はどうする？」

「俺は、ええわ」

小さいが、断固たる声だった。場の空気から、和やかさが消える。

「なんでやねん？　全員がやりたいことを協力してやる約束ちゃうんかい」

南が咎めるような口調で言った。

「参加の強制はできひん。藤原はそう言うたはずや」

冷ややかな声だった。話し合う気はないと、暗に告げていた。

「そっか。残念や」

俺は呟き、ゆっくりと息を吸った。

「頑張って。応援してるわ。心配せんでも、みんなのことは秘密にするから」

浅野が肩を竦めて笑った。久しぶりに、浅野の笑みを見た気がした。

「今まで、ありがとう。楽しかったで」

川原が言い、南と佐藤も口々に別れの言葉を述べた。何処かおざなりな印象は拭えない。

「じゃあ」

浅野が短く言った。次の瞬間にはもう、ログアウトしていた。あっさりしてる、と川原が切なげに笑った。南と佐藤の顔には、敵愾心《てきがいしん》と言っていいような感情が浮かんでいた。

11

翌、午前十時過ぎ。冷房の効いた車内から、窓の外をじっと見つめている。モダンな外観の一軒家。平凡で幸福な家庭を体現しているかのような、落ち着いた味わいの家だ。

「いつまで待たなあかんねん」

南が助手席で舌打ちした瞬間、それが合図だったかのように、一軒家から浅野が出てきた。遅々とした足取りで、駅の方へと向かう。南を残して車外に降り立ち、早足で追い掛けた。

「おい、何処行くねん」

声を掛けると、浅野が素早く振り返った。目を瞠り、喉仏を上下させる。

「藤原」

呟いたきり、押し黙った。

「ちょっと、ドライブせえへんか」

停車中のトヨタ・プリウスを親指で指し示した。

「すまんけど、映画観に行くねん。大体、俺は昨日、脱退したやろ」

「ええから乗れや」

ぞんざいな口調で言った。川原が曲がり角から顔を出し、浅野の背後を塞ぐ。

「どういうつもりや」

浅野が表情を引き締めた。

「ドライブしよ、言うてんねん」

「断る」

「じゃあ、家に火ィ点けたるわ。昨日からずっと張り込んでたから、可愛い弟くんが家におるんは分かってる」

微笑を浮かべ、浅野の家の方を振り返った。プリウスから降りた南が、家の前で手を振っている。浅野の顔に、微かだが焦燥のようなものが浮かんだ。

「佐藤は？」

「アジトで爆弾と遠隔装置を作製中や。安心せえ、あとで会わせたる。そんなことより、どうすんねん？　早よ決めな、南が先走って火ィ点けてまうぞ」

「何の罪もない人間を殺すんか」

「南はお前の家庭環境を知って、裏切られたと思ってるからな。あいつの感情的な部分は、浅野もよう知ってるやろ」

「勘弁してくれ」

浅野の口から、力ない吐息が洩れた。


「この場所、こんな薄暗かったっけ」

浅野が苦笑混じりに言った。ガムテープで後ろ手に縛り、膝から下もぐるぐる巻きにした上で、冷たい床に座らせている。声や表情に、怯えは感じられない。肝が据わっている。いや、壊死《えし》して機能していないのか。

「これは、念のための措置や」

俺の言葉に、浅野が眉を顰めた。

「浅野が私達の革命を通報したら困るから。安心して、危害は加えへん」

佐藤が淡々と言った。

「なるほど。よう家の場所が分かったな」

「前もって俺が興信所に調べさせてた」

「なんで？」

「いずれ、浅野をグループから排除する必要が生じるかもしれんと危惧したから。それに、頑なに喋ろうとせえへん自殺の動機を、知りたいとも思うたし」

「しかしまさか、そんなもんないとはな。びっくりしたわ。両親とも弟とも仲ええ。大学にも普通に通うて、男女問わず友達がおる。ちょこちょこ飲みに行ったりもしてるやんけ。ええ、おい？　華のキャンパスライフや」

南が吐き捨て、煙草に火を点けた。

「そんな調査では、俺の内面までは覗けへん」

浅野が小さく息を吐いた。

「ほう？　じゃあ、なんやねん。なんでお前はあの夜、自殺しに来た？」

押し黙った浅野に、南が畳み掛ける。

「俺はお前を仲間やと思うてた。濵津組の連中にボコボコにされても、仲間のお前がおったから、口を割らんと渡り合えた。お前も俺と一緒で、誰かに傷を負わされて、心の闇を抱えて生きてきたんやと信じてた。でも、実際は？　クソほど恵まれてるやないか！」

怒号を放ち、煙草を投げ捨てた。蒸し暑い空気に静寂が満ちる。

「心の闇ってワードチョイスは、そろそろ賞味期限切れやで」

うなじを摑まれたような気色悪さを感じる声だった。

「舐めとんか、コラ！」

南が浅野の顔面に前蹴りを放った。倒れ込んだ浅野に圧し掛かり、さらに頬を殴り付ける。

「やめえ、南！」

川原と佐藤が両脇から、南を押さえ込んだ。慌てて、俺も止めに入る。肩で大きく息をしながら、南は手を止めた。

浅野が上半身を起き上がらせ、床に唾を吐いた。血が混じっていた。

「空虚感や」

呟き、俺達を順に睨み付けてきた。

「自殺の動機は、空虚感や。確かに、お前らみたいな辛い過去はない。毎日、恵まれた楽しい暮らしを送ってきた。でも、それが心を蝕《むしば》んでいった。あまりにも平凡で退屈で、人生なんかどうでもええと思うようになった」

「なんや、それ。そんなもんで、俺らの仲間や、みたいなツラしとったんかい」

南が激しく舌打ちした。川原と佐藤も、顔に失望の色を浮かべている。所詮こいつにとっては、全部遊びだったのだ。道理で、林田の死の煌めきを感じ取れないはずだ。あの輝きは、俺達のように心に傷を負った者にしか感じ取ることができない。あの光を受容するための受け皿とでも言うべき心の傷を、こいつは端から持ち合わせていない。

「不幸自慢も、大概にせえよ」

浅野が嘲弄するように言った。不幸自慢やと？　即座に、俺達は色めき立った。

「兄貴がクスリで死んで、家庭が崩壊した。セクシュアリティが原因でいじめられた。男に弄ばれて親友に裏切られた。幼少期から出来のええ兄貴と較べられて、愛情を受けずに育った。その痛みが、俺を苛んだ空虚感より大きいと、なんで断言できる？」

思わず、鼻で笑ってしまった。アホやろ、こいつ。お前の空虚感など、痛みとは呼ばない。誰かに見放された悲しみ、嘲笑われた怒り、愛されない恐怖。その苦しさこそが、痛みだ。

「浅野は、痛みを知らん人間なんやね」

佐藤が苦々しい声で言った。俺と同じ気持ちらしい。南も川原も、同じ気持ちだろう。

「痛みを知らん奴に痛みを教えるんや、言うて意気揚々と活動してたくせに、自分達が理解できひん痛みは認めへんのか。えらい了見が狭いな。お前らの痛みも、目の前で家族を惨殺された紛争地帯の少年の痛みに較べたら、大したことない。そう言われたら嫌やろ。恵まれてる奴にも恵まれてへん奴にも、それぞれ違った痛みがある。単純比較はできひん」

「詭弁《きべん》や。何と言おうと、お前は異物や」

「藤原。お前は、人のこと言えるんか」

浅野が目を細めた。

「どういう意味や」

「林田の死を見て気持ちが変わったか知らんけど、元々は自殺願望なんかなかったやろ」

全員の視線が突き刺さる。膝が震え始めた。

「何を訳の分からんこと言うてんねん」

「集団自殺に誘われたから行ったのに、誘った張本人が用意した薬が全然効かんくて、結局中止になった。マジで時間の無駄やった——そういう書き込みを、この前ネットで二つも見つけた。しかも、それぞれの集団自殺が開催されたんは、別の日らしい」

動揺を表情に出すまいとしたが、顔が強張るのは抑えられなかった。

「何を言うてんのか、分からん」

「二時間サスペンスの犯人の口調やな」

浅野が口の端を吊り上げて笑う。

「この前、有田を制裁に掛けた帰りの車中で、集団自殺を図った夜の話になったん覚えてるか。あの夜、林田のしょうもない軽口で俺らがごっつ笑てたとき、遠くの方で微かに暴走族の走る音がしてたって、お前は言うた。藤原以外誰も、もちろん俺も、そのことは覚えてへんかった。だから俺は、藤原のことを疑い出した。あの集団自殺未遂は、仕組まれてたんちゃうかって。そこで、集団自殺にまつわる書き込みをネットで探しまくったんや」

「どういうこと？　意味が分からへん」

川原が語気強く言った。だが、俺には意味が分かってしまった。自分の失言を呪った。

「ええか？　集団自殺を図った夜やぞ。全員が不安定な精神状態やったはずや。林田の言葉で緊張が解《ほぐ》れて、集団ヒステリーみたいになって笑ったんやろ。暴走族の微かな走行音なんか、耳に入る訳ない。本気で笑ってたならな。藤原にだけ聞こえてたのは、本気で笑うてへんかったからや。あの夜、お前はヒステリックに笑うような、不安定な精神状態やなかった。薬を飲んでも死なんと分かってた。飲み会の最中にげらげら笑ってる奴が腕時計チラ見してたら、ホンマは帰りたいねんな、愛想笑いやなって分かってまうやろ。それと一緒や」

場の空気が張り詰めるのを感じた。佐藤が口を開く。

「そんなん、根拠が乏し過ぎるわ」

「確かにな。でも、実際にその疑いを基に調べて書き込みを見つけたんやから、疑いは合《お》うてたいうこっちゃ。藤原。お前は、自殺願望なんか抱いてへんかった。最初からグループを結成することが目的で、失うものがない仲間を募りたかった。だから、集団自殺を呼び掛けてた。せやろ？　俺らの自殺未遂は、何回目の挑戦や」

鋭く見据えられた。他の三人の顔を見る勇気はなかった。

「六人とも大阪か兵庫の近場に住んでるという偶然。藤原が闇サイトで買うた毒薬が偽物やったという偶然。ベタなこと言うたろ。偶然が二つ重なったら、必然や」

口を開こうとしたが、言葉が出ない。

腐った権力者に制裁を下す、私刑団の結成。高圧的な父親に抑圧される中で、いつしか芽生えた夢だった。自殺願望はなかった。死にたいと感じたこともあるが、それよりも遥かに、屑への怒りの方が強い。いずれ父親は殺すつもりだったが、その後も制裁活動は続行しようと思っていた。命が尽きる瞬間まで、ずっと。

手っ取り早く結束してリスク度外視の活動を始められるように、集団自殺未遂を敢行した。活動のスムーズさを考慮して、近場の人間だけをピックアップした。二度、失敗した。参加者達に怒られ、泣かれ、胸倉を掴まれすらした。三度目の正直、という言葉を信じ、川原達に集団自殺を呼び掛けた。結果は、予想を上回った。俺が水を向けるまでもなく、自発的にグループ結成の気運が胎動したのだ。

だが、この事実を認める訳にはいかない。運命的に結成された絆が嘘だと分かれば、グループは瓦解する。

「どうした、黙りこくって。そういやその書き込みでは、集団自殺を呼び掛けたんは、チェックシャツで髪がさらさらで大人びた眼鏡やったと書いてたな。お前そっくりや」

「眼鏡？　あり得へん。だってあのとき――」

言葉が口を衝いた。慌てて黙ったが、遅かった。浅野が強い口調で言い募る。

「だってあのとき、やと？」

「いや、それは……」

「そういえば、書き込みには眼鏡っちゅう特徴は書いてへんかったな。でも、お前の今の返事はおかしいやろ。『そんなん知らん』やなしに『眼鏡？　あり得へん』。つまり、眼鏡って書き込まれることはあり得へん、いう意味や。どうせ、申し訳程度の変装のつもりで、眼鏡外してたんやろ。『だってあのときは、コンタクトやった』と、そう言いたいんやろ」

初歩的な鎌かけに引っ掛かった。一時期俺は、コンタクトを着けていたのだ。変装じゃなく、単なるお洒落だった。体質に合わず、二度目の集団自殺未遂のあと、眼鏡に戻した。

「空虚感っちゅう、お前らには理解不能の動機で自殺願望を抱いた俺と、自分の計画のためにお前らの自殺願望を利用した藤原。異物はどっちやろな」

「たとえ藤原が仲間を募るために企てたんやとしても、この六人が集まったんは運命や」

川原が強い口調で即答した。瞳の色が、僕は味方だと告げていた。鼻の奥が熱くなる。

「いや、五人か。異物は浅野の方や」

「藤原、正直に教えて。あの自殺未遂はわざとやったん？」

佐藤に尋ねられた。浅野の言葉は全部デタラメや。そう言いかけて、やめた。それでは、政治家の言い訳と一緒だ。記憶にございません。誤解を招く表現でした。革命を成し遂げんとする者が、そんな言い逃れを口にしてはならない。

「権力を握って調子こいてる連中に、お前なんか大したことないと教えたかった。そいつが虐げてきた弱者の痛みを、思い知らせたかった。そんな活動を、俺と同じように心に深い傷を負った人間と一緒にやりたかった。それで、自殺志願者に目を付けた。あの夜に語った家族への恨みは、全部ホンマや。けど、自殺願望はなかった。俺は自分の計画のために、みんなを利用した。ごめん」

深々と頭を下げた。

「正直に言うてくれて、ありがとう。私も、川原と一緒。私らの出会いは、やっぱり運命やと思う。あの夜のお陰で、私は林田と出会えたし、華々しい死を迎えたいと思えた。そのきっかけを作ってくれた藤原を、責めようとなんて思わへん」

「せやな。その通りや。俺達五人の出会いは運命や。藤原は誰かさんと違うて、心に傷を負ってるのはホンマやし」

南が毒々しい口調で言った。顔を上げ、三人と見つめ合った。温かな光がそこにはあった。胸のつかえが下り、安堵感に包まれる。

「四人や。お前らの運命の出会いとやらに、林田をカウントすな」

浅野が鼻を鳴らして笑った。

「どういう意味？　確かに、悪党として死んでいった林田は、今の私達には賛同せえへんかもしれへん。でも彼の死が、私達の正義に火を点けたん。林田は間違いなく、私達の仲間」

「正義、ね」

浅野が吐き捨てるように言った。

「口にした途端に薄っぺらくなる言葉ナンバーワンや。ちなみに二位は愛、三位は狂気」

「調子乗んなよ、おい」

南が声を荒らげたが、浅野は口の端をひくつかせて笑うだけで、何も言葉を発しない。

「完全な正義とは言わん。俺達は正義のためなら、悪にだってなる。暗黒の正義や」

「バットマンを気取りたいなら、マントでもはためかせたらどうや。南」

浅野が嘲るように言った。南が無言で一歩踏み出し、浅野の鼻梁を殴り付けた。何度も腹を蹴り付ける。今度は、誰も止めなかった。

「私は林田に、遺書を貰った。佐藤にしかできない死を遂げろ、出会えてよかった。そう書いてあった。革命を遂げたあとの死が、私だけの死や。浅野、グループの異物はあんたやの」

「その遺書、ホンマに本物か。俺は林田の死を格好ええとは思てへんけど、それでも、そんな遺書を書くほどダサい奴やなかったはずやぞ」

浅野が息も絶え絶えに言った。

「本物に決まってるやんか。思いの籠もった綺麗な字で、書かれてたんやから」

「綺麗な字？　あいつ自分で、めっちゃ字ィ汚いって言うてたけどな」

懸命に無表情を装ったが、心臓が破裂しそうだ。

「綺麗に、丁寧に書いたんやろ。愛する人に贈る手紙や」

川原が柔和な声で言った。佐藤が大きく頷く。

「そう。その通り。林田にとって、一番はあんたじゃない。私やの」

「違う。あいつにとっての一番は、格好良く死んでいく妄想の中の自分自身や。お前のことをホンマに愛してたんなら、あいつはなんで死を選んだ？　華々しい死への憧れよりも下回るものを、愛って呼べるか」

「うるさい」

「自覚はしてるんか。パワハラとセクハラをしてたからって、おっさんにけたくそ悪いおにぎり食わせて嘲笑うてるお前の、その延長線上には、お前のことを『変態やから自業自得やろ』言うていじめてた連中がおるぞ」

佐藤が体を震わせ、浅野の左頬を平手で打った。ぴしゃりと鋭い音が鳴る。

「林田は俺の友達や。崇め奉って神格化すな」

佐藤がさらに激しくビンタを浴びせた。それから、拳で顎を殴り付けた。浅野が再び倒れ込み、低い声で呻く。顔から血を流していた。

「屑をいたぶるのは楽しい。そう自覚してるんなら、かまへん。俺も売人狩りのときは、暴力を心底楽しんでたからな。でもお前らは、匿名希望を名乗り始めた途端、正義のヒーローを気取り始めた。その自己欺瞞《ぎまん》が気に食わん。近頃左翼やリベラルを自称してる連中に、よう見られる傾向や」

「屑共がひれ伏す姿に、全く喜びを覚えなかったとは言わん。でも僕らの一番の行動原理は、権力に胡坐を掻いた連中を裁いて、虐げられてきた弱者の声を世に発信することや」

「言うとれ」

「ホンマやって。なんで分からへんのかな。僕も浅野のこと、仲間やと思うててんけどな」

悲しみに満ちた声で、川原が呟く。

「仲間やと思てたんなら、お前らのことは秘密にする、いう俺の言葉を信じいよ。疑心暗鬼に駆られて拉致した時点で、既に仲間やと思うてなかった、いうこっちゃ。俺がお前らの正義ごっこを冷めた目で見てたことに、気付いてたんやろ。ほんで、俺をグループの異物やと思うてた。異物。異物。異物。さっきから寄ってたかって何遍も言うてくれたけど、差別主義者みたいな言い回しやな、川原。ええ？」

川原の目から温かい光が消え、冷たく悲しげな色だけが広がっていった。

「痛みを知らんお前に、何が分かるん」

「分からんな。分かりたくもない」

咳払いし、肩を揺すって笑った。川原が駆け寄り、勢いそのままに顔面を蹴り付けた。笑い声は止まない。低く、乾いた笑い声だ。

「何がオモロいんじゃ！」

南が怒声を発し、何発も蹴りを放つ。無様に転がり、呻きながら、尚も笑う。耳障りで、強烈に不快だ。勝算や策略がある訳でも、殺されないと高を括っている訳でもない。虚勢でも現実逃避でもない。多分、死が訪れるその瞬間まで、俺達を軽蔑し切ってやろうと決意しているのだ。それに何の意味があるのか、理解できない。だが、理解できないことに文字通り命を懸けながら芋虫のように蠢《うごめ》く様は、本物の芋虫の何百倍も気味が悪い。

「自分の立場が分かってへんの。ええ加減、私らの堪忍袋の緒も切れるで」

「切れたら、結び直さんかい」

「いちびんな。お前を怒りに任せて殺したないねん。革命の崇高さが汚れる」

「口にした途端に薄っぺらくなる言葉ナンバーワンは、革命に変更やな。藤原」

「ほざいとけ」

「お前らが嫌ってる与党の支持者とお前らの支持層は、多分あんま変わらんぞ」

「支持層もクソもない。今や、世間の殆どが俺らを支持してる」

「アホ抜かせ。支持してへん奴もようけおるわ。自分に好意的な意見だけで、目と耳塞いでんねやろ。カリスマって呼ばれる奴の大半がそれや」

「藤原。こいつ、殺そう」

南が眉根を寄せて言った。答えあぐねている隙に、浅野が早口で捲し立てた。

「お前は革命を起こしたいんちゃう。パパが嫌いなだけや。これまでの活動も全部、標的をパパに見立てて憂さ晴らししてただけ。最初の標的に選んだ金持ちの馬鹿息子——レイプ事件を起こしたくせにちゃっかり弁護士になったあいつに至っては、パパに愛されんかった自分の辛さのまんま裏返しや。ホンマはお前、パパを殺せたらそれでええねん。でも、嫌いなパパを殺した落ちこぼれの息子っちゅうダサい姿から逃れたくて、ダークヒーローだの総理暗殺だの革命だのって大層なことぶち上げとんねん。陳腐なカモフラージュや。ほいで他の三人は、ただ承認欲求を満たしたいだけ。バイト中にコンビニのアイスケースの中に入った、目立ちたがり屋のアホと一緒や」

誰も何も言わず、立ち尽くしていた。脳味噌の回転が、憎悪に追い付かない。

浅野は笑い続けている。真っ赤に腫れた顔から血を垂れ流して倒れているくせに、驚くほど勝ち誇ったような笑い声だ。気付いたら、顔面を蹴り上げていた。笑い声が止んだ。

痙攣する浅野を見下ろした。これまで感じたことがないほど、重苦しい沈黙が流れる。浅野の挑発に本気で怒りを抱いてしまったことが、耐え難く不愉快だった。

「違う」

カモフラージュじゃない。俺は本気で、この腐り切った日本に革命を起こしたいのだ。

12

浅野は意識を取り戻した。もはや言葉は発さなかったが、侮蔑に満ちた眼差しで俺達を見てきた。殺すと息巻く南を宥め、三階にある埃塗れの部屋に浅野を連れていった。旅館だった頃に物置部屋として使われていたらしい、殺風景な部屋だ。磨りガラスの突き出し窓が設置されていたが、人の体が通るほどは開かない。第一、地面まで十メートル以上ある。窓を壊したとしても、飛び降りて助かる高さではあるまい。

「こんなとこで、餓死させられるんか」

部屋に着くと、浅野が言った。暴行を受けた影響か、呂律が些か怪しかった。

「安心せえ。水と飯はどっさり差し入れたる。俺らは、お前を殺さへん。『俺の言葉が図星やったから、こいつらは俺を殺すんや』みたいな勘違いをされたら困る。お前は、俺達にとって何でもない。殺す価値もない。虫けらや」

革命後の世界を見せてやる。俺達の死は林田の死を超え、浅野は自らの不明を恥じることになるだろう。もしそれでも何も感じない筋金入りの不感症ならば、そんな奴に分かってもらわなくても結構だ。俺達を称賛する声が相次ぐ中、少数の愚か者達と肩を組み、虚しい嘲笑を続ければいい。

手足を縛ったまま部屋の床に転がし、ドアを閉めた。鍵がないから、佐藤を見張りに残して、残る三人で廃墟に残された巨大な箪笥《たんす》を運んだ。それをドアの前に置き、塞ぐ。男三人で息を切らしながら、どうにか運べた重量だ。浅野一人ではいくら押そうが、びくともしまい。

全身が気怠い。一刻も早く眠りに就きたいが、それよりも早くこの場から立ち去りたい。

「寝てくれて、ええで」

エンジンを掛け、助手席の川原と後部座席の二人に声を掛けた。悪いからええよ、寝られへんわ、などと口々に言っていたが、三人とも、三十分と経たずに寝息を立て始めた。苦笑と共に、深い慈しみの気持ちが溢れてきた。

不意に、聞き馴染みのあるメロディが聞こえてきた。午後五時のチャイムだ。夕陽は沈む気配を見せず、殆ど白と呼べるような眩《まばゆ》い光を放ちながら、照り輝いている。アジトに戻るまでの間、夕焼け小焼けの温かな音はいつまでも尾を引いて、耳から離れなかった。

第六章　革命前夜

1

振り出しには、戻ってへんねん。

サッカーの試合を観るとしょっちゅう、実況席の連中にそう言うてやりたくなる。選手達が汗水流して戦った末の二対二を、試合開始時のゼロ対ゼロと一緒にすな。

「どしたん、南くん？」

ユキが首だけ振り返って言った。

「ああ、悪い。テレビ観てた。日本、追い付かれてもうた」

「もう、ひどい。集中してや」

「やかましい」

尻を叩き、再び腰を動かす。可愛い声を出して喘ぎながら、自分でも腰を動かし始める。何遍も尻を叩いたった。白い肌がほんのり赤くなる。やっぱりセックスは、バックに限る。

——試合も残り十五分に迫ったところで、振り出しに戻ってしまいましたね。

アナウンサーがまた言うた。舌打ちし、デカい尻を叩く。ユキが嬉しそうに叫び、俺の先端がぴくりと痺れた。


「会うのは今日で最後にしよ、ごめんね」

ピロートークの最中に、いきなり切り出された。言葉が出えへん。俺から告げるはずのことを、まさか向こうから言われるとは。無性に、腹立つ。

「理由は？」

「彼氏、できちゃった」

イタズラっぽく笑った。クソが。頬を叩いて引きずり回したいけど、プレイ中にやるならまだしも、今やれば間違いなく警察沙汰や。奥歯を噛み締めて、必死に我慢する。

「なら、しゃあないな」

煙草に火を点け、深々と煙を吸い込む。ニコチンが体中を駆け巡る快感。少し、気分が和らいだ。

「南くんは、彼女できそうにないん？」

舌足らずな声で言われた。そんなこと訊くなや。あそこの締まり具合とEカップだけが取り柄の、無神経でアホな女。煙草の火ィ、押し付けたろか。

「実は俺も、セフレ解消しよって言うつもりやってん。強がりちゃうで」

「ええ、なんで？　私、良くなかった？」

プライドを傷付けられた声や。黙っていると、涙を浮かべ始めた。ゾクゾクする。

「ちゃうよ。実は今、仲間と一緒に夢を追っ掛けてんねん。いや、夢ちゃうな。目的や」

微笑を浮かべて答えてやると、すぐに明るい表情に変わった。

「そうなん？　何すんの？」

「それはまだ言われへん。けど多分、成功したらユキも知ることになると思う」

「何なん？　気になるやんか」

「言われへん。けど、仕事も辞めてな。仲間と、革命的なことをすんねん」

「革命的？　凄い！　格好良い！」

何も分かってへんのに、ようそんな目ェ輝かせられるな。やっぱアホや。俺達は、お前みたいなアホ共を救うてやるために、革命を起こすねんぞ。一、二ヶ月後、お前はテレビで俺の顔写真を観て、自分がどんだけ凄い人間と通じ合ってたか知んねん。

子供の頃からヤンチャばっかしてたけど、受験勉強は結構頑張って、俺にしてはそこそこの高校に進学した。小学校の頃から仲良くしてた連中は揃って府内ワーストクラスのアホ校に進み、俺から離れていった。急に真面目になりよったと、陰口を叩かれた。

両親の反応は、期待してたよりも薄かった。凄いやんと言うた次の瞬間には、やっとあんたも真面目になってくれたやなんて、大輔《だいすけ》が良い影響を与えてくれたんやねと、府内一の進学校に通う二つ上の兄貴を褒め出した。俺がヤンチャし出したんは、そうやってずっと兄貴と較べられてきたせいじゃ。そう怒鳴る代わりに、下唇を嚙み締めた。

背ェが高くて、サッカーも上手くて、頭もルックスも性格もいい。嫉妬せえへん方が無理や。小二で俺が初めて試合に出場できたときも、兄貴が大会のＭＶＰに選ばれたせいで、晩飯のときの話題は兄貴にばっかり集中した。小三のときの俺の誕生日には、ケーキを食べながら、兄貴が幼かった頃のホームビデオを観させられた。前日に、偶然発見したから言うて。画面に映る一歳の頃の兄貴の映像を観て、両親が可愛いとはしゃいだ。途中で俺の曇った表情に気付いたのか、「ごめん、止めよか」と訊かれた。でも、ビデオを観続けたいっちゅう顔してた。だから、「大丈夫。俺もお兄《にい》のこんな映像観られて、楽しいから」と答えて、おこたの中で手の甲をつねって、涙を堪えた。

折角入った高校にも、全く馴染まれへんかった。同級生はどいつもこいつもキラキラしてて、兄貴みたいやった。学校っちゅう閉鎖空間しか知らん先公共は、「クラスで浮くような奴は、社会に出たときに困るぞ」と偉そうに説教を垂れてきた。

合格確実と思われてた兄貴が、大学受験に失敗した。兄貴は落ち込み、それ以上に両親が落胆した。ざまあみろと嬉しくなった。翌年も、失敗した。今まで俺と較べて兄貴をチヤホヤしていた近所や知り合い連中は、何処か嬉しそうな顔で、兄貴の浪人生活を噂してた。

そして俺が高三のとき、兄貴はシャブに手を出して死んだ。ずっとコンプレックスの対象やった。でも俺には優しかったから、その死はショックで、ホンマに悲しかった。ただ、これで両親が俺にだけ目を向けてくれる。そうも思った。

だけどある日の夜、喉が渇いて目が覚め、寝ているかもしれない両親を起こしては悪いと忍び足でリビングに向かうと、母親が「せめておらんようになるんが、逆やったら」と口にするのを耳にしてもうた。父親は無言のまま、母親の肩を抱いてた。

俺は一生、母親にも父親にも愛されへん。兄貴に一回も勝ったことはないし、兄貴の亡霊にも、一生勝たれへん。

出来の悪い子でごめんなさい。部屋で布団をかぶり、泣きながら何遍もそう口にした。両親を殺したくて堪らんくなった。実行してしまわんうちに、家を飛び出した。俺を愛してくれへんかった奴らを憎み、誰にも愛されへんかった自分自身を一番憎んだ。

どいつもこいつも、クソばっかりや。

でもこの最低な環境が、今の俺を作ったんや。ユキ。俺はあの匿名希望の一員やねんぞ。

左脇腹に彫った赤い雪のタトゥーが、急に熱く感じた。

「ああ、そろそろ時間やね」

ユキがベッドから這い出ると、下着を身に着け始めた。

「どんな奴やねん、その彼氏って」

「サークルの後輩。私が初めての彼女やねんて。可愛いと思わへん？」

「今更、チェリーで満足できるんか」

意地悪く笑うと、ユキの瞳にマゾの喜びが浮かんだ。でも、すぐに温かい光に変わった。

「手取り足取り、私が教えたげる。それに、テクニックの足りひん分は、愛で補うわ」

胸が抉られ、冷たい風が吹き抜けた。

藤原。川原。佐藤。三人を除いたら、俺にとって一番身近な人間は、三ヶ月前に出会い系アプリで知り合うたこのビッチや。セックス中にやかましく喘ぐ姿に、終わったあと照れたように微笑む姿に、愛おしさを覚えてた。でもお前にとっては、安上がりで性欲を満たすための割り切った関係でしかなかってんな。そこに、愛は一ミリも存在してへんかった。

今日俺の方から別れを切り出して、もし嫌がられたらどうしよか、実は好きになっちゃったと告白でもされたら、数日後から始まる革命にちゃんと参加できるやろか。そんなことすら考えてたのに、いらん心配やった訳や。

知らず識らずのうちに、フィルターを噛み締めていた。

愛のあるセックス。そんなもの味わったことはないし、味わう必要もない。味わいたいとも思わへん。性欲なんか、ただの排泄欲や。愛のあるセックスとないセックスの差なんか、快便か下痢便かの違いくらいのもんや。

「革命や」

小さな声で呟いた。口にするだけで、テンションが上がる。俺の死は、射精とは違う。一瞬の快感やない。永遠の輝きや。

煙草を消し、ベッドから出た。ユキのどうでもええ言葉に相槌を打ちつつ、テレビを観る。日本とカナダの親善試合は結局、二対二のまま後半戦を終えたらしい。間もなく延長戦に突入やと、実況が告げている。観たい。サッカー自体は未だに嫌いになられへん。

途中で退部したが、サッカー部は中学時代も高校時代も顧問やチームメイトが気に食わんと
突如、チェックアウト五分前に鳴るようセットしていたアラームが鳴り響いた。その音に急かされてすぐさま服を着ると、延長戦を観ることなく部屋を出た。

2

部屋に入ると、浅野が顔を上げた。六畳ほどの薄暗い部屋やが、顔が大きく腫れ上がっているのは見て取れる。

「水とご飯、持ってきてあげたで」

川原がリュックサックを床に置いた。俺が中から天然水のペットボトルを取り出すと、浅野の喉仏が大きく上下した。二日前の昼にリンチに掛け、この部屋に監禁して以降、何も飲まず食わずのはずや。もちろんスマホは奪ってるし、部屋には何も置かれてへん。

「ごっつ時間を長ご感じたやろ。喉渇いたか」

「ええから、早よ寄越せ」

「なんや、その口の利き方は」

つい、声が上ずってまう。今すぐこの裏切り者を痛めつけて、殺したい。傷だらけの俺達が必死の思いでしてきた活動も、こいつにとっては面白半分の遊びやったんや。

「やっぱ殺さへんか、こいつ」

藤原の方を振り返って言った。

「あかん、あかん」

眼鏡を押し上げ、首を横に振る。

「確かに痛みを知らん男やけど、憲民党の連中とかウチのクソ親父みたいに、殺すほどではない。異教徒は皆殺し、いうんはテロリストや。俺らは違う。革命家や」

「散々しばき回しといて、今更何言うとんねん」

浅野が小馬鹿にしたような声で言った。

「無駄に挑発するから、殴られたんやろ」

川原がため息を吐く。

「それに、痛みを知らん浅野に、痛みを教えてあげたんやんか」

佐藤が冷たい声で言った。

「ほら、またそうやって正当化しようとする。俺のことが憎くて妬ましかったからリンチに掛けたと、なんで正直にそう言われへんねん」

弱々しい声で笑った。神経を逆撫でする笑い方や。

俺は浅野の許に歩み寄った。

「おら、飲みたいんやったら飲めや」

憎たらしい目で睨んできたが、すぐに舌を突き出し、喉を鳴らして水を飲み始めた。ゴミを混ぜたってることにも気付かんと、一生懸命汚い水を飲んどる。無様や。ざまあみろ。

空になったペットボトルを持ち替え、浅野の頭に叩き付けた。甲高い音が鳴り響く。天然水の五百ミリペットボトルやから大した威力はないやろうけど、気持ちええ音は昂奮する。ケツへのスパンキングと一緒や。

「裏切り者が」

ペットボトルを何度も頭に叩き付け、腹を蹴り付けた。鈍い声を発し、横向きに倒れる。

「そういえばお前、トイレはどうしてんねん？　臭い、せえへんけど」

反応はない。背後で、藤原が言った。

「窓から垂れ流したんちゃうか」

浅野が背にしていた壁の真ん中、胸の高さの辺りに、窓が設置されてる。窓枠の上の部分が開かんように固定されてるタイプや。

「なるほど。頑張って、ケツ突き出したんか。無様過ぎやな、浅野」

手を叩いて笑ってやった。三人も後ろでげらげら笑っている。

「悔しいやろ。それが痛みや。まだまだ、全然足りひんけどな」

相変わらず、反応はない。

「分からんねやったら、教えたろ」

腹を蹴り付けた。リズミカルに何度も蹴ってやる。

「手足のガムテープ、自力で外す力も残ってへんのか。外したろか。一対一で、殴り合おうや」

背中を踏み付けた。

「遠慮しとくわ。ガンジーをリスペクトしてんねん。非暴力・不服従主義や」

なんや、それ。訳分からん。

「もうええ、南。その辺で。テープ、手だけ外したれ。飯、食われへんやろから」

藤原に言われ、足を離す。カッターナイフで、浅野の手首に何重にも巻き付けたガムテープを切ってやった。別にビビったりはしてへんけど、藤原の言うことは素直に聞きたなる。出来のええ兄貴にコンプレックスを抱いてきたっちゅう境遇に共感を覚えてるし、ガキの頃、親戚一同の集いで俺と兄貴の相手をしてくれた親戚の兄ちゃんのような雰囲気があって、何処となく懐かしい。穏やかというか、包み込まれるというか。あの兄ちゃん、元気やろか。というか、俺とはどういう関係やったんやろか。

急に、切ない気分になった。退屈やった親戚の集まりの記憶が甦る。酒と香水の匂い。加齢臭。台所から漂ってくる甘辛い和食の匂い。

舌打ちし、煙草に火を点けた。メンソールと煙草の匂いで、ノスタルジーを掻き消す。

「俺らが次ここに来んのは、ウチの親父と三宅を殺したあとや。心配せんでも、その後の準備もバッチリや。マシンピストルを四挺《ちょう》買うた。お馴染みダーク・ウェブで、支払いはビットコインや。全部で二百万もせんかったわ。実は、東京にもアジト借りてんねん。いずれ、そっちで受け取る。武器はネットで入手したレシピで作った爆弾と、ネットで買うた拳銃。実行犯は傭兵《ようへい》でも工作員でもなく、元自殺志願者の若者四人組。ジョークみたいやろ」

藤原が両手を広げて言った。浅野は相変わらずの無反応。苦しそうに咳込んだだけや。

「まあ既に、この国がジョークみたいなもんや。痛みを知らん屑共がのさばって、お前みたいな冷笑野郎が、それを支持する。そのせいで、社会全体で他人を虐げてもええっちゅう空気が創られてきた。そんな濁り切った世の中が、先進国やってツラしてる。おかしい。頭のおかしいジョークや。そんなジョークをぶち壊すのに、選挙や言論やなんて真面目な手段は意味あらへん。イカれたジョークを潰すには、よりイカれたジョークしかない」

「心躍る演説やな。今からでも遅ない。父親に頼んで、お前も政治家になれ」

浅野が小さく笑った。反射的に、浅野の顔面に蹴りを放っていた。鼻血が床に落ちる。

「行こう」

藤原が言い、俺達は部屋の外に出た。ドアを閉める前に、振り返る。浅野が目を見開き、じっと見つめてきていた。すぐさま、ドアを閉めた。あんなずたぼろの奴にビビることなんか、何一つあらへん。ただ、何故か鳥肌が立った。

「死ね」

反射的に呟いてから、首を振る。違う、死ぬのは俺達や。格好良く、ド派手に死ぬんや。煙草を床に捨て、靴の裏でしっかりと踏み潰した。

3

運命の日がやってきた。午後六時。ＪＲ尼崎駅の北口を抜け、ショッピングモールの二階に直結するデッキを進む。中央付近で足を止め、下を見た。片側二車線の道路に、トヨタ・ハイエースが二台、停車してる。「兵庫県知事候補　藤原茂久」という看板とスピーカーが設置され、うち一台には、お立ち台もある。選挙スタッフらしき連中が集まって、準備をしていた。

「こんにちは、皆様。兵庫県議会議員の小松太郎《こまつたろう》と申します」

選挙カーの前で、おっさんがマイク片手に演説を始めた。藤原茂久がいかに素晴らしいか、本人もおらんのにだらだらとお世辞を並べとる。

「選挙演説にも、前座とかあんねや。知らんかった。ようやるわ」

「政治家とか選挙活動とかって、基本的に偉そうやもんね。選挙カーも、道交法の駐車禁止規制の対象外らしいし」

佐藤が唇を尖らせた。川原がぎこちなく笑う。ニット帽と伊達眼鏡がよう似合うとる。

「どうしてん、緊張した顔して」

「そりゃするやろ」

「電話掛けるだけやんけ」

「そんな言い方ないやろ」

川原が頬を膨らませてから、真面目な顔つきになった。

「藤原が僕に任せてくれたんや。タイミング、ミスられへん」

歩道にもデッキにも、徐々に人が集まり出した。間抜けなツラをした憲民党の支持者共と並んで、選挙カーを見下ろす。若い男達の声が聞こえてきた。

「ここから生卵投げたら、総理に当たるんちゃうん」

「やってみい、逮捕されんで」

俺達三人は顔を見合わせて笑った。ちょうど、前座の応援演説が終わったところや。

もう一台、選挙カーがやってきた。停車し、中から男達が降り立つ。その中に、ワイシャツを着て青のたすきを掛けた男がいた。藤原茂久だ。にこやかな笑みを浮かべて、ぺこぺこ頭を下げてる。でも、頑固そうなツラしたジジイや。頬がこけとる。

続けて、紺のジャケットを着た男が降りてきた。歓声めいたどよめきが起こる。

「三宅さん！」

呼び掛けに、手を挙げて応えた。いつまでも総理の椅子にふんぞり返っとる、諸悪の根源や。相変わらず、萎《しな》びたちんこみたいな面構えしとる。

予め停車していた選挙カーに二人して向かい、厳つい顔のＳＰ達を引き連れてお立ち台に上る。周囲で警戒に当たっている警察官達の数は、想像以上に多い。

「えらい物々しいな」

「総理大臣やもん。それに、僕ら――匿名希望への警戒もあるやろ」

「そっか。しかし、支持者はええけど、ＳＰまで巻き込むんは可哀想やな。仕事やのに」

「あんな奴らを警護してる時点で、同罪」

川原が短く言い放った。佐藤も頷く。

「まあ、そうか。せやな」

頷き、右手にある十五階建てのマンションを見た。大通りに面した十二階のバルコニーに、人影がある。どんな表情を浮かべてるかまでは、分からへん。

三宅と藤原の父親をぶっ殺すと決めてすぐ、俺達は演説場所であるここＪＲ尼崎駅北側周辺のマンションを片っ端から調べた。そして、俺の名義であのマンションの十二階に部屋を借りた。即日入居可、２ＬＤＫ、賃料は十七万。いけ好かんセレブの住むマンションや。

「あんま、あっちばっかり見なや」

佐藤が言った。視線は、三宅と藤原茂久に向けられたままや。

「せやな」

デッキの下に目を向けた。

「こんばんは、皆様」

藤原茂久の重々しい声が、スピーカーから響く。生ぬるい風が吹いた。

「ご声援ありがとうございます。兵庫県知事候補、藤原茂久でございます」

演説が始まった。闇が濃くなっていく。日没は近い。

藤原茂久は十分以上喋り続けた。その間、三宅はわざとらしく頷いたり、手を振ったり、醜い笑顔を振りまいたりと、大忙しやった。頬肉が無様にたるみ、溶けた蠟燭みたいな顔や。

「そして今日はなんと、大変心強い方がお忙しい中、長年の盟友の頼みならばと、駆け付けて来てくださいました」

　マイクを三宅に手渡す。

「尼崎の皆様、こんばんは。憲民党の三宅宏樹《ひろき》でございます。ただいま憲民党兵庫県連推薦候補、藤原茂久氏の熱い演説があり、もう私の言いたいことはすっかり言われてしまったという感じがありますけれども……」

　割れるような拍手と笑い声が巻き起こった。舌足らずで早口で、声も甲高くて威厳がない。だが、支持者共はどいつもこいつもアホみたいに騒いどる。

「三宅の喋り方、ハムスターの回し車みたいやね。同じとこをぐるぐると」

　佐藤が嘲笑混じりに言った。

「国会でも、壊れたテープレコーダーみたいな答弁ばっかしてるしね」

　川原が呟き、スマホを取り出した。

「十八時四十八分。あと十二分」

　スマホを固く握り締める。既に街はかなり暗くなり、街灯も灯り始めてる。

　流石に、緊張してきた。何十回目か分からへんけど、頭の中で妄想をする。

　闇に紛れて飛んでくる、爆弾を背負った改造ラジコンヘリ。三宅達の突っ立ってる頭上に到着すると同時に、川原がスマホから電話を掛ける。大爆発。連中は逃げる間もなく、あの世に送られる。炎が立ち上り、支持者共が絶叫する。俺達は混乱に乗じてデッキの階段を降り、停めてた車に乗り込んで優雅に立ち去る……。

待っとけよ。今日が終わったら、次は憲民党本部に乗り込んで、党のクソ共を一人残らず血祭りにあげたるからな。誰にも邪魔はさせへん。邪魔する奴は、皆殺しや。

胸が高鳴り出した。一刻も早く、武器を手に取りたい。川原のスマホをひったくって、代わりに電話を掛けたいくらいや。

「あと九分」

川原が押し殺した声で言った。もうすぐ、革命の幕が上がる。最後の闘いが始まる。

心臓の音が速くなってきた。喉がカラカラや。粘っこい唾を飲み、親指の爪を噛む。腕時計を見た。あと、八分。

「ちょっと、ごめんね」

突然、肩を叩かれた。振り返った途端、背筋が冷えた。警察官が二人。猿顔のおっさんと三十前後の眼鏡や。

「話、聞かせてもらえるかな」

話ってなんやねん。口許を手の甲で強く拭い、唇の震えを押さえ付ける。

右隣の川原は顔を強張らせ、猿顔と見つめ合ってる。奥の佐藤は、キャップを目深に被って顔を伏せたままや。

「何ですか」

川原が尋ねた。警官を刺激しないように、丁寧な口調や。

「三人はどういう関係？　お友達かな」

眼鏡が親しげな笑顔で言った。でも、知っとる。この笑顔は信用できひん。

「演説、見てただけなんですけど」

俺はできるだけ温厚な声で言った。周囲の視線が向けられてるのを感じる。

「すぐ済むから、申し訳ない。一応、身分証だけ見せてもらってもええかな」

「全然、いいですけど」

財布から免許証を取り出した。そうする他ない。職質は、任意のフリした強制や。抵抗すればするほど、お巡りが集まってきよる。厄介や。

「お友達もお願い。ごめんね」

掌に汗が浮かんだ。川原と佐藤は動かへん。

なんで声を掛けられた？　頭をフル回転させる。緊張で挙動不審やったか。なら、大人しく職質に付き合ったればええ。七時までは、まだ時間がある。長引きそうなら、藤原にラインしたらええ。でももし、免許証を照会されたら？　俺はええけど、佐藤と川原はヤバい。公表されてへんだけで、百パー手配中や。免許証は差し出さんとくべきか。いや、あかん。なんとなく声を掛けただけやったら、逆効果になる。疑われてまう。クソ。やっぱり、佐藤と川原もここに来るんはリスキーやったんちゃうんか。いやでも、藤原の言うてた通り、全員が立ち会わな意味あらへん。俺達四人は、かけがえのない仲間や。

「何してんねん、早よ渡し」

俺は明るい声で言った。川原と佐藤が頷き、免許証を差し出す。

猿顔が受け取り、視線を落とした。目が広がり、唇が一本の線になった。

「佐藤理沙さん、か」

声が一段と低くなり、鋭い目で佐藤の方を見た。アウトじゃ、くそったれ。

「逃げろ！」

怒鳴ると同時に、がら空きやった眼鏡の股間を蹴り上げる。呻き声を上げて、膝を突いた。鼻っ柱に膝蹴りを叩き込む。

すかさず、猿顔の顎を全力で殴り付けた。何かが砕ける感触があった。やり過ぎた。知るか。構ってられへん。

「行くぞ、二人とも」

地面に散らばった免許証を拾い上げ、階段へ向かう。どうする？　計画失敗か？　とりあえず今は、逃げるしかない。まだ、次のチャンスはある。でも、捕まったらお終いや。

階段を駆け降りた。大通りを選挙カーとは真逆の方向に突っ走る。野次馬共の声を振り切って、路肩に停車中のスバル・インプレッサに辿り着いた。後部座席のドアを開け、飛び乗る。

「出せ、佐藤！」

腕を振って怒鳴った。

「でも、藤原が」

川原が口早に言う。アホか、こいつ。

「あいつはマンションや。追われてへん」

車が発進した。後ろを振り返る。追ってくる車はない。

「どういうことやねん、クソ」

腕時計に目をやった。六時五十五分。川原が藤原に電話を掛ける。

「もしもし。あ、見てた？　うん、そうやねん。いや、分からへん」

「川原、スピーカーにしてくれ」

――とりあえず、俺も撤収する。なんで、こんなことなった？

「分からへん。いきなり、職質されてん。ほんで、佐藤の免許証見た瞬間、あいつらの顔付きが変わった。だから、ああするしかなかった」

「ごめん、ホンマに」

「別に、佐藤が悪い訳やない。でもあの反応はまず間違いなく、ただの職質やなしに、佐藤の存在に気付いて、声を掛けたんやろな」

そのときだった。甲高い音が、電話口から微かに聞こえてきた。

「藤原？　もしもし！　何、今の音？」

川原が声を張り上げる。

――ちょっと待って、分からん。ちょう待ってくれ。

それきり、声が聞こえへんくなった。息遣いは聞こえる。

「何がどうなってるん？」

佐藤が息を吐き出した。分からへん。分からへんが、何かが違ってきとる。

――もしもし。演説は中止や。

しばらくして、藤原が言った。すかさず、川原が応じる。

「どないしたん？」

――選挙カーの近くの植え込みで、爆弾が爆発したらしい。

「爆弾？　藤原がやったんちゃうよな」

――違うに決まってるやろ。

苛立たしげな声で言われた。一応確認しただけやんけ、キレんなや。

「とりあえず、アジトに集合しよか」

佐藤が言った。

――せやな。しゃあない。

激しい舌打ちが、電話越しに聞こえてきた。嫌な沈黙が流れる。

――たった今入ってきた速報です。本日午後六時三十分から、ＪＲ尼崎駅で……。

ラジオから流れるニュースが、爆発物騒ぎについて伝え始めた。死傷者はなし、か。何処のどいつか知らんけど、余計なことし腐りやがって、ダボが。

「佐藤。Ｎシステムに掛からんようにな」

「経路は予習済みやから、大丈夫」

煙草を取り出し、火を点けた。フィルターを噛み、強く吸い込む。気分は全く晴れへん。ため息と一緒に煙を吐き出した。闇に浮かぶ街灯が、窓の外を流れていった。

4

アパート前の月極駐車場に車を停め、部屋へと向かった。テレビを点ける。

「ホンマ、どうなってんねん、マジで」

ベッドに腰を下ろした。

「どうしよっか、これから」

川原が髪を掻き上げて言った。

「仕切り直したらええ。全然大丈夫や」

力強く応じたると、二人とも小さく頷いた。沈黙が流れる。アジトがこんなにも居心地悪く感じるんは、初めてや。

「あれ？　誰や、閉め忘れたん」

川原がベランダの窓の鍵を閉めようと立ち上がったとき、チャイムが鳴った。玄関に向かい、ドアスコープを覗く。振り返った表情は、凍り付いていた。

「どないした？」

川原が口だけ動かした。けいさつ――はっきりとそう動いて見えた。心臓が跳ね上がる。

立ち上がり、川原を押し退けてスコープを覗く。制服を着た警察官が二人。

今度は、ドアを軽くノックされた。

「すみません。警察の者ですが、少しお話よろしいですか」

ボリュームは抑え目やのに、高圧的で押し付けがましい。警察官にしかできひん発声法や。

「川原。藤原に連絡して、アジトに近付かんよう言え。佐藤は、大判取ってきて。このアジト、捨てるかも知らん。ああ、呼ぶまで出てこんように」

佐藤が頷き、風呂場へと向かった。浴室の天井裏に、天正菱大判を保管してる。

深呼吸して気持ちを落ち着かせ、ロックを解除してドアを開いた。

「なんですか」

「夜遅くにごめんね。ちょっとええかな」

視線が油断なく室内に向けられるのを、見逃さなかった。

「君は、ここに住んでる人？」

「そうです」

「彼は？」

藤原にラインを送っていた川原が顔を上げ、にこやかに笑った。

「友達です」

「二人だけ？　他に人は？」

「いないです。事件でもあったんすか」

警官二人は軽く顔を見合わせた。嘘臭い咳払いをし、見つめてくる。

「実は、通報があってね。手配中の人物が、この部屋におるって」

緊張で、足が震えた。気付いたら、右のポッケに手を突っ込んでいた。ナイフの柄を握り、感触を確かめる。刃渡り五センチ。ぎりぎり銃刀法に触れへん長さや。

「どういうことですか。イタ電でしょ」

へらへらと媚びるように笑った。

「通報があったからには、調べへん訳にはいかんから。部屋、見してもらってもええかな」

「ええ？　どんな奴なんですか、手配中の奴って。それも教えてもらわれへんで、どうぞ調べてください っちゅうのは」

低姿勢にごねると、二人は顔を見合わせた。おっさんの方が頷き、口を開く。

阪急十三駅で発生した、大学生の女性がホームから突き落とされて通過中の電車に轢かれ死亡した事件の重要参考人——間違いない。佐藤のことや。

川原の方を振り返った。覚悟を決めた日をしてる。

「どうぞ、汚いですけど」

ドアを全開にした。

「失礼します」

部屋に入ってきた。玄関で靴を脱ぎ、奥へと向かう。

「そんな広い部屋ちゃうから、誰も隠れるスペースないでしょ」

「そやね……。ごめんね、一応、トイレとお風呂場だけ、見してくれる？」

二人共が俺の方を見た。川原が床のラジカセを手に取り、若い方の後頭部に振り下ろした。鈍い音と共に、警官が膝から崩れ落ちる。

「なんや！」

おっさんが川原の方を振り返った。

「お前、何を……」

ポッケからナイフを取り出し、素早く迫った。ケツに刃先をぶっ刺す。

おっさんが悲鳴を上げた。顎に拳を叩き込む。足をもつれさせ、倒れた。フローリングに勢い良く頭を叩き付ける。室内が静まり返った。じめっとした静けさや。

「佐藤、出てこい！」

声を張り上げると、風呂場から出てきた。ポーチを抱え、真っ青な顔でこっちを見とる。

「どうしよ？」

佐藤と川原が声を揃えて言った。訊くな、自分の頭で考えろ。

「どうするっちゅうたかて――」

選択肢は一つしかないやろが。

「逃げるぞ」

5

アパートを出て、駐車場に向かった。車に乗り込み、近くのファミレスへと向かう。藤原と落ち合うためや。到着すると、藤原は既に待ち構えてた。

「その車は、もうヤバいかも。こっち乗れ」

藤原の言葉に従い、青のプリウスに乗り込む。ファミレスの旗がはためいてた。今月はドリアがお得。腹減った。このまま入店して、ドリンクバーでも頼んで朝まで馬鹿話したい。

だが、車は動き出す。

助手席の川原が昂奮した口調で、これまでのことを説明した。藤原の表情が曇る。

「あのアジトを知ってるんは、俺達だけのはずや」

藤原の言葉で、車内の空気が張り詰めた。

そのとき、着信音が響いた。藤原がスマホをスピーカーに切り替える。

「その番号を知ってるのって……」

佐藤の言葉に、俺は大きく息を吸い込んだ。ＢＬＯＯＤＹ ＳＮＯＷの活動のために藤原が定期的に用意してくれる飛ばしのスマホ。その番号を共有しているのは、俺達だけや。

「もしもし？」

藤原が低い声で言った。

――もしもし。

短く、返事があった。鳥肌が立った。

「どうやって逃げ出した、浅野」

吐息のような笑い声が聞こえてきた。

――窓から、飛び降りた。

「嘘吐け。あの高さから……」

――下が土やったからな。

藤原の声が遮られた。

「ナンボ土でも、三階やぞ。十メートルはあるやろが」

――その声は南か？ 佐藤と川原もおるんか。

「やかましい、話を逸らすな。どうやって逃げ出したっちゅうてんねん」

――だから、飛び降りてんて。まあ多分、足折れてるけどな。激痛や。明日、病院行かなな。

浅野が乾いた笑い声を上げた。気味の悪い笑い方や。

「お前の仕業やったんか」

藤原が憎しみを剝き出しにして言った。こめかみが小刻みにピクピクしている。

――お前の仕業いうのは？　心当たりがいくつかあって、分からへん。

「いちびんなよ。殺すぞ」

――お前が言うと洒落ならんな、藤原。

浅野がデカいため息を吐いた。余裕ぶりやがって、ダボが。

――頼みがあって、電話してん。

「頼みやと？　何じゃい、コラ」

俺は声を荒らげた。

――もう、俺に関わらんとってくれ。

「なんや、その言い分は。人の革命を邪魔するだけしといて、今度はもう関わるなやと。お前が邪魔せんかったら今頃、俺達はあのクソ親父を、三宅を……。ホンマなら、今頃！」

藤原が怒鳴り散らし、ハンドルに拳を叩き付けた。クラクションが鳴り響く。

――キレたいのは俺の方や。アホほどしばき回されて、監禁されて。用意してくれた水も飯も、ゴミだらけやったな。いじめっ子か、お前ら。

「僕らはただ、痛みを教えてあげただけや」

――その姿勢が気に食わんっちゅうてんねん。お前らを殺したくて堪らん。

「おう、上等やないか。こっちもじゃ」

声を張り上げ、窓から煙草を弾き飛ばした。

――ついさっき、家に帰った。単なる家出。怪我は歩道橋から足を滑らせたから。そうやって説明した。ごっつ叱られたけど、それで終いや。今は部屋でのんびりしてる。明日、警察に行かなあかんらしいけど、何も喋るつもりはない。

「僕らの計画を邪魔した奴の言うことなんか、信用できひん」

――リンチに掛けられた報復をしただけや。今回きりやと約束する。

「何が報復よ。あんたが林田の死を侮辱して、私達の計画も侮辱したのが悪いんやんか」

――お前らを侮辱したんは、お前らが俺を攫ったからやろ。

「ああ言えばこう言うのう。殺すぞ」

思わず、口走ってた。ごっつ叱られた、っちゅう言葉が気に食わんかった。こいつの親は、家出をしたら叱ってくれるいう訳や。

――お前らのことは誰にも喋らん。ホンマは捕まってくれたら一番気分が晴れたんやけど、逃げ切ったならしゃあない。今日の計画を潰しただけで、チャラでええ。もう一遍藤原の親父を襲うなら襲え。総理を殺すなら殺せ。もう邪魔はせえへん。だから、頼むから俺のことは放っといてくれ。

「そんな言葉が信じられるか」

藤原が鼻で笑った。

――お前らの正体も計画も喋ってへん。あくまで、奥田志穂殺しの重要参考人の居場所を通報しただけや。匿名希望の名前は出してへん。

「僕らのことを喋ってへん証拠は？　ホンマはこの会話も、隣で刑事が聞いてるかも」

――それは、信じてくれとしか言われへん。悪魔の証明やから。

何が悪魔の証明じゃ、気取り腐って。

「浅野。お前はこれからどうすんねん？　また、退屈な日常に戻っていくんか」

嘲笑混じりに言うたった。

――関係ないやろ。頼むから、もう放っとってくれ。お願いや。

妙にマジな声で言われたが、冷え切った車内の空気には全く響かへん。

「分かった、ええやろ。もうお前のことは忘れたる。お前も、誰にも喋るなよ」

藤原の言葉に、浅野が即答した。

――約束する。

無言のまま、藤原が電話を切った。路肩に車を停止させる。

「一応、スマホ処分するか。もし既に、浅野が俺らの番号とか喋ってたらヤバい。スマホは定期的に近くの基地局に電波を飛ばして端末情報を伝えてるから、電源を入れて持ち歩くと、現在地が特定される」

何のこっちゃよう分からんが、言われた通りスマホの電源を切り、まとめてビニール袋に入れた。川原が車外に降り、コンビニ前のゴミ箱に捨てに行く。

「藤原。これからどうする？」

佐藤が尋ねた。

「暗殺が失敗したから計画は修正せなあかんけど、軸は変わらへん。革命のために、為すべきことをするだけや」

藤原の口の端に、微かな笑みが浮かんだ。

6

浅野の自宅周辺を車でぐるぐると回ったが、張り込んでる警察官はいなかった。誰も口にはせえへんかったけど、全員が胸を撫で下ろしてたと思う。もしおったら、厄介なことになってた。でも、この場所に来ん訳にはいかんかった。

「これは、必要な犠牲や。ええな？　もしまだ通報してなかったとしても、いつ心変わりして、俺らのことをチクるか分からん。面白半分で俺達の活動に参加したような奴や」

藤原の言葉に、俺達は頷いた。

「あのとき、殺しとけば良かったな。すまん。革命の光が汚れると思って……」

「しゃあない。僕らもそう思った」

俺は殺すべきやと主張したけどな。心の中で、舌打ちした。

「大いなる目的のためには、小さな犠牲もやむを得へん」

藤原の言葉に、苦笑した。浅野はまだしも、親と弟まで始末するんは、やり過ぎやろ。

浅野は一刻も早く始末せなあかんけど、家に忍び込んだり外におびき出したりするんは難しい。だから、家に火ィ点けて家族もろとも殺すしかない——藤原はそう言うた。明らかに、無理のある説明や。でも、誰も何も言わんかった。

だって、許されへんやろ。痛みを知らんくせに首を突っ込んできた浅野を、そんな奴を育てた親を、血を分けた弟を、殺したくてしゃあない。俺達の革命を邪魔したクソ野郎の幸せな家庭を、ぶち壊したくて堪らん。そのどす黒い感情を、全員が抱いてる。何が悪い。売国奴である憲民党の連中を、俺達は殺したんねん。どうせ浅野の親も愚民に決まっとる。弟もいずれ、そうなるやろう。生きる価値あらへん。元はと言えば、浅野が今日俺達の計画を邪魔せんかったら、こんなことはせんで済んだんやし。全部、浅野が悪いねん。

「俺がやるから」

藤原が眼鏡を押し上げて言った。

「ええよ。俺がやる」

「いや、これは俺が浅野を始末せんかったせいや。南達の手を汚させる訳にはいかん」

黙るしかない。ホンマは俺の手で火を点けたいが、浅野の家族を皆殺しにしたい思いは、表に出したらあかん。あくまでも俺らは、革命家や。暗黒の正義や。浅野の家族への殺意を口にしたら、その瞬間、ただのダサい小悪党になってまう。

浅野の家の前で、藤原が車を停めた。ギアをパーキングに入れ、素早く車外に降りる。センサーが反応し、ライトが点いた。一瞬体を震わせてビビった様子を見せてから、門を開けて浅野家の敷地内に入る。ガソリンをたっぷり入れた・・五リットルペットボトルを、玄関の側に置いた。ガソリンと一緒に、丸めた新聞紙も突っ込んでる。ペットボトルの口から出た新聞紙に、ライターで火を点けた。

小走りで戻ってきた。木造の一軒家に、早くも火が移ろうとしている。口許が緩みそうになり、慌てて引き締めた。

車が動き出した。誰も何も言わない。一線を越えた実感は、不思議となかった。

7

ファミレスで晩飯を済ませてから、大阪府内にある藤原の自宅マンションへと到着した。空腹には勝てへんかったし、誰も言葉にはせんかったけど、浅野の家に放火したことで、確実にテンションが上がってた。

駐車場に車を停め、マンションの玄関に向かう。

「南も免許証の名前覚えられて、手配されてるかもしれん。でも、俺だけはまだ大丈夫や。今後は、俺の部屋をアジトにしよう」

眼鏡を掛けた知的な藤原が先頭を進み、そのすぐ右後ろを川原が付いていく。藤原から少し離れた左後ろを佐藤が歩き、俺は三人の後ろをゆっくりとした足取りで歩む。この瞬間の俺達の後ろ姿を、ドローンで撮って欲しい。写真のタイトルは、「革命前夜」で決まりや。

「じっくり、今後の計画を立てよう」

藤原がそう言って、足を止めた。玄関ドアで、暗証番号を打ち込む。照明が点灯した。

背後から、足音が聞こえてきた。振り返ると、両手を後ろに回したおっさんが、大股で真っ直ぐ俺達の方へと近付いてきてた。ワイシャツにジーンズ。小綺麗な格好やが、目が普通ちゃう。瞳孔が完全に開いとる。嫌な予感がした。

「おい、みんな――」

口を開いた瞬間、男が走り出した。奇声を上げ、右手を上げる。ちょう待て、なんで包丁握っとんねん。あかん、考えてる暇はない。刃先が、目の前に迫った。

左に跳んで躱《かわ》し、地面に転がる。すぐさま、立ち上がった。

刃が光り、赤い飛沫が舞った。佐藤が首許を手で押さえた。指の隙間から、真っ赤な液体が流れる。ごぼごぼと泡立った血が口から溢れ、膝を突いて倒れ込んだ。

男がだらりと手を垂らし、俺達を順に見てきた。顔が血でぐっしょりと濡れとる。眩暈に襲われ、足が震えた。意味が分からん。意味が分からへん。どういうことや、これ。何が起こってんねん。

男が野太い声で吠え、いきなり藤原に走り寄った。川原が両手を広げ、立ち塞がる。体と体がぶつかった。川原が尻餅をつく。腹から血が流れ出ていた。

藤原が何か叫んだ。その声で、ようやく俺も動けた。駆け出し、男の背中に跳び蹴りを放つ。男が前のめりに倒れ込んだ。包丁が地面を転がる。

藤原が川原の体を抱き、声を掛けていた。弱々しい笑みが、川原の顔に浮かぶ。

俺は佐藤の側にしゃがみ込んだ。声を掛けたが、返事はない。虚ろな目が俺に向けられてる。でも、俺を見てはない。

男がよろめきながら立ち上がった。近付き、殴り倒す。馬乗りになり、ツラに拳をお見舞いした。感触が硬い。暴れられた。続けて五発殴ると、大人しくなった。拳が痛むが、殴り続ける。顔面が崩れ、肉の塊に近付いていく。人の顔を殴ってる感覚やなくなってきた。

「南、もうええやろ。その辺で」

立ち上がり、皮膚がめくれた手の甲を擦った。ヒリヒリする。藤原の背後では、瞼を閉じた川原が地面に横たえられている。

「どうなってんねん、これ」

藤原が呆然とした声で言い、男を見下ろした。

「なんで俺らを襲った」

男の血に染まった顔が、微かに動いた。藤原が腰を屈め、顔に耳を近付ける。

俺は周囲を見渡した。路上に停められた車の運転席に、人影があった。

「おい、藤原。ヤバい」

藤原も車に気付き、走り出した。俺は佐藤の側に落ちているポーチを拾い、前掛けにして持った。大判を手放す訳にはいかん。

藤原の後を追い、車の助手席に乗り込む。すぐさま、駐車場を出た。

「あの男、電磁波がどうこうとか、あいつらが追ってくるとか、訳分からんこと言うてた」

藤原の言葉で、恐怖が襲ってきた。死ぬ直前の兄貴の言動と目を思い出した。

「藤原。あいつ、もしかしてヤク中ちゃうか」

ルームミラーの中で、藤原が笑った。いや、顔が強張ってそう見えるだけや。

「クスリでラリった奴が幻覚に襲われて、俺らを襲ったってことか？　通り魔？　そんな偶然……。よりにもよって、そんなん、ありかよ」

消え入るような声だった。息が詰まって、何も返せへん。喉の奥が熱い。

クソ共に散々人生を踏み付けられ、最後もヤク中のクソに命を奪われる。そんなこと、あって堪るか。いつか、藤原が言うてた通りや。武士道と云うは死ぬ事と見付けたり。どれだけ格好ええ死を迎えられるかに、意味がある。そやのに、川原の死も佐藤の死も、何の意味もないやんけ。全然、格好良くない。無念にも、程があるやろ。

「そんなん、なしや」

俺は呟いた。でも、現実はいつだってそうや。そんなん、なしや。そう言いたなるような偶然やデタラメばっかり起こる。くそったれ。涙が止まらへん。

「南。尾行されてる」

「はあ？　なんでや」

ミラーを見た。マンションの前に停まっていた車が、ぴったり後ろに付いてきとる。

「どういうことや。撒け、撒け」

「分かってる。けど、ムズい。尾行を隠す気ゼロや。ずっと追っ掛けてきよる」

メーターは時速七十キロを指してる。車通りも少なくない。制限速度四十キロの夜道を、これ以上のスピードでぶっ飛ばすのは無理や。

「どういうことやねん。なんや、あいつ」

不気味さに肌が粟立つ。

「なんでや。なんで、こんなことになってん！　今頃、乾杯してるはずやったんちゃうんか。三宅も親父も殺せんで、なんで川原と佐藤が死ぬねん。誰や、あいつ！」

藤原が裏返った声で叫んだ。

「デカい声出すなや！　とりあえず、逃げなしゃあないやろ！」

怒鳴り返していた。藤原が喉の奥で低く呻る。

「すまん、南」

「いや、俺こそ」

あかん、イライラする。腹立つ。

交差点に差し掛かった。対向車が迫る。藤原がアクセルを踏み込み、ウインカーを出さずハンドルを右に切った。耳がバグりそうなほどのクラクション。内臓の浮遊感がやってきた。股間が縮み上がる。ぎりぎりのところで、なんとか右折できた。

直後、背後でデカい音が響き渡った。俺達に続いて強引に右折しようとして、対向車と衝突したらしい。

「よっしゃ、ざまあ。ダサい奴っちゃ」

俺はヒステリックな笑い声を上げた。藤原も同じように笑ってから、急に真顔に戻った。

「何が目的やってんやろ、あの車」

その言葉で、俺も笑う気を失くした。

「藤原。さっきの通り魔は、ただの通り魔やったんかな。俺ら、狙われたんちゃうんか」

「どういうことや」

訊かれても分からん。けど、そんな予感がする。

「誰がなんで俺らを狙うねん。訳分からん」

藤原が鼻に掛かった声で言った。

「何処に向かってるん、これ？」

「当てなんかない。でもとりあえず、できるだけ遠くに行こう。コンビニで金下ろさな。逃亡資金がいる」

「このまま、東京行くか。向こうのアジトに、潜伏しよ。確か明後日に、拳銃届くやろ。二人だけでも、憲民党の連中は殺せる。ラジコン爆弾も、まだ使わんとあるし」

「でも東京行ったら、クソ親父を殺されへん」

「大丈夫や。チャンスはいつでもある。とりあえず今は、逃げるのが先や」

さっきから、目に見えへん化物に丸呑みされてるような感覚がする。一刻も早く、この地を離れたい。

藤原が赤信号で停車し、ため息を吐いた。眼鏡を外し、目頭を揉む。反対車線から、軽トラがやってきた。ハイビームを焚いて、えらい猛スピードや。

「眩しいな、クソ」

呟いてから、口を半開きにして固まった。軽トラが車線を越え、こっちに向かってきとる。

「おい、藤原！　ヤバい！」

「え？」

藤原が顔を上げた。間抜けヅラ。役立たずめ、ダボが。

シートベルトを外し、ドアを開ける。外に飛び出た。背後で爆音が轟く。頭を抱え、地面に転がった。鈍い痛みが走り、熱風に全身を舐められた。

目を開くと、横転したプリウスと軽トラが目に入った。プリウスのフロントガラスが砕け、真っ赤に染まってる。肉片が飛び散っとる。ネギトロみたいや。

あと一秒遅かったら、巻き込まれてた。全身が震え、気付くと地面にゲロをぶち撒けてた。涙が溢れてきた。鼻の奥が痛い。

人と車が集まり出した。俺の方を見ている人間が何人もおる。慌てて立ち上がり、走り出した。呼び止める声も聞こえたが、止まってられるか。

夢中で走った。どれくらい走ったか、分からへん。脇腹が痛くて、立ち止まった。辺りを見渡す。不気味なオレンジ色の街灯だらけや。人も車もほぼ通ってへん。

運良く、タクシーを拾えた。運転手がギョッとした表情を浮かべる。なんや、こいつ。イラついてから、ルームミラーを見て理由が分かった。顔も服も血だらけや。

「ちょっと、転んでん」

財布を取り出した。所持金、一万二千円。

「新大阪まで」

タクシーが動き始めた。目を閉じて、シートに寄りかかる。ヤク中も軽トラも、俺達を狙ってきよった。正体不明の敵に、襲われてる。恐怖が湧いてきた。猛烈にうんこがしたい。

8

新大阪駅から北東に八百メートル弱、コンビニの前でタクシーから下車した。店内に入り、ATMで全財産三十六万円を下ろす。うんこしようと思ったが、「トイレだけのご利用はご遠慮ください」とのことだ。別にガムなり水なり買うたってもええけど、そういうみみっちいことを言う根性が気に食わん。

そのまま店を出て、新大阪駅方面に四百メートル、スマホのマップアプリを見ながら早歩きで向かった。日之出《ひので》公園とやらに足を踏み入れる。ガキ向けの遊具がちらほらとある。草が生え放題の寂れた公園や。茶色いレンガ造りの公衆トイレに向かった。アンモニア臭がする。一番手前の個室に入った。ベルトを外してズボンを下ろし、便座に座る。

腕時計を見た。十一時四十分。朝までここに隠れといて、始発の新幹線で東京のアジトに向かおう。六時間ちょいの辛抱や。ほいで、それから？　佐藤は死んだ。川原も死んだ。藤原も多分、死んだやろう。一人ぼっちや。俺だけで、憲民党の連中をぶっ殺せるんか。

両手で頭を抱えた。難しい計画は全部、藤原がやってくれると思うてた。俺一人で、何ができる。俺に何がある？　今更、元の生活には戻られへん。

「——拳銃や」

アジトにマシンピストルが四挺届く。それを手に、どうにかしよう。殺し屋なんてどうや。ええかもしれん。格好良いし、喧嘩には自信がある。そこら辺のチンピラや極道なんかより、よっぽど度胸もある。売人を襲いまくったし、濵津組の組長にも屈さへんかった。車の盗難もしたし、天正菱大判も奪い去った。何より、俺はあの匿名希望の一員や。

かつてはクーデターを企んだこともある、一匹狼で凄腕の殺し屋。格好ええやんけ。

妄想に耽ってると、いつの間にか便意が失せてきた。荷物掛けのフックにぶら下げたポーチを手に取る。あの金ぴかの輝きを見たい。

小便臭い便所と天正菱大判と逃亡者。なんか、詩的でええがな。ファスナーを開け、白い布の包みを取り出そうとしたとき、足音が響いてきた。口に手を当て、息を殺す。自分の鼓動がうるさく聞こえた。

扉をノックされ、思わず声を上げそうになった。誰や。敵か。ここまで追ってきたんか？　尾行はなかったはずやぞ。

もう一度、ノックされた。

扉を閉めてる時点で、中に人がおるんはバレバレや。息を潜めても意味あらへん。ようやくそう気付き、立ち上がった。急いでズボンを上げてベルトを締め、ポッケからナイフを取り出す。警官の血が刃先に付いとる。

誰や、お前は。三人を殺したんは、お前か。お前らか。理由は？　何も分からん。全然分からん。分からんことだらけや。でも、一つだけ分かることがある。扉の外の奴を、ぶっ殺すべきやっちゅうこっちゃ。

強烈な便意に襲われた。うんこしてから、扉を開けるか。そう考えて、思わず声を出さずに笑った。得体の知れん敵が扉の外におる状況でうんこするって、シュール過ぎやろ。

こんなに怖い状況でも、俺には笑う余裕がある。そのことが分かって、無性に嬉しかった。急に力が湧いてきた。あんま舐めんなよ、俺を。

扉が二回ノックされた。汗ばむ掌をズボンで拭き、しっかりと柄を握り直してナイフを構える。イメトレはバッチリや。扉を蹴飛ばして、外の敵の首を掻っ切ったる。

「いてまうぞ」

呟き、スライド錠に左手を伸ばした。

終章　屑

1

殺す。口の中で、繰り返し呟いた。だがもはや、起き上がる気力もない。強烈な眠気に襲われているが、断続的な体の痛みで、すぐに目が覚めてしまう。苛立ちが募るばかりだ。

床を這って、リュックサックに手を伸ばした。数時間前、四人が置いていったものだ。中身を漁り、乾いた笑いが洩れた。水と食料は全て一度開封され、ご丁寧に埃や砂が混入されている。

喉の奥に貼り付くような痛みが走った。飲んで堪るかと意識すればするほど、渇きは増していく。堪え切れず、水を飲んだ。吐き気を催すような臭いを感じた。だが、旨かった。ゴミの浮かんだ水を飲んだことよりも、それを旨いと感じたことの方が、屈辱だ。

昨日も同じような思いをした。便意が限界に達し、垂れ流すよりはマシだと、縛られた手足のまどうにか窓から股間や尻を突き出し、排泄したのだ。惨めさや情けなさよりも、解放感を感じた。

「どうでもええ」

人としての誇りや尊厳など、売人狩りを始めたときから捨てている。

ゴミだらけの水を飲み、砂をまぶされた非常食を貪り食った。気力と体力が劇的に回復した感覚がする。四人が期待しているような痛みとやらは感じない。あるのは、殺意だけだ。

脚に巻き付けられたガムテープを剥がし、立ち上がった。壁の窓を外側に開く。扉がびくともしないのは、検証済みだ。脱出できるとしたらこの窓からだけだが、窓枠の上部は蝶番《ちょうつがい》で固定されており、人の通れる幅はない。

窓枠の下部に足を掛けて上り、両手で横の枠を摑んだ。バランスを崩さないよう気を付けながら、窓を蹴り始める。

汗が吹き出し、痛みが全身を駆け巡る。幾度も眩暈に襲われた。それでも、蹴り続けた。日没は間近だ。気が変わった四人がいつ俺を殺しに戻って来るか、分からない。

突然、蝶番が軋むような音を立てた。もう一発、蹴りを放つ。窓が外れ、地面に落下した。

大きく息を吐き出し、地面を見下ろす。十メートルもないはずだが、ジェットコースターの数十倍の高さに感じられた。かつてテレビで観た衝撃映像が甦る。高所からの着地に失敗したスタントマンの足が、あり得ない角度に折れ曲がっていた。

「あかんわ」

呟いてから、閃いた。高校生のときにテスト勉強そっちのけで読んだ漫画で、五点着地という高所からの着地方法が紹介されていた。つま先から着地して体を捻りながら丸め、脛の外側、尻、背中、肩と順に着地して転がることで、落下の衝撃を分散させる方法だ。自衛隊の訓練にも採用されているらしい。頭の片隅に残っていた、どうでもいい知識だ。

人生に無駄なことなど、何一つ存在しない。大企業の創始者から三流セミナーの講師まで、ありとあらゆる人間がそう口にするのを耳にするたび辟易《へきえき》してきたが、今だけは、その言葉を信奉してやる。

深々と息を吸い込み、飛んだ。叫び声が口から洩れ、視界が高速で回転した。次の瞬間、凄まじい勢いで地面に叩き付けられた。目の前が真っ白な靄《もや》に覆われ、息ができない。右足に、耐え難いほどの激痛が走った。

咳込み、なんとか息を吸い込む。呼吸ができるようになり、靄が晴れていく。こめかみが締め付けられるように痛い。もはや、全身のうち痛まない箇所を探した方が早いくらいだ。

到底、完璧な五点着地とは言えない。だが、赤点は回避した。生きているのだ。

鼻を刺す悪臭に気付いた。これまで窓から外に排泄していた糞尿が、シャツと頬に付着している。痛みと屈辱を紛らわせるため、雄叫びを上げた。

右足を引きずりながら、その場を離れる。全身が痛み、涙が溢れてくる。だが、口許がだらしなく緩んで仕方がない。脱出の喜びで、気分が高揚している。脳内麻薬、万歳や。

延々と山道を歩いた。右足の感覚が半分ほど失われた頃、大きな道に出た。そこからミナミの繁華街までは、そう遠くなかった。傷だらけの俺を心配した通行人が警察を呼んでしまったらと危惧したが、誰もが一瞥をくれるだけだった。都会の無関心さ、万歳。

スーツを着崩した若い男が、道端で酔い潰れていた。ポッケから財布を抜き取り、安い服屋でTシャツとジーンズと下着、キャップを購入する。店員の笑みには、隠し切れない不審の念が滲んでいた。財布の中には、小銭しか残らなかった。

公衆トイレで着替え、人気のない深夜の公園のベンチに腰を下ろした。

次の瞬間、朝になっていた。あっという間に、深い眠りに落ちたらしい。

太陽の光が雲の切れ間から差し込み、砂場で遊ぶ小さな子供達を照らしている。ベンチに座った母親達が、にこやかに見守っている。小鳥の囀《さえず》りが聞こえてきた。あまりにもベタな朝の公園の情景に、苦笑が洩れた。でも、悪い気分じゃない。その証拠に、四人に対する殺意が和らいでいる。このまま身を隠すのは御免だ。やられっ放しで引き下がるのは、耐えられない。だが、警察に逮捕させるだけで、充分溜飲《りゅういん》は下がるかもしれない。

首相と藤原の父親の暗殺計画は、今晩決行予定のはずだ。これを潰し、四人が警察に逮捕されるよう仕向ける。もし一人でも捕まれば、俺も甘んじて自首しよう。全員が逃げ切った場合は、それでお終い。計画を一度潰すだけで、仕返しは終わりだ。そのあと再び計画を実行しようが、あいつらの勝手だ。

頭の中でぼんやりとプランを組み立ててから、立ち上がった。眠ったせいで頭は冴えているが、全身の気怠さと痛みは相変わらずだ。

ベンチに座るママ友三人組に、歩み寄る。怪訝そうな目で見つめられた。

「お金、貸してください」

キャップを目深に被ったまま、言った。ズボンのポッケに突っ込んだ右手を、意味ありげにごそごそと動かす。三人とも、身じろぎもしない。

「貸してくれへんのですか」

後ろを振り返り、砂場で遊ぶ子供達を見やった。

「待って、分かりました。いくら？」

焦ったように早口で、それでいて俺を刺激しないように優しい声で、一人が言った。

「ある分だけ」

右手を差し出した。三人が顔を見合わせてから、財布を取り出す。七万三千円と小銭がいくらか。なかなかの収穫だ。軽く頭を下げ、公園を出る。

タクシーを拾い、日本橋《にっぽんばし》の防犯グッズ専門店に向かった。税別四万円のGPS発信機をレジへと持っていく。スタンガンや催涙スプレーも欲しいが、購入には身分証の提示が必要だ。

「こちら、機械に疎い中高年の方向けの商品でして、インターネットのサイトにアクセスして、説明書に記載されたIDとパスワードを打ち込むことで、発信機の現在地を確認できるタイプのものとなっております。お客様には、スマホのアプリと連動できるタイプの方が使いやすいと思うんですが、いかがでしょう？　お値段も、あまり変わりませんし」

親切な女性店員だ。でも、スマートフォンは藤原達に奪われている。通行人からスマートフォンを奪い、アプリをインストールするためのパスワードまで聞き出すのは困難だ。

「母から頼まれたお使いなんです。祖母へのプレゼントで。祖父が、認知症なんです」

「そうでしたか。それは失礼しました」

店を後にし、ホームセンターに足を延ばした。ゴルフバッグ、ゴルフクラブ、腕時計と工具を購入する。バッグに荷物を詰め込み、タクシーに乗り込んだ。行き先は、東大阪市内のアパートだ。奥田志穂を殺害して以来、佐藤はこのアジトで暮らしている。

午後一時過ぎ。足早に部屋へと向かった。高級マンションじゃないから、部屋の前までは誰でも行くことができる。バッグを床に置き、右手でクラブの柄を握る。チャイムを鳴らし、左手でドアスコープを塞いだ。

プランA——もし佐藤や他の三人がアジトにいたら、叩きのめして、警察に通報する。早よ出てこんかい。やられた分だけきっちり、思う存分しばき回したる。

だが、何度押しても応答はなかった。心臓がゆっくりと落ち着きを取り戻していく。

プランBに移ることにした。バッグの中から、ホームセンターで購入したペンチとクリップとマイナスドライバーを取り出す。映画やドラマでお馴染み、ピッキングだ。安手のドラマだと針金だけで解錠しているが、実際にはキーシリンダーに差し込んで解錠する方向に力を加えるためのテンションが必須だ。今回の場合、ドライバーで代用する。高校生の頃、映画に憧れてピッキングの初歩を習得した。またしても、例の格言の通り——人生に無駄なことなど、何一つ存在しない。

数年ぶりにやったが、安アパートの鍵は十五分程で開けることができた。

部屋に入り、内側から鍵を掛ける。浴室に向かい、天井裏を覗いた。ポーチが置かれている。中身は、天正菱大判だ。隠し場所を変更されていたり、お守りとして持ち歩かれたりしていたら、厄介だった。

ポーチの小さなポッケを開け、GPS発信機を忍ばせた。それから大きなポッケを開け、白い布の包みを取り出した。軽い気持ちで、布を剝ぐ。

思わず、息を吞んだ。何度見ても、強烈な美しさだ。気付くと、バッグに大判を仕舞っていた。

折角買った発信機の意味を失いかねない愚行だが、そうせずにはいられなかった。

テーブルの上にコースターを見つけ、白い布で包んでポーチの中に戻した。文字通り、形ばかりの偽装工作だ。

部屋の窓を開け、ベランダに出た。一階だから、そのまま難なく退散することができた。電車でJR尼崎駅に向かい、コインロッカーに天正菱大判を預ける。

午後三時過ぎ。藤原茂久の街頭演説まで、まだ三時間以上ある。少し眠りたいが、起きたら演説が終わっていることもあり得る。

さて、プランBの概要はこうだ。街頭演説が始まるや否や、公衆電話から一一〇番通報し、「総理と知事候補を爆弾で殺す」と告げる。それから近くの植え込みにペットボトル爆弾を仕掛け、爆発させる。殺害予告の件があったことも伝わるだろうから、演説は中止されるはずだ。四人がそのとき何処にいるのかは分からないが、予期せぬ事態に動揺し、ひとまずアジトに集結することは間違いない。そこで、すかさず警察に通報する。

「六月三日に阪急十三駅で起きた、奥田志穂さん殺害の犯人だと噂されている女の潜伏先に、心当たりがあります。名前は佐藤理沙、住所は東大阪市――」

言葉がつかえないように練習する。滑らかに話すのは、苦手じゃない。入学早々行われた学部主催のスピーチコンテストでも、上位の成績を収めた。器用貧乏の本領発揮だ。

警察はきっと、アパートを訪ねるだろう。でも機動隊がやってくる訳じゃないから、四人は逃げ切れるかもしれない。その際、どんなに慌てていても、天正菱大判の入ったポーチは持っていくはずだ。林田が命を賭して手に入れたお宝を、放置はしまい。

俺はネットカフェで悠々とパソコンを立ち上げ、発信機の位置情報を確認して、再度警察に通報すればいい。プランは以上。もし四人がアジトから逃げ果《おお》せ、なおかつ大判のすり替えや発信機の存在にも気付けば、お手上げだ。覚えている藤原の番号に電話し、大判を返す代わりに二度と俺に関わるな、とでも持ち掛けるしかない。

　交渉が成立するか分からないが、そんな先のことまで考える気力は、今の俺にはない。

2

　午後六時過ぎ。駅直結のショッピングモール内にある喫茶店を出て、食品売り場でコーラのペットボトルとパックアイスを購入し、ドライアイスを手に入れた。演説が始まったか確認するため、建物を出る。駅へと繋がるデッキは、聴衆でごった返していた。その中に紛れ、選挙カーを見下ろす。五分と経たずに、三宅と藤原茂久が姿を現した。

　目立ちたがり屋な四人のことだ。演説が始まるや否やテロを決行するとは思えない。佳境を迎えたタイミングで、決行するだろう。その前に、始まってすぐ演説を中止させてやる。

　踵《きびす》を返し、モール内に入ろうとした。公衆電話から、殺害予告をするためだ。だが、視界の隅に見覚えのある影を捉え、立ち止まった。

　振り返ると、見慣れた三人の姿が飛び込んできた。佐藤と川原と南がデッキ中央で、並んで演説を見ている。藤原の姿はない。別の場所から、ラジコンヘリを操縦するつもりだろう。

　口の端がひくついた。にやつきを抑えられないまま、公衆電話へと急ぐ。受話器を外し、緊急通報ボタンを押してから、一一〇番に繋いだ。

　――はい、こちら一一〇番です。事件ですか、事故ですか。

「事件です。ＪＲ尼崎駅北側デッキに、警察官の派遣をお願いします。六月三日に阪急十三駅で起きた、奥田志穂さん殺害の犯人だと噂されている佐藤理沙を目撃しました。クリーム色のキャップを被っています。男が二人一緒です。一人は金髪、もう一人はアッシュ」

電話を切った。通報音声は、全て録音される。メモを取ってもらう必要はない。

もう一度、一一〇番に掛けた。

――はい、こちら一一〇番です。事件ですか、事故ですか。

一一〇番は全て、通報者の現在地と同じ都道府県の警察本部通信指令室に繋がるはずだが、さっきとは別の声だった。まあ、当たり前か。オペレーターが一人だけのはずはない。

「今から、演説中の三宅総理と藤原兵庫県知事候補を爆弾で殺す」

申し訳程度に声色を変え、電話を切った。デッキに戻ると、演説は始まっていた。三人はその場に留まったままだ。穏やかな表情で、言葉を交わしている。やはり、決行までにはまだ時間があるようだ。とっととペットボトル爆弾を炸裂させても構わないが、もう少し様子を見たい。三人が逮捕される瞬間を、間近で見られるかもしれないのだ。

数分後、警察官がやってきた。たった二人だけだ。警察官の制服の縦の糸は権威、横の糸は権力で編まれている。相当に丈夫だが、どちらも恐れていない相手には弱い。案の定、南達は警官を殴り飛ばし、一目散に階段を駆け下りていった。デッキの上が騒然とする。

藤原の姿がない以上、まだ暗殺が実行される可能性は残されている。デッキを降り、選挙カーから離れた植え込みに近付いた。コーラを少しだけ残したペットボトルにドライアイスを入れ、蓋を閉めて軽く振る。周囲に人はいない。見咎める者もなかった。

ペットボトルを植え込みに放置して離れた。心の中で、カウントを始める。

八十四秒後、小気味好い音が響いた。聴衆が口々に悲鳴を上げる。誰かが「爆弾や！」と叫んだせいで、パニックと言っていいほどの騒ぎになった。

三宅と藤原茂久はＳＰの陰に隠れながら、そそくさと選挙カーの演説台から降りていた。その場を離れ、駅へと向かう。電車でＪＲ西宮駅に到着すると、公衆電話から警察に通報した。先程同様、奥田志穂を殺したと話題の女の潜伏先だと言ってアジトの住所を告げ、電話を切った。尼崎駅で警官達が殴り飛ばされた情報が共有されているだろうから、きっとアジトには大勢の警察官が駆け付けるはずだ。流石に、四人も逃げきれまい。

付近のネットカフェに入店した。昨夜酔い潰れていた男から頂戴した財布を取り出し、保険証を提示する。二十五歳。見えなくはない。無事に会員登録を済ませ、個室へ向かった。

備え付けのパソコンを開き、インターネットに接続する。ＧＰＳ発信機の説明書に記載されたサイトに、ログインした。画面を見て、思わず固まる。発信機の現在地は、東大阪市のアパートから刻一刻と離れていた。

受付の店員に告げて一時外出し、公衆電話を探した。記憶している番号に電話をかける。

——もしもし？

藤原の硬い声がした。

「もしもし」

——どうやって逃げ出した、浅野。

つい、ため息交じりの笑いが洩れた。それはこっちの台詞や。警察は、大勢でアジトに出向かなかったのだろうか。初動捜査のミスと隠蔽《いんぺい》がお家芸の組織だ。

藤原達と二言、三言交わしただけで、知りたいことはおよそ把握できた。電話の向こうには無事逃げ延びた四人全員がいること、大判のすり替えや発信機の存在には気付いていないらしいこと、そして、俺への憎悪が膨れ上がっていることだ。

再燃する殺意を抑え込もうとしたが、口を衝いて出たのは、「お前らを殺したくて堪らん」という本音だった。

「ついさっき、家に帰った」

この言葉がもたらし得る結果を想定した上で、嘘を吐いた。四人を試すためだ。

「頼むから、もう放っとってくれ。お願いや」

精一杯の誠意を込めて言った。沈黙のあと、藤原が言った。

――分かった、ええやろ。もうお前のことは忘れたる。お前も、誰にも喋るなよ。

「約束する」

即答した。電話が切れ、足早にネットカフェへと戻った。もう一度、サイトにログインする。現在地を示す赤い点滅を見つめた。

五分後。パソコンをシャットダウンし、店を後にした。単なる偶然かもしれない。だが、想定通りの行動を起こすつもりかもしれない。点滅が移動する方角の先には、俺の家がある。

3

タクシーに乗って僅か数分で、自宅に到着した。周囲を窺い、庭に忍び込む。良い予感は希望的観測の言い換えに過ぎないが、悪い予感は無意識の内に為された論理的帰結だ。四人がやってくるだろうという悪い予感は、恐らく当たる。

ゴルフクラブを握る手に、力が籠もった。頼むから来るな。もう手を引いてくれ。本心からそう思う一方で、こうも思っている。

「ぶっ殺したる」

あいつらに対する殺意は、自覚している。俺は、自覚をしている……。

不意に、首筋に熱さが走った。慌てて顔を上げ、目の前の眩い光景に絶句した。家の壁面を炎が這いずり回っている。

「しもた」

気付いたら、寝ていた。なんちゅう間抜けや！

ゴルフクラブを窓ガラスに叩き付けた。開いた穴に手を突っ込み、内側の鍵を開けて家に入る。

「火事や！」

叫びながらドアを開き、リビングに入った。煙が満ち始めている。だが炎は、まだ玄関の扉を陥落させたばかりらしい。

「火事や！　おい、火事や！」

二階の寝室に向かって叫び、階段を上がろうとした。

「圭一《けいいち》。お前、何してんねん」

階段の上で、目を丸くした父親が立ち尽くしていた。

「今まで、何処おって――」

語尾が掠れて消えた。安堵と怒りと困惑。それらが綯い交ぜになったような顔だ。鼻の奥が熱くなった。他人を襲うことに殆ど罪悪感を覚えないくせに、疲弊《ひへい》した父親の表情には胸を打たれる。反吐《へど》が出るほど身勝手だ。

「今、そんなん話してる場合ちゃうねん。火事や。玄関が燃えてる」

怒鳴ると、父親も事態を飲み込んだらしい。母親と和哉《かずや》も、部屋から出てきていた。

「圭一！」

「お兄ィ！」

折り重なった声は、何かが弾ける音で掻き消された。火の燃え移るスピードの速さは、想像を絶する。いつの間にか炎は玄関を全て喰らい尽くし、家の中へと足を踏み入れていた。

「あんた、今までどこに——」

「そんな話ししてる場合ちゃうやろ！」

一丁前に声を荒らげた。

「最低限のものだけ持って、出るぞ」

父親が大声を張り上げた。母は強し、すぐさま部屋に走っていった。

「消火器は？　火ィ消そうや」

煙で咳込みながら、和哉が号泣して訴える。

「もう無理や、これは」

父親の悲愴感に満ちた声が、はっきりと耳に飛び込んできた。肌がちりちりと熱い。

二分も経たずして、家の外にいた。愛着のある我が家がみるみる燃えていくのは虚しいが、爽快感もあった。積み上げたジェンガを叩き壊すような感覚。ある映画評論家が戦時中、街に降り注ぐ焼夷弾の美しさに見惚《みと》れたという逸話を思い出した。

だが、火が燃え移る危険性を考慮して隣家の戸を叩き、怒鳴られながらも頭を下げる父親の姿を見て、現実に引き戻された。

和哉が愛用のテニスラケットを抱いたまま、へたり込んでいる。その頭を撫でる母親の横顔も、呆然自失していた。

「消防車は呼んだから」

向かいの家のおばさんが、母親を抱き締めた。背後から、青白い顔をした高校生くらいの男子が顔を覗かせる。何度か、キャッチボールをしたことがある。名前は確か、悦司《えつし》だ。

「あの、俺、部屋でラジオ聴きながら勉強してたんですけど。雑音が酷いから、窓開けてアンテナ調整してたら……」

訥々と話し始めた。今どきスマホのアプリやなしにラジオで聴くなんて粋やな、と思っていると、悦司が俺の方を見た。

「浅野さん家《ち》の前に、車が止まってるのが見えたんです。ほんで、誰かが門開けて家に入っていって。そのままカーテン閉めたんですけど、なんとなくもう一遍見てみたら、火が……」

悦司が言葉を切り、唾を飲んだ。

「もしかして、放火されたん、ウチ？」

母親が呟き、重苦しい沈黙が流れた。

「俺はやってへん」

「アホ。当たり前や、分かってる」

「たまたまお前が帰ってこんかったら、全員死んでたかもしれんな」

戻ってきた父親がそう言って、俺の肩に手を置いた。震えが伝わってきた。

ここまで、見境ない手段に出るんか。

口許が苦い笑みで引き攣った。感情が硬化していく。もう、疲弊と痛みが限界に近い。これ以上、俺一人であいつらと戦うのは無理や。でも、このまま引き下がって堪るか。

「折角の金曜日やのになあ」

家族の気分を和ませようとでも思ったのか、父親が暢気《のんき》な声で言った。何かが、すとんと落ちるような感覚があった。背後で家が燃えていく音が、妙に心地好く耳に響いた。

「ちょっとだけ、すまん。行ってくる」

呟き、その場を離れようとした。

「ちょう待て、圭一。何処行くねん」

地面を蹴り、走り出した。追ってくる父親を突き飛ばし、タクシーに乗り込む。右足が千切れそうなほど痛い。

「どちらまで?」

記憶に残っている住所を口にした。毎週金曜日の夜は、そこにいるはずだ。

4

タクシーを降りて、道路を横断した。夜の暗がりの中で、向かいの雑居ビルの一階だけが、気取った輝きを放っている。店の扉の横に男が二人立ち、さり気なく周囲に目を配っている。その内の一人が、俺の前に立ち塞がった。些か、面食らったような顔をしている。

「お前、あんときのガキやろ。何しに来てん？　頭湧いてんのか」

胸倉を摑もうと右腕を伸ばしてきた。素早く払うと、男のこめかみに血管が浮き上がった。

「このガキ」

「おい、止めえ。呼んではる」

顎鬚を生やしたもう一人が、店内を見やって言った。店の奥のテーブル席に座る男が、手をひらつかせていた。

「俺が連れて行くわ」

顎鬚に右腕を力強く摑まれた。痛みが走ったが、抵抗はしなかった。

「ボディチェックや」

入念に体を触られ、バッグの中を漁られた。

「よっしゃ、ええやろ。来い。妙な真似したら、分かってるやろな」

素直に頷いた。店内に入ると、小柄なマスターが無言で目礼してきた。総白髪で薄毛。普通、どっちかやろ。

どう見ても堅気の客が二組いることで、幾分か気が軽くなった。

奥のテーブル席に通されると、男が鋭い目で見据えてきた。以前と同じ、茶色のスーツを着ている。季節感のない奴だ。

「こんばんは、吉瀬組長」

努めて落ち着いた声で言った。

「何しに来た？」

「話があって」

「けったいな奴っちゃな」

小首を傾げ、吉瀬が居住まいを正す。

「得物、呑んでへんやろな」

「チェック済みです」

顎鬚が低い声で応じ、俺の背後に立った。

「まあ、座れや」

向かいの席に、腰を下ろした。

「お願いがある。この前のことは水に流して、聞いて欲しい」

「なんでタメ口やねん、お前」

顎鬚が鋭い声を発した。ゆっくりと息を吸い込み、口を開く。

「お願いがあるんです」

吉瀬が満足そうに頷き、カップを手に取る。

「言うてみぃ」

「人を殺して欲しぃんです」

カップを持つ手が止まった。興味を惹かれたのか、目の奥が鈍く光った。

「時間がないから、手短に言います。八ヶ月前、自殺掲示板で知り合うた奴らと一緒に、俺は集団自殺を図りました。でも、失敗した。そこで、死んだ気になって好き勝手やりたいことしたろ、いう話になって、犯罪グループを結成しました」

言葉を切り、運ばれてきた水に口を付ける。吉瀬が珈琲を飲み干した。

「お代わりくれ。こいつにも、出したってくれ」

殆ど足音の聞こえない歩き方でマスターが立ち去ると、俺は話を再開した。

「色々と活動しました。そちらに迷惑掛けた一件も、その一環です。ただ、あるときからグループの方針がシフトチェンジして、俺は活動に付いていかれへんようになりました」

「匿名希望か」

鳥肌が立った。エスパーか、こいつ？　得体の知れない恐怖に駆られた。

「そないビックリせんでもええやろ。ウチの連中がネットで林田何某《なにがし》のツラ見て、こいつあのときのガキですわ、言うてたんや」

顎鬚が得意気に説明する。

「ああ、なるほど……」

天正菱大判を強奪した強盗団の残党が匿名希望である可能性が高いというのは、広く知られている話だ。

「ケチ臭いカツアゲして俺らを怒らせた奴らが、犯罪史に残るような強盗団になってた。親心やないけどな、大したもんやと感心した」

「あの死に様は、気障《きざ》過ぎて好かんけどな」

吉瀬がつまらなそうに言った。思いがけぬ感想の一致に、内心で苦笑した。

「あるとき、メンバーの一人が匿名希望の活動の最終目標に、革命を掲げました」

「革命？」

「兵庫県知事候補、内閣総理大臣、与党議員の皆殺しです」

吉瀬が僅かに呆気に取られた表情を浮かべた。

「若さを無駄にできるのが、若者の特権やな。ほいで？」

「俺は革命への参加を拒否して、脱退を申し出ました。そしたら拉致されて、リンチされたんです。革命を成し遂げるまで口封じのために監禁する、言われましたけど、こっそり逃げ出しました。今日、連中は計画を実行しようとした。俺はそれを阻止しました」

「爆発物騒ぎで演説が中止になったいう、尼崎《アマ》のあのニュースか」

「そうです。邪魔されてキレたあいつらは、俺の家に放火した。親と弟がおるのを承知の上で。間一髪、全員無事でしたけど」

「殺して欲しいのは、その仲間か」

「はい。元仲間、ですけど」

「なるほどな」

吉瀬が呻吟《しんぎん》しながら顎を擦る。

「なんで自分で殺《や》らへんねん？」

顎鬚が口を挟んできた。

「もう、満身創痍《まんしんそうい》なんです。四人を見つけ出して、追っ掛けて、殺す。一人では、とてもやないけど無理です」

「とてもやないなら、一人で殺れや」

面倒臭い奴だ。舌打ちを堪え、言った。

「とても、無理です」

ジーンズの裾をたくし上げた。右足が、赤黒く腫れ上がっている。

「どうやって、四人を見つけ出す？」

俺は吉瀬に向き直った。

「四人の大事な持ち物の中に、ＧＰＳ発信機を仕込みました」

「バレて、捨てられてたら？」

「そのときは、諦めて警察に行きます」

「もし四人がパクられて、この前の一件をサツに喋りよったら、面倒やな」

「俺らを監禁したときの証拠くらい、消せるでしょ。血痕《けつこん》とか」

「サツに目ェ付けられるんが鬱陶しいんや。シャブの卸がやり辛なる。サツも裏稼業の人間も、ようけあるルートの内のどれかを辿れば、濵津組に行き着くはずやと思うとる。でも、ウチがシャブを扱ってると実際に知ってるんは、業界で数名だけや。この違いが分かるか」

「はい」

「捕まった連中がウチと揉めた件を喋ってみい。家宅捜索の嵐が襲来や。監視も付くやろう。もちろん、何も出てけえへん。でも、しばらく身動きできんってだけで、大損や」

「どうしたらいいんですか」

「諦めえ。サツに駆け込むのは、許さん」

俺は気付くと貧乏揺すりをしていた。一刻も早く、話をまとめたい。今にも四人が大判のすり替えと発信機の存在に気付くかもしれないと思うと、気が気でない。

「もしあいつらが今後逮捕された場合、やっぱり濵津組とのことを喋るはずです。やったら今の内に、四人の口、封じませんか」

「四人も殺してまで阻止せなあかんほどの損やない」

「見返りがあれば、どないですか」

吉瀬の口許が僅かに緩んだ。

「建設的な問いやな。答えは、ケース・バイ・ケース」

「拳銃四挺でどうですか」

「なんでそんなもん持ってんねん」

吉瀬の緩慢な口調に、段々と苛立ちが募ってきた。

「ダーク・ウェブって分かりますか」

「ネットのアングラな部分やろ」

「はい。四人はそこで、憲民党の議員を殺すための拳銃を買うたらしいんです。マシンピストルです。それが、東京のアジトに届くらしくて。一人でも生きたまま捕らえて、アジトの場所とかどうやって受け取る手筈やったかを聞き出せば、その銃を横取りできると思います」

「足の付かんチャカが四挺か」

吉瀬がゆっくりと一度頷き、気怠そうな声で続けた。

「ほいで？」

俺は小さく息を吐いた。やはり、そこまで甘くはないか。天正菱大判を差し出すしかない。暴力団のネットワークを駆使すれば、二億や三億、いや下手したら、十億以上出してでも買う奴だって現れかねない。手放すのは惜しいが、四人への殺意と天秤に掛ければ、どちらに傾くかは考えるまでもない。

「秀吉が造らせた大判で、どないですか」

「お前が持ってんのか」

「四人の持ち物に発信機を仕掛けるついでに、すり替えました。俺の頼みを実行してくれたら、渡します」

「あかん。大判を先に渡せ。そしたら、お前の頼みを聞いたってもええ」

「渡した瞬間、殺されるかも。四人も殺すより、俺一人殺した方が楽や」

「四人を始末した途端、実は大判なんかないって言われるかもしれん」

「もし俺が嘘吐いてたら、煮るなり焼くなり好きにしてください」

「前みたいに地下で痛め付けて、大判の場所を聞き出すいう手もある。それから、シャブ漬けにして、金持ちの変態にでも売り飛ばすと。それが一番、合理的やな」

背筋を冷たい汗が伝った。

「他の客はどうするんですか。まさか、一緒に始末するとでも？」

「あいつらを帰してから、お前を地下に連れて行ったらええ」

「じゃあ、その前に俺が帰ります」

腰を浮かせた。

「待たんかい」

「座れ。撃ち殺すぞ」

テーブルの下で、何やら鋭い音がした。

吉瀬の両手は、テーブルの下にある。

「目撃者がおるのに、撃てへんやろ」

声が掠れた。

「俺がチャカ持って自首する。それで終いや。客は、金と組の看板で黙らす」

顎鬚が強い口調で言った。横目で表情を窺ったが、何の感情も浮かんでいない。

粘っこい唾を飲み込み、腰を下ろした。

「吉瀬さん。あんたは他人から何か奪うことを屁とも思わんけど、強奪じゃなく公正な取引が可能なら、そっちを選ぶタイプや」

「知った風な口利くな。俺の何を知っとんねん」

「前回、俺達を始末せんと、約束通りそのまま帰してくれた。それが根拠や」

吉瀬が目を細めた。

「大判が先や。それは譲られへん」

これ以上押し問答を続けても、埒《らち》が明かない。渋々、頷いた。

「もう一つ、条件がある」

「何ですか」

「今後、お前は俺のために働け」

俺は鋭く息を吸い込んだ。

「男娼とは言わん。兵として働かせたる。組員とは違う形で働ける奴は、貴重やからな」

「大判と拳銃だけじゃ、あかんのですか」

「リスクも背負《しょ》わんと、リターンを求めるんか。甘ったれんなや、ゆとり世代」

「時代に恵まれたバブル世代の人ほど、ゆとり世代を批判するんですよ」

「言うてくれるやないか」

吉瀬が鼻を鳴らした。

「返事は？」

ゆっくりと瞬きして考えた。今更、日常を惜しむ資格など俺にはない。

「分かりました」

「よっしゃ、取引成立や。ごっつ過酷な真似もさせるかもしれん。ええか？」

「ええか？」

吉瀬が舌打ちし、僅かに身じろぎしてから言い直した。

「ええな？」

黙って頷いた。見計らったかのように、珈琲が運ばれてきた。香ばしい湯気が立ち込める。

「マンデリンでございます」

吉瀬がカップに口を付けた。

「ＧＰＳが生きてるか、吉瀬さんのスマホで確認してください。俺のは、奪われたんで」

説明書をバッグから取り出して渡す。吉瀬がスマホを操作し始めた。

「おい、お前も飲まんかい」

仕方なく、カップに口を付ける。

「旨いやろ」

分からない。ただの黒くて苦い汁だ。

「旨いです」

「嘘吐け。不味《まず》いっちゅう顔しとるがな」

吉瀬が歯を覗かせて笑った。不気味なくらい、真っ白だ。偏見だが、歯をホワイトニングしている奴の二人に一人は、まともじゃない。

「まあ、我慢して飲めや」

頷き、殆ど一気に飲み干した。

「まだ、バレてへんらしいな。動いとる」

微かに口角を吊り上げて言った。

「ほな、行こか。車、回せ」

顎鬚が店を出ると、吉瀬が立ち上がった。ジャケットのボタンを留め、右手を俺に向けて突き出す。デュポンの黒いライターが握られていた。

「ばーん」

抑揚のない声で言い、指でライターの蓋を開いた。鋭い音が響いた。

「チャカなんか、持ち歩く訳ないやろ」

啞然としてから、乾いた笑いが洩れた。

「せや。お前、名前は？」

「浅野です。浅野圭一」

躊躇うことなく本名を答え、立ち上がった。藤原、南、川原、佐藤。四人の顔が浮かぶ。切なさが胸に去来したが、すぐに掻き消えた。あとには、何も残らなかった。虚しささえも。

「ちなみに、お前は最初なんで死のうと思てん？　自殺の動機は？」

唐突に、そう切り込まれた。

「一言では、説明できません」

「それでも、端的に言うとなんや」

「人生、ですかね」

言葉が口を衝いていた。

「死因は、人生です」

「洒落た答えや。小説の台詞みたいやな」

「小説の台詞です。アメリカの推理小説」

「なんや、パクリかい」

吉瀬が鼻白んだように言った。それから、伝票を手に取った。

5

駅のコインロッカーから大判を回収し、吉瀬に渡した。

「約束は、守ってくれるんですよね」

「ああ、すぐ手配したる」

黒塗りのポルシェ・カイエンの後部座席に、吉瀬と並んで腰を下ろす。車が滑らかに発進した。チャーリー・パーカーの「オーニソロジー」が車内に流れている。

「あの大判、売るつもりやったけどやめたわ。惚れてもうた。豊臣秀吉が造らせた大判が、巡り巡って大阪のチンケな極道の手にあるやなんて、ロマンチックやろ」

「ロマンチック、ですか」

「なんや。俺がロマンチストやと、オモロいか」

無意識に、薄笑いを浮かべていたらしい。頭を垂れ、表情を引き締めた。

「連絡があるまで暇や。最初から、順を追って話してもらおか」

断る選択肢はない。問われるまま、グループ結成から林田の死についてまで説明する。

「説得に失敗した以上、あいつが希望通りの死に方を迎えられるように、全力でサポートすると決めました。友達として」

林田が提案したタトゥーも腰に彫った。大判を強奪した瞬間は、刺激的な昂奮に貫かれた。だが林田と別れるとき、途轍もない虚しさを覚えた。高揚した林田の表情に、別れの寂しさは微塵も浮かんでいなかったからだ。腹立ち紛れに、あいつの左手を引っ叩《ぱた》いた。そして、死への憧れを失った俺ですら感動させるほど、壮絶な死を迎えてくれと祈った。

祈りは届かなかった。逃亡を果たしたあと自室のパソコンで映像を観たが、覚えたのは、大味のハリウッド映画で主人公が仰々しく死ぬシーンを観て鼻白む感覚と、気の合う友達が死んだ悲しみだけだった。

佐藤の復讐と匿名希望の活動についても、洩らさず吉瀬に話した。

「合わんくなったんやったら、とっとと抜けたらよかったんや」

「元々は各々がやりたいことを協力して実行するだけの、身勝手なグループのはずやったんです。それが、チンケなダークヒーローを気取り始めた。変わったのは俺やなくてグループの方やのに、なんで俺が抜けなあかんねん。そう思ってしもたんです」

「グループを抜けて、元の退屈な日常に戻るのが嫌やっただけちゃうんか」

辛辣《しんらつ》な口調だった。

「そうですね。刺激のない日常に戻るくらいなら、内心小馬鹿にしながらでも、自警団ごっこに身を投じる方がまだマシやと思うてました」

着信音が車内に鳴り響いた。スーツの懐からスマートフォンを取り出し、電話に出る。ぶっきらぼうに何度も相槌を打ったあと、「生け捕りにせえ」とだけ言って電話を切った。

「三人、死んだぞ」

現実感の乏しい、あっさりとした口調だった。

「誰が生き残ったと思う？」

「さあ。誰ですか」

「金髪のガキや。お前と一緒に、あんとき地下でしばき回された奴や」

「南、ですね。悪運の強い奴です」

「運がええんか、分からんけどな。まあとりあえず、会いに行こか」

藤原が死んだ。佐藤が死んだ。川原が死んだ。三人共、俺が殺したようなものだ。実感は湧かないが、一線を越えてしまった自覚は、うなじの粟立つ感覚と共にやってきた。

6

匿名希望が制裁に使っていたのよりも一層殺風景で、薄暗く、埃っぽい倉庫だった。剣呑《けんのん》な雰囲気の男達が五名、吉瀬を出迎えた。背後の俺には、目もくれなかった。

中央に、ズダ袋を被せられた男が横たえられていた。両手両足をガムテープで拘束されている。断続的に何か叫んでいるが、くぐもっていて、聞き取れない。

ただ一脚用意されたパイプ椅子に、吉瀬が腰を下ろした。

「外したれ」

組員らしき男が、ズダ袋を乱暴に剝いだ。絶叫する南の顔が現れた。アイマスクを着けられている。口から血を垂れ流し、顔全体が赤く腫れ上がっていた。

「南裕翔。藤原と一緒にお前も死んだら諦めるつもりやったけど、残念ながらお前は生き延びてもうた。そこで、一つ質問がある。正直に答えたら、楽に死なせたる」

淡々とした口調で、吉瀬が言った。東京のアジトに届く拳銃について、訊くつもりだろう。

「人にものを尋ねるときは、まず名乗らんかい。お前ら、何者や」

口調は荒いが、声が震えている。南に受けた仕打ちを思い出し、ざまあみろと昂奮した。だがそれ以上に、今からこいつが目の前で殺されるのだという実感が、吐き気となって襲ってきた。同情も後悔もしていない。ただ、生物が命を奪われる瞬間を目にするのは、やはり生理的に不快だ。

「ヤク中の通り魔も、あのイカれた軽トラックも、お前らの仕業か」

誰も何も言わなかった。乾いた沈黙だけが流れる。

「浅野の仕業やろ」

不意に、南が言った。思わず、声を発しそうになった。

「あいつは俺達に焼き殺される前に、全てタレ込んでたんやろ。分かってんねん。お前らの正体は、大体見当が付いとる」

憎しみのこもった声で言い、荒々しく息を吸い込んだ。

「浅野の通報を受けた警察は、超法規的措置いうやつを取ることにした。なんちゅうたかて、俺達はあの匿名希望やからな。法で裁けへん屑を裁いてきた俺達を裁判にでも掛けたら、国民の反発を招くのは間違いない。生かしておくのは、危険や。そこでお前ら、闇の殺し屋組織が動いた」

得意げな口調だった。吉瀬が小首を傾げる。

「そんなＣＩＡかモサドみたいな組織が、日本にあるとでも？」

「よう言うわ。日本国内で、毎年どんだけの人間が失踪してる？　どんだけの人間が自殺で片付けられてる？　お前ら、公安警察かなんかやろ」

「あんな大層なもんやない。大体、暗殺組織が軽トラで特攻なんかせえへんやろ」

「前科者とかを洗脳して、操ってんねやろ。軽トラの運転手も、シャブ中の通り魔も」

佐藤と川原を殺したのは、捨て駒のように使える末端の売人だと、車内で吉瀬が教えてくれた。濵津組の管理下に、何人もいるそうだ。もちろん、両者を繋ぐ糸を手繰り寄せることは不可能らしい。聞いていないが、藤原と南を襲った運転手も似たようなものだろう。

「国のヤバい組織の人間が、こんな関西弁やと思うか」

「全国各地に、拠点があるんやろ」

組員連中は忍び笑いを洩らし始めたが、俺は笑えなかった。恐怖から逃れようとして間抜けな妄想に駆られる南の姿は、あまりにも痛々しい。

「殺すなら、とっとと殺さんかい。死ぬのなんか、何も怖ないからな」

「威勢がええな」

「ハッタリやと思うなら思えや。俺はあの匿名希望や。このしょうもない国を立て直すために、革命を目指したんじゃ。確かに、負けた。でもな、俺達の存在は永遠に残る。俺達の死は、そんなんなしやろっちゅうような偶然やデタラメやない。意味のある敗北や。自殺とは全く価値が違う。ゼロ対ゼロと二対二は違う。振り出しには、戻ってへん」

取り憑かれたような口調だ。懸命に、死の恐怖に抗《あらが》っている。正確に言えば、格好良い死を遂げられないことへの恐怖か。自分の死には価値があると、言い聞かせているのだ。

「俺とお前は初対面と違う。声聞いて、分からんか。嫌な記憶は、すぐ忘れるタイプか」

粘っこい声で言った。小刻みに揺れていた南の体が、ぴたりと止まる。

「なんで、お前が……」

絞り出すような声だった。これまでの比ではないほど、声が震えている。

「思い出したか」

「俺の仲間を殺したんは、お前らか」

硬い声で尋ねた。

「まあ、せやな」

「そうか。お前ら、国の下請けに使われてんねんな」

「違う。闇の組織なんか、全部お前の妄想や。濵津組のシノギとして、お前らを狙てん」

「嘘吐け。おかしいやろ、なんで俺を攫うことがあんねん」

「この間の落とし前、付けてもらおうと思てな」

「なんでやねん。何言うてんねん。あれはもう、終わった話やろ！」

怯えた声で叫び、しゃくり上げ始めた。

「卑怯やぞ。クスリも女も返して、手打ちにしたやろが。全部、チャラのはずや」

「まだ、付いてへん話がある。金を貰うてへん」

「ふざけんなよ！　何の金や。売人から奪った金か」

「アイスコーヒー代や」

南が絶句し、唖然としたように口を半開きにした。

「おい。全部、教えたれ」

俺に向かって顎をしゃくった。鼻から息を吸い込み、口を開く。

「南。俺や、浅野や」

南が駄々をこねるように首を大きく横に振った。

「嘘や。なんで生きてんねん」

力ない声を洩らし、体を震わせる。

「運が良かったんかな。家族も無事や」

「お前が、こいつらに俺達を売ったんか」

「そうや」

「クソが。クソが、クソが、クソが！」

足をばたつかせ、荒々しい声で怒鳴った。

「家族を狙うたんは、許されへん。誰かに牙を剝くときは、返り討ちに遭う覚悟をしとけ」

「何が家族じゃ！　家族を捨てて自殺しようとしたくせに、今更家族が大切やと」

「平穏で退屈な生活に倦んで、死にたくなった。でも、家族に愛情はある。俺のせいで家族が死ぬのは、耐えられへん」

「まともぶんな。ちょっと家族に手ェ出されたくらいで、一丁前に被害者面か」

「暴力はいけません、人殺しはいけませんやなんて説教する資格は、もちろん俺にはない。ただ、自分が被害を受けたからには、きっちり仕返しする。それだけの話や」

俺の言葉は聞こえていないのか、喉の奥で低く呻り続けている。

「なんで、こんなクソ野郎の頼みなんか聞いたんじゃ」

「うん？　俺に言うてんのか」

吉瀬が目を細めて言った。

「そうや。こんなカスに顎で使われて、それでもヤクザか。恥ずかしないんか」

「ビジネスや。報酬を差し出されたからな」

「報酬？」

吉瀬の代わりに、口を開いた。

「大判や。すり替えられてたん、気付かんかったやろ」

南が荒々しく息を吸い込んだ。

「ふざけんなよ、裏切り者。裏切り者！　裏切ってばっかやな、お前は」

泣きじゃくった声で責められた。

「お前らに拉致されたから、裏切ったんや」

自分の声が虚ろに響いた。怒りで、こめかみが脈打つように痛んだ。

「違う。林田の死には感動せえへん。匿名希望には乗り気やない。革命も拒否する。そもそも、心の闇がない。出会いから全部、裏切りや。所詮お前は、あっち側の人間や」

何も応えないでいると、南が吐き捨てるように言った。

「自己中野郎」

「確かにな。俺は自分のために他人を平気で犠牲にするし、そのくせ自分や自分の大切なもんを危険に晒されるのは許されへん。身勝手な人間や。自覚してる」

「自覚してるなら、死ね！」

「自覚してるだけ、マシやろ。お前らは、自分達のサディスティックな欲望を正義でコーティングしてた。暴力を揮うなら、自分は暴力を揮う屑やっちゅう自覚を抱いておくべきや。人間は自覚があれば、何をしてもいい。でも、自覚のない奴は醜悪や」

「うるさい、うるさい、うるさい！　やかましい！」

声を荒らげ、言葉にならない怒号を放ち続けた。しびれを切らしたのか、吉瀬が口を開く。

「東京のアジトに届くチャカは、どうやって受け取る手筈や」

「黙れ、お前とは話してへん。そんなもん、知るか」

「そうか。ほな、しゃあないな。まあ別に、そこまで欲しい訳でもない」

ため息を吐き、護衛の顎鬚に目で何かを促した。頷き、俺の方へと近付いてくる。咄嗟に身構えた。まさか、ここで俺も始末するつもりか。

だが、襲われはしなかった。何かを差し出されただけだ。数秒間じっと見つめたあと、その意味するところを悟った。

「俺が、やるんですか」

「それが筋やろ」

吉瀬が短く言った。断ち切るような物言いだった。俄かに、心臓の鼓動が速くなっていく。上手く、息を吸い込むことができない。

右手で、金槌を受け取った。木の柄を握り締める。滑らかな肌触りだ。掌が汗ばんできた。

「ツラ見んのは嫌やろ。ズダ袋、被せたれ」

組員達が南の体を押さえ付けた。身を捩り、激しく抵抗する。絶叫が谺した。

「被せなくていいです」

言って、一歩踏み出した。吉瀬が頷くと、組員達は南から離れた。息絶えるまでの表情の変化を見続けるのは不快だが、その不快さから逃れる訳にはいかない。

南の側にしゃがみ込み、左手でアイマスクを外した。顔を顰め、見上げてくる。怯えた目が、俺の右手の金槌を捉えた。瞬く間に、表情が失われた。

「ちょっと待て。待ってくれ」

笑みが引き攣っている。

「助けてくれ。頼む、お願いや。バーベキューとか、楽しかったやんか」

媚びるような声に、苦笑が洩れた。誰かをいたぶるときのはしゃぎ様とは、大違いだ。

「嫌や。なんでこんなことになってん。待ってくれ、死にたくない」

「死ぬのなんんか、怖くないいんやろ」

「こんな死に方は嫌じゃ！」

金切り声を上げ、身を縮こまらせる。

「死に方に、ええもクソもない。武士道と云うは死ぬ事と見付けたり、なんて嘘や。死んだら一緒。人間は、生きてるときが全てや」

「意味、違うとるぞ」

背後から、声を掛けられた。立ち上がり、吉瀬の方を振り返る。

「立派な死こそ武士の本懐、いう解釈は、軍人が特攻隊を美化するために唱えたもんや」

「そうなんですか。ホンマは、どういう意味なんですか」

興味はないが、一応尋ねた。椅子にふんぞり返ったまま、口を開く。

「今日死んでも構わんという覚悟で、今日を生きろ」

俺は荒々しく息を吸い込んだ。妙に、胸に迫ってきた。

「浅野」

足許で、声がした。見下ろすと、潤んだ瞳で凝視された。

「悪かった、俺が悪かった。何でもする。お願いや。ごめん、ホンマにごめん」

涙声で、鼻水を垂らしながら言い募る。

「助けてくれ。許してくれ。死にたくない。生きたい」

南の悲痛な面持ちを脳裏に焼き付けた。今後、常に自覚しながら生きていく必要がある。自分が何をしたか。どういう人間か。

吉瀬が腕時計を見やり、冷たい声で言った。

「早よせえ。もう、夜も遅い。日付、変わってもうとる」

口内に饐えた味が広がった。大量の唾を吐き気ごと飲み下し、柄を握り直す。

「俺は屑や。お前と同じでな」

金槌を振り上げた。

初出

「小説すばる」
二〇一九年五、十一月号
二〇二〇年一、四、九、十月号
二〇二一年一月号

単行本化にあたり、加筆・修正しました。

本作品はフィクションです。実在の人物・団体とは関係ありません。

写真　安藤政信

装幀　泉沢光雄

増島拓哉（ますじまたくや）

一九九九年大阪府生まれ。関西学院大学法学部卒。
二〇一八年、『闇夜の底で踊れ』で
第三十一回小説すばる新人賞を受賞しデビュー。

トラッシュ

二〇二一年六月三〇日 第一刷発行

著　者　増《ます》島《じま》 拓《たく》哉《や》

発行者　徳永 真

発行所　株式会社集英社

〒一〇一-八〇五〇 東京都千代田区一ツ橋二-五-一〇

電話【編集部】〇三-三二三〇-六一〇〇

【読者係】〇三-三二三〇-六〇八〇

【販売部】〇三-三二三〇-六三九三（書店専用）

印刷所　凸版印刷株式会社

製本所　加藤製本株式会社

ISBN978-4-08-771756-3 C0093